BERNARD TIRTIAUX

Aubertin d'Avalon

ROMAN

LATTÈS

« L'œil est le miroir du cœur et c'est par ce miroir que passe, sans le blesser ni le briser, le feu dont le cœur s'enflamme. Le cœur n'est-il dans la poitrine comme la chandelle allumée que l'on met dans une lanterne ? »

Chrétien de TROYES.

1

Ermeline se meurt. Elle est un feu de glace qui ne reprend plus, une étoupe de cendre qui tourmente en vain ses braises, un fantôme fluet de feu, à bout de fièvre et de fatigue, à bout de souffle. La vie, après l'avoir choyée, a sorti fers et pinces de bourreau pour arracher son présent. Pas une âme de son entourage qui ne se désole. La maladie s'est abattue féroce, impitoyable. Depuis des mois, elle s'acharne à broyer de souffrance cette femme exquise et affectueuse, éclairée de sérénité et d'attention pour son voisinage de cœur, cet être rare qui méritait un tout autre sort. Désemparés, ses familiers veillent à tour de rôle celle qui fut mère avant tout, porteuse de vie, sourcière d'enfantements et qui se retrouve aujourd'hui en désarroi d'enfouissement et de nuit gelée. Ce passage renvoie chacun à son impuissance et à son chagrin. La vie ne remplacera jamais Ermeline d'Avalon, tout comme personne ne ramènera sur cette terre la part soyeuse de sa douceur, cette part d'ange qui faisait dire à Aubertin, son époux : « Belle amie, où cachez-vous vos ailes ? »

Ermeline reste brave mais aujourd'hui la douleur est extrême et des larmes irréelles perlent du creuset aride d'un visage qui, de jour en jour, s'est pétrifié. Cette ultime rosée gagne d'autres regards, celui de Jeanne, l'amie de toujours, celui de Sarah, la vieille servante devenue soignante par la force du destin, celui d'un beau garçon de dix-huit ans, presque un homme, qui s'est rencogné au plus sombre de la chambre pour masquer un chagrin grimaçant.

— Va chercher sire Aubertin ! lui murmure la servante. Dépêche-toi. C'est la fin.

Le garçon s'éloigne après un coup d'œil à la mourante, il lui adresse un vague signe de la main, puis revient à elle pour une discrète caresse avant de se retirer.

Hagard, les yeux rouges, il sort de la maison et se fait éclabousser par la rue grouillante, odorante, tonitruante. Sur fond de feuilles mortes, de boues noires, la vie continue dans ses débordements avec ses odeurs de fumées âcres et de torchis trempés, ses senteurs animales, son va-et-vient insouciant, sa rumeur industrieuse. Le bel automne a rangé sa palette fauve pour abandonner ce Paris de la fin du XIIe siècle à la grisaille et au crachin. L'heure est aux pataugements, aux toux grasses, aux étoffes lourdes qu'il faut mettre à sécher devant l'âtre.

Trois pas dehors sous la pluie, une tête qui s'ébroue et le jeune homme part comme un poulain fou en direction de la Bièvre. À la première enfourchure, il se ravise pour rejoindre le chemin qu'emprunte Aubertin d'Avalon quand il revient du chantier de Notre-Dame dont il est maître d'œuvre. « Si père est en route, nous nous croiserons ! » La rue du Lavoir comporte une succession d'obstacles et il faut avoir le don de l'esquive pour traverser la foule sans bousculer son monde, éviter les flaques d'eau croupie en rebondissant sur le haut des venelles. Échoppes, charrois, attroupements freinent la course du messager. La remontée nonchalante d'un tombereau vide et fumant tiré par quatre bœufs le met à l'arrêt. Un gros homme encombre la banquette. Reconnaissable entre mille au bandeau qu'il porte sur l'œil, il hèle le garçon en levant en l'air une main de plomb en guise de salut.

— On couvre de fumier les maçonneries de Notre-Dame. Des fois qu'il gèle. C'est la troisième charretée que j'apporte depuis ce matin. Tu ne serais pas de trop pour monter tout ce paquet là-haut.

— J'ai vraiment pas le cœur à la besogne aujourd'hui.

Et le roulier de s'esclaffer grassement :

— T'as raison, pendard ! À ton âge, il ne fallait pas m'empêcher de vivre ma vie.

Fort de cet aveu, il houspille ses bovins avant de lancer au garçon :

— Ta mère ne t'a pas appelé Sauvejoie pour rien.

Le jeune homme remonte la capuche de son bliaud comme on ferme les poings sur des tempes soucieuses, presse le pas puis, regagné par la peine, reprend sa course vers la cathédrale en construction. Il arrive à la Seine qui lui offre sa compassion silencieuse, s'essuie le visage d'un revers de manche et regarde. Il est à peine essoufflé. Non loin, la blanche élancée de pierre du chantier de Notre-Dame émerge du chaume des maisons. Des hommes s'affairent tout en haut de l'édifice, à hauteur où les fumées s'étiolent. C'est avec eux qu'il devrait être en ce moment, à calfeutrer les fraîches maçonneries, border la fiancée de pierre pour sa longue nuit d'hiver. Sauvejoie aurait mille droits d'être rancunier envers la bâtisse, de tourner le dos à cette entreprise démentielle qui a poussé dans le vide son premier père dix ans plus tôt, alors qu'il arrimait en hauteur une cage d'écureuil pour monter les charges.

Aubertin d'Avalon, qui n'était pas encore maître d'œuvre à cette époque, seulement maître tailleur de pierre, aperçut l'enfant après le drame, dans un état de prostration qui le désarma, et lui proposa de le reconduire à sa mère.

— Je n'ai plus personne, lui répondit le gamin.

— Alors viens chez nous !

Il se saisit du petit bonhomme et le hissa sur son cheval à robe rouge. Le pacte entre eux était scellé.

Sauvejoie se souvient du premier visage d'Ermeline, du premier regard qu'elle posa sur lui. Avant même qu'Aubertin ne lui parle, elle avait compris. D'emblée elle aima cet enfant du hasard que le destin déposait devant sa porte. Le chemin des cœurs n'a que les détours qu'on lui oppose. Ici, il s'ouvrait sur l'azur d'un regard qui semblait issu de la prodigalité des fontaines.

Dominant Paris, le brouhaha des bâtisseurs. Les corps de métier, toutes fonctions confondues, participent à la mise à couvert de Notre-Dame. Charpentiers ou tailleurs de pierre, maîtres gâcheurs ou maçons, tous sont là pour l'endormissement du chantier. L'année a été maussade, très pluvieuse et chacun aspire à se replier pour la durée de l'hiver dans la chaleur des cahutes qui s'appuient sur le flanc sud de la cathédrale pour préparer au sol et à l'abri des intempéries la prochaine envolée de poutraisons claires et de pierres blanches.

— Je cherche Aubertin d'Avalon, demande Sauvejoie à un trio d'artisans en conversation animée.

aînés. Gilles était doué pour le dessin, la sculpture. Il n'avait rien d'un guerrier.

Lesté de deux cavaliers, le cheval peine et Sauvejoie préfère glisser de la monture pour continuer sa route à pas d'homme. Aubertin frissonne quand l'étreinte de son fils d'adoption se desserre. Comme si les bras de l'aimée lâchaient prise.

— Un baiser avant le passage, ma main dans la tienne pour franchir le seuil, le mot « merci » pour le bonheur prodigué.

Et la peine du maître d'œuvre monte comme écument les naseaux de l'étalon. C'est le souffle court, le corps en pluie et en sueur qu'Aubertin d'Avalon franchit le porche de sa maison. Il ne voit pas le prêtre qui sort de chez lui ni n'entend non plus les paroles que lui adresse Sarah quand il met pied à terre. Cinq enjambées et il pénètre dans la chambre où Emerline gît, la tête de travers, la bouche arrêtée sur la sculpture d'un cri, les yeux désourcés d'où s'écoulent, ultime et dérisoire éclat de vie, deux larmes tièdes.

2

Aubertin d'Avalon s'est replié comme un bloc mal équarri contre un mur de la chambre. Immobile sur sa sellette, la main droite enveloppant le poing gauche à la façon des artisans qui travaillent du maillet et du ciseau, il reste prostré dans la position de repli qu'ont les sculpteurs face à une œuvre en cours. Autour de lui, les mouvements retenus des femmes qui font la toilette de la défunte. Visitée par les forces supérieures, la pièce s'est transformée en chapelle ardente d'où émergent trottinements, frottements d'étoffes, chuchoteries et reniflements. Respiration courte, Aubertin attend que cesse ce remue-ménage. Il ressent comme une intrusion ce cérémonial de soins dispensés à sa douce que la souffrance vient tout juste de lâcher.

— Hâtez-vous, qu'elle repose, quémande-t-il.

Les femmes qui perçoivent l'exaspération du maître de céans emportent linge et cuvelle et se retirent, l'une avec l'index sur la bouche, l'autre en soulevant le bas de sa robe. Enfin, Jeanne, l'amie de toujours, sort à reculons, comme pour s'assurer du repos de la gisante.

— C'est cela ! Laissez-nous seuls, bougonne l'époux au moment où la porte se referme délicatement.

Sauvejoie ne se sent pas concerné par la requête de son père. Le « nous » ne peut que l'englober. Secoué par les événements, il a repris sa place dans son coin d'ombre et redécouvre, encore incrédule, ce sablier libéré de ses grains qu'est devenu le temps. Le sentiment de paix qui le gagne au sortir de l'interminable agonie d'Emerline ne semble pas partagé.

— Je ne te retrouve plus, murmure Aubertin à la défunte. Ce n'est pas toi.

Et le maître d'œuvre de se lever, de s'approcher du visage de l'aimée, de contourner le lit pour y revenir par la gauche, par la droite, d'aller jusqu'à retoucher du bout des doigts la figure de la morte dans le but d'enlever de cette glaise blafarde quelques duretés de traits insupportables à son œil. Rien ne ressemble plus au modèle dans ce masque parcheminé de gisant. Plus une once de douceur, plus de légèreté mais du haché, du tranché, du brisé. En proie à ses tourments, Aubertin se rassied devant ce corps famélique à demi enfoui dans son sac de toile grise. Où est l'amoureuse, la caressante, la merveilleuse compagne des jours et des nuits depuis vingt-cinq années ? Il se lève pour regarder encore. Il s'attarde sur le nez, la bouche, les fines oreilles, les reconnaît et s'effraie de ce que l'ensemble lui paraît d'une autre matière, d'un autre grain de pierre, plus sec, plus cassant, plus gris.

— Où est-elle ? lance-t-il soudain à Sauvejoie qui ouvre vers lui des yeux ahuris.

Indifférent, presque hautain, le visage d'Ermeline a enfoui derrière ses paupières, derrière la moue amère qui affaisse sa bouche, le profond désenchantement d'avoir été abandonnée à son malheur par les dieux et par les hommes. Aucun signe d'apaisement dans ses traits, l'étau des souffrances ne veut pas se desserrer. Au-delà du dernier souffle et pour l'éternité une expression statufiée de douleur, d'immense solitude.

— Je ne t'ai pas tenu la main pour passer, regrette Aubertin. Trop pris par l'ouvrage des jours, je n'ai pas été là.

Une masse d'acier broie le cœur de l'infatigable maître d'œuvre, assigné aujourd'hui au banc des mal aimants.

— Réconcilions-nous, comme nous l'avons toujours fait quand un nuage obscurcissait notre belle entente. Au nom de tes enfantements de chair, de mes enfantements de pierre, faisons la paix.

Le repentir du bâtisseur ne reçoit pas d'écho de la morte et Aubertin se replie sur son deuil, redevient granit. Dans le champ minéral de sa vie, Ermeline aura été la lumière entre les meneaux, une rosace plantée au sud. Elle a sa place à côté de Notre-Dame dans toutes les églises qu'il a bâties ainsi que dans la cathédrale de Paris qu'il érige en ce moment.

— Si tu ne pactises pas avec moi, je t'emmènerai voir mes œuvres de pierres. Elles te diront ma ferveur et la belle façon dont j'ai magnifié l'élan de notre amour.

La porte s'entrouvre sur le visage chiffonné de Sarah. Le vestibule est comble de familiers qui, à l'annonce du décès d'Ermeline, se sont déplacés pour lui rendre une dernière visite. Un hochement de tête d'Aubertin et la chambre mortuaire retrouve ses va-et-vient feutrés, ses sanglots étouffés, ses échanges murmurés.

Vers minuit, quand la pièce n'est plus occupée que par les intimes et par la présence compatissante d'une plantation de chandelles, Aubertin se lève, passe devant

Sarah et Jeanne en prière, secoue le pauvre Sauvejoie qui, vaincu par le sommeil, s'est endormi aux pieds d'Ermeline.

— Aide-moi ! commande-t-il.

Le garçon n'a pas recouvré ses esprits qu'il voit son père refermer le sac de grosse toile sur les épaules de la gisante. Glissant ses bras sous la morte, Aubertin la soulève à la stupéfaction générale.

— Amène mon cheval et prends une torche en passant.

Abasourdies, les femmes se signent.

— Je dois la conduire à Notre-Dame, lui montrer ! lance-t-il.

Après un moment d'effarement, Jeanne s'exclame :

— De grâce, sire Aubertin, laissez-la en paix. Vous voyez bien qu'elle repose.

Et Sarah de renchérir :

— Notre pauvre maîtresse en a vu tellement ces temps-ci.

Sourd, Aubertin descend l'escalier en portant dans ses bras son fardeau de détresse, à l'inverse du jour où, empli de bonheur et de désir, il amenait l'épouse palpitante dans la chambre nuptiale.

Dehors, le ciel s'est dégagé sur une nuit étoilée. Le froid annoncé tombe comme glaive de glace sur la cité. Il mord le visage du maître d'œuvre qui marche dans la rue déserte en portant précautionneusement sa charge d'âme. Quand Sauvejoie le rejoint en tenant le cheval par la bride, il a déjà parcouru deux cents toises et poursuit son avancée en aveugle malgré les épaules qui lui tirent et les muscles qui s'engourdissent. La morte pèse une croix de pierre. Sur l'insistance de son fils, il recourt finalement à sa monture pour continuer le chemin. Avec l'aide du garçon, Ermeline est alors hissée sur l'animal pour reprendre sa place dans les bras de son époux, et l'étrange équipée, observée çà et là par des yeux inquisiteurs, repart vers la cathédrale en construction.

Une fois parvenu au chantier, Aubertin d'Avalon se plante à la croisée des transepts et bat le rappel de ses hommes, ses fidèles, les Constant, les André, les Jacques. Sa voix roule dans la nuit, lointaine et inquiétante, comme une avalanche de rochers. Pour lui répondre, des lumignons s'allument à l'intérieur des cahutes. Des ombres ensommeillées sortent de partout, à se demander combien de dormeurs abritent les flancs de l'édifice. Le maître d'œuvre réclame une chanlatte pour coucher Ermeline, fait part de son souhait de l'amener en grande pompe tout en haut, la promener sur les sentiers de paille qui recouvrent les hauts murs de la nef, du transept et du chœur. Qu'elle goûte à l'audace des bâtisseurs, participe à leur élan amoureux vers le monde des anges, à leur débordante espérance d'accéder un jour à la vie rêvée, au paradis des âmes. Emportés par cette noble folie, les artisans allument des torches et escortent dans le recueillement leur maître d'œuvre sur les hauts murs de Notre-Dame naissante. Ce sont mille flambeaux qui suivent en procession comme une châsse sainte le brancard rudimentaire où gît Ermeline.

Muette et insensible à la peine d'Aubertin, la Vierge observe de sa lointaine constellation cet incendie de pierre allumé à la mémoire de son insignifiante rivale.

— Aubertin d'Avalon a perdu ses esprits !

Dans le palais épiscopal de Paris, les langues des hauts dignitaires ecclésiastiques jugent durement les faits et gestes du bâtisseur et qualifient de satanique l'ascension nocturne du cadavre de sa femme en haut de Notre-Dame.

— Cet acte est sacrilège, indigne d'un chrétien !

Trop heureux d'avoir prise sur lui, les ennemis d'Aubertin n'hésitent pas à l'accuser de « sorcellerie » ou de « pacte avec le diable » pour envenimer la situation. Il ressort que le parler franc du maître d'Avalon ne lui vaut pas que des amis dans ces milieux cléricaux où malversations et détournements de richesses sont monnaie courante. Résolu à réduire au silence et à l'inaction cette personnalité trop forte, un groupe de prélats profite de l'aubaine pour avancer la candidature de Jean-Baptiste de Meaux au poste de maître d'œuvre en lieu et place du fautif. La proposition provoque une véritable foire d'empoigne entre partisans et détracteurs.

— Aubertin est un excellent constructeur, déclarent les uns.

— Cet homme n'en a jamais fait qu'à sa tête, rétorquent les autres.

L'évêque frappe le plancher de sa crosse pour obtenir le silence.

— J'invite le chapitre à trancher le problème sur-le-champ. Je propose de passer aux voix.

Mis en minorité, Aubertin d'Avalon est congédié comme un malpropre par une levée de mains moites savourant ce plaisir du faible de précipiter en bas de la montagne un fier rocher.

Le lendemain, soit trois jours seulement après l'inhumation de son épouse, Aubertin est appelé à se rendre au palais épiscopal pour être « chapitré ».

— Tu peux être sûr que mon excursion nocturne a choqué les gens d'Église, je vais devoir faire le gros dos, soupire-t-il à l'adresse de Constant qui lui remet le pli de convocation en même temps qu'il est venu chercher les plans de détail d'un chapiteau. Longue carcasse sèche au sourire espiègle, Constant est l'homme de confiance du bâtisseur, un vieux de la vieille que tourmente l'idée de faire part à Aubertin des bruits alarmants qui courent à son sujet.

— Y a du mauvais dans l'air, finit-il par lâcher.

— Du sérieux ?

— On parle de vous remplacer.

Le maître d'œuvre regarde fixement le visage de son interlocuteur que la malice a déserté pour un rictus où l'embarras se mêle à la gravité.

— S'ils trouvent quelqu'un de plus capable, qu'ils le prennent, réplique Aubertin que les événements des derniers jours ont poussé à bout. Je suis las de ces gens. Je n'ai plus envie de les voir, ni de bâtir pour eux.

— Si vous n'y allez pas pour vous, faites-le pour nous, implore Constant avant de se retirer pour ne pas être tenté d'en dire plus.

Le nom du successeur pressenti a en effet percé les murs de la salle du chapitre, une pâle figure de quarante ans qui a accédé au rang de bâtisseur par ses appuis familiaux plutôt que par sa compétence, un homme de cour et de basses intrigues, plus sensible aux honneurs qu'à l'aplomb des pierres ou au respect de la gent artisane.

Au jour dit, le personnage se présente à l'évêché bien à l'heure, accompagné d'un individu énigmatique cultivant le côté inquiétant de ses charmes pour impressionner son monde. Capeline de brocart, bagues aux doigts, pectoral d'argent, Jean-Baptiste de Meaux laisse éclater sa bonne humeur. Il exulte de cette chance inespérée qui lui échoit de devenir le maître d'œuvre en titre de Notre-Dame, tout comme il jubile du coup fatal porté à Aubertin d'Avalon avec lequel il a eu jadis un différend.

— J'en connais un qui va tomber des nues, souffle-t-il à son ombre.

Introduit dans la salle du chapitre avec son suivant, Jean-Baptiste de Meaux boit comme vin clairet le réquisitoire mené contre son prédécesseur. Prenant de faux airs de mansuétude, il se dit affecté par le sort de son confrère que ses égarements ont perdu, calme le jeu quand un prélat qualifie le bâtisseur déchu de « fou à lier ». Les rancunes se vident en l'absence de l'intéressé. Le sujet s'épuise sans que ce dernier se manifeste. L'évêque est en passe de clore la séance lorsque la porte s'ouvre. Aubertin apparaît alors, le visage buriné de fatigue et d'indignation. Son regard se pose immédiatement sur Jean-Baptiste de Meaux, reportant sur lui tout le poids de sa surprise et de son incompréhension. Invité à prendre place, il lâche prise et s'assied docilement pour entendre les conclusions du haut dignitaire. Une gorge se racle et le charroi des reproches s'ébranle une nouvelle fois. Les coups portés font mal mais Aubertin les encaisse sans broncher. Fort du succès de sa réprimande, l'évêque enchaîne sur le panégyrique des ouvrages réalisés sous la houlette de Jean-Baptiste de Meaux. Aubertin ne résiste pas à ce dernier ressac.

— Je préférerais que l'on se passe d'évoquer ces chantiers. Chacun d'entre eux a coûté la vie à des artisans. Des accidents stupides provoqués par des consignes imbéciles ! tonne-t-il.

Le personnage visé est rubicond. Son double se lève, menaçant. Jean-Baptiste de Meaux joue la princesse offensée et lance insidieusement à l'assemblée :

— Nous ne pouvons en vouloir au sire d'Avalon de me faire payer sa disgrâce. Je suis aux premières loges.

Prenant à son tour le chapitre à partie, Aubertin explose :

— Que l'on me sanctionne pour certains faits, je veux bien l'accepter. Mais que l'on confie ma cathédrale à cet incapable est la pire humiliation, la pire injure que vous puissiez faire à mon art et à mon savoir-faire de bâtisseur.

Là-dessus, il se lève et part en claquant la porte du chapitre si violemment qu'elle se déchausse de ses gonds et s'abat sur le plancher dans un fracas étourdissant.

La rage au cœur, il regagne sa maison vide, charge le feu de lourdes bûches pour brûler plans et croquis. Le coffre où sont rangés les parchemins est tiré près du foyer. Il y poigne, jette une première fournée. Les flammes ont vite raison de dessins soignés qui lui ont coûté des sabliers d'heures.

— Toute cette peine pour rien !

Son courroux est une épée assoiffée de sang. À la recherche d'un objet martyr qui canalise ses ressentiments, il se rabat sur une statue de Notre-Dame qu'il a sculptée jadis dans une pierre noire des pays du Nord, et la jette dans l'âtre. Le marbre éclate à la chaleur en une répétition de bruits secs. La tête de la Vierge vient à se dissocier de son corps. Son buste se fracture ensuite en décapitant l'enfant. Même chose pour les jambes qu'une faille oblique cisaille à hauteur des genoux. La fureur d'Aubertin ne s'arrête pas là. Elle s'acharne en blasphèmes contre la Sainte Mère qui est restée sans pitié pour Ermeline et pour lui, son fidèle servant, dégoise sa hargne contre Marie l'indifférente, Marie l'ingrate, Marie l'injuste, Marie mère du mépris et de la fausse compassion, Marie la muette.

Les heures de la nuit réduisent en cendres et en fumée le feu de colère allumé par Aubertin. L'homme se réveille étrangement calme et part au petit matin pour le chantier avec le dessein d'y reprendre ses outils, ses beaux maillets aux manches lustrés par la main frappante, au mufle défoncé de s'être heurté à l'acier luisant des burins. Aucun d'entre eux ne fera plus honneur à Notre-Dame, ni son taillant, ni sa bretture, ni son têtu, ni sa boucharde.

Quand il débouche dans l'enceinte de la cathédrale, les artisans attachés à la construction viennent à sa rencontre pour parler avec lui de cette éviction qu'ils jugent odieuse. Les doléances pleuvent. Certains parlent de se mobiliser pour contraindre le chapitre à revenir sur sa décision. D'autres prônent des actions plus sournoises destinées à mettre Jean-Baptiste de Meaux en difficulté.

— Nous lui rendrons la vie impossible en tirant le travail en longueur.

Un autre parle d'effondrer une voûte en lâchant un tirant.

— Cela se fera bien tout seul ! s'exclame Constant.

Les hommes se taisent. Ils savent tous à quoi le contremaître fait allusion : des coffrages mal étudiés par le sire de Meaux qui ont provoqué à Laon l'écroulement du transept nord. L'accident fut fatal à deux de ses cousins.

La cathédrale est grande dévoreuse d'hommes. Elle est rude de coups, de membres broyés, de dos brisés. Elle ne tolère aucun écart, aucune distraction, aucune désinvolture. La moindre imprécision est fatale à ses servants. La cathédrale est une guerre statique et verticale, une guerre noble du terrestre contre le céleste, avec ses multiples souffrances et ses nombreux morts. Elle est aussi le plus beau combat contre l'inconnu des âmes, le plus téméraire affrontement avec nos peurs.

Aubertin d'Avalon a ce savoir inscrit à même sa chair, sa tête et ses mains besogneuses, mais cela ne l'empêche pas de rassembler ce jour-là ses outils en silence. Il les range dans deux longues sacoches de cuir. Les hommes se mettent à plusieurs pour l'aider à empaqueter son bien. Rien de ce qui appartient au maître d'œuvre ne restera sur le chantier. Même les pics, les aiguilles, les lourdes pinces de carrier sont embarqués par le banni et attachés aux flancs de son roussin.

Ses adieux faits, il s'en va. Avec son arsenal, il ressemble à s'y méprendre à ces croisés partant pour la Terre Sainte. Les fidèles marchent dans la foulée de son cheval, mais il ne voit personne. La rue s'écarte devant lui. Le vent est dans son dos qui le pousse. Seul avec lui-même dans la cohue de Paris, il tourne une page de sa vie.

3

— Regarde cette pierre. Touche-la. Qu'est-ce qu'elle te dit sur l'homme ?

Se prêtant au jeu, Sauvejoie palpe le caillou gris qui lui est présenté, promène ses doigts dans les creux, sur les bosses, évalue du pouce la qualité de tranchant des arêtes, le relief des écailles. Son examen terminé, il se jette à l'eau avec un plaisir enfantin :

— Elle est masculine.

— Oui ! Et encore ?

— Bourrue, un peu comme...

Il pouffe.

— Comme moi. Je t'autorise à le dire.

Aubertin reprend la pierre, la tâte puis l'enfouit dans un sac informe posé à ses pieds.

— Nerveuse, offensive. Elle est compacte comme un fer de lance... Et celle-là ?

Le fragment de roche qu'il passe au garçon est sablonneux. Il n'offre pas d'angle vif.

— J'ai une idée pour la couleur.

— Dis !

— Du vin répandu sur une nappe de lin.

— Pas mal ! (Aubertin marque un temps.) Et pour le reste ?

— C'est plus difficile.

— Une âme épaisse, indécise, répondant mollement aux coups...

— Un pilier de taverne, un gourmet repu qui digère.

Le maître d'œuvre sourit avant d'extraire de sous la toile une pierre dont un côté a été travaillé.

— Encore une, dit-il. Ma préférée.

Sauvejoie la reçoit et réagit sur-le-champ.

— Elle est tiède.

Il prend un air inspiré, qui laisse transparaître une mine chafouine.

— Dans sa surface polie, je retrouve de beaux morceaux de femme.

— Que tu situes où ?

— La question est bien grivoise.

— Tu es bien assez polisson pour me répondre.

En friand des choses de l'amour, il détaille.

— Le creux des reins, l'entrecuisse, le bas de la nuque.

— Et côté visage ?

— L'arrière des oreilles, les lobes, la lèvre inférieure. Là où le grain est moins lustré je retrouve les fossettes, le front, le menton...

— Tu n'as rien dit de la couleur ?

La réponse fuse :

— Blonde ! Je veux dire que cette pierre a une peau de blonde, nuance le jeune homme.

— La peau d'Ermeline par exemple ?

— ... Par exemple.

Aubertin récupère sa pierre et la caresse avec douceur.

— Cet échantillon, reprend-il, m'a été offert par Oger l'Auxerrois dont je tiens mon métier. Il me l'a apporté le jour de mes noces en disant : « Ceci n'est pas un simple caillou mais un morceau de l'âme pierreuse d'Ermeline. Nous avons tous une âme pierreuse quelque part, un rocher qui nous correspond forme pour forme, une sorte de moule dont on est tiré le temps d'une vie et que nous regagnons une fois que le corps nous lâche. Le bon sculpteur est capable de faire éclater la gangue, de dégager les traits d'une âme, voire de la réveiller. »

— Tu y crois à son histoire ? coupe le garçon.

— Pourquoi pas ? C'est une belle histoire.

Aubertin remet précautionneusement la roche dans son sac, relève la tête et croise le regard amusé de Sauvejoie.

— En tout cas, même si elle n'est pas vraie, elle me convient, conclut-il en souriant.

Aubertin ne peut s'empêcher de rêver à cette pierre perdue quelque part en forêt, dans le cœur d'une carrière ou sur les flancs d'une montagne, à cet humble rocher où sommeille Ermeline dans l'attente d'être retrouvée par son sculpteur et réanimée. De la pointe amoureuse de ses outils, il rendrait beauté, douceur à sa chère défunte et, pour l'éternité du souvenir, le visage apaisé des beaux jours.

Un matin, après des semaines à consumer son temps devant les flambées de l'âtre, le maître d'œuvre déchu sort de l'écurie destrier et roussin, selle l'un, affuble l'autre de ses outils et de son arroi, puis remonte au logis pour régler avec Sarah les questions domestiques.

— Je m'en vais pour un temps, je ne serai pas long, se contente-t-il de dire.

Il gagne ensuite la soupente où Sauvejoie a ses quartiers pour lui faire quelques recommandations :

— J'ai confié à Sarah la garde de la maison. Je ne lui ai pas demandé de veiller sur toi. J'espère qu'on te verra plus souvent sur le chantier qu'à battre le pavé et conter fleurette.

En guise de réponse, il reçoit des borborygmes ensommeillés accommodés d'étirements et de bâillements, de bonnes résolutions à ranger illico dans le cellier dévasté des promesses d'ivrogne.

Resserrant sur lui sa pèlerine, Aubertin rejoint ses chevaux. Le temps est au gris et à la brume, rien qui laisse présager au voyageur l'éblouissant soleil d'hiver qui l'attend à la sortie de Paris.

Son père parti, Sauvejoie traîne en longueur, en langueur et en volupté un réveil chaotique. Dix fois, il s'assied sur sa couche avec la vague intention de se lever, dix fois il se laisse récupérer par sa chaude couette. Le froid est pénétrant et le jour trop morne pour que le dormeur se résolve à passer à la verticalité. Sans compter que la perspective de se rendre au chantier pour y décharger des pierres n'incite pas à la vaillance. Les derniers relents de culpabilité s'évacuent au fil du sablier. Autour de midi notre homme décrète qu'en faisant bouchée double le lendemain il peut jeter sans remords aux oubliettes de la paresse cette journée mal emmanchée. La percée tardive du soleil, une odeur de pain défourné et un creux au niveau de l'estomac le mettent sur pied à une heure inavouable avec l'envie parfaitement justifiée de ne pas rendre à l'utilitaire un temps imparti à l'oisiveté et au plaisir de vivre.

— Cela fait une paye que nous n'avons plus pris de bon temps, marmonne-t-il en sortant de son coffre son plus bel habit.

La longue période d'épreuve et de deuil qu'il vient de traverser a éloigné du monde, et plus précisément du versant câlin de celui-ci, le vigoureux jeune homme. Gagné par un appétit grandissant de bouches gloutonnes, de mamelons palpitants, de fesses bien tournées, notre damoiseau se prépare en passant mentalement en revue les endroits favoris de ses braconnages sentimentaux. Il décide en dernier ressort d'opérer en terrain vierge plutôt que de repasser dans les anciennes ornières, et part en chasse dans les parages fourmillants de Saint-Denis où se tient autour de Pâques le plus grand marché parcheminier d'Occident, la Foire du Lendit. Vaste à souhait et très populeux, le quartier peut parfaitement renseigner le jeune homme sur la manière dont son charme opère encore après un carême long de deux mois. Encouragé dans ses œuvres par le soleil, Sauvejoie est pourtant lâché par le grand astre au moment où l'abbatiale se déploie devant lui. En lisière de l'esplanade, quelques marchands ambulants piétinent le sol et réchauffent de leur haleine des doigts engourdis qui émergent de mitaines. D'autres, en voie de capitulation, ont déserté leur étal pour se rapprocher des feux. Le froid tombe et les chalands se font rares. Le monde a quitté la place pour se replier dans les accortes tavernes alentour. En bon vivant, Sauvejoie jette son dévolu sur le plus tapageux de ces établissements, la ruche la plus bourdonnante. Il est en manque de bousculade, de bourrades amicales, de gros rires, de formes rebondies à l'image des pichets et aussi de vin libérateur. La porte à peine poussée, il lui vient aux narines une odeur métissée où de la fumée grasse se mêle à des relents d'aisselles, de vinasse et d'urine, un musc infâme qu'il hume avec une volupté bassement animale. Quelques coups d'épaule, un œil qui scrute le lieu autant que les gens, une place idéale pour observer autant que pour être vu et notre homme s'installe, prend ses aises, commande un pichet à une avenante matrone et savoure son plaisir. Planté sur une estrade, un cornemuseux torture ses flûtes pour qu'on l'entende. Attablées en contrebas, deux beautés, l'une brune et l'autre châtain, passent en revue la gent mâle sur fond de fous rires connivents. Quelques œillades en sa direction confortent Sauvejoie dans l'idée que les atouts gagnent son jeu. La suite ne se fait pas attendre. Elle démarre avec la commande d'une tournée de vin en l'honneur des belles, se perpétue avec l'embarras du choix cruellement arbitraire de privilégier l'une plutôt que l'autre, se solde par l'embarquement conjoint des deux tendrons dans un même élan de cœur vers une seule et même couche. À part un confesseur scandalisé ou quelques jaloux, qui l'en blâmerait ?

Aubertin d'Avalon retourne aux sources de sa vie, cette terre bourguignonne dont il est un pur enfant. Chêne ébranché d'un amour sans partage, arbre vidé de sa sève, il revient au pays de ses racines pour refaire ses forces et repartir le temps qu'il lui reste à vivre vers de nouveaux projets. Compagne discrète, la Seine montre le chemin à ce voyageur absorbé par ses souvenirs. Plus loin, c'est l'Yonne qui l'accapare pour le ramener à Sens, à Joigny, et surtout à Auxerre qui vit naître et grandir Ermeline, fut le terrain de ses jeux, le champ de ses apprentissages et, plus tard, la clairière de ses amours.

Le roussin qui porte les outils du tailleur de pierre tourne en bourrique. Il aurait voix humaine qu'il demanderait à son maître les raisons obscures qui le poussent à quadriller Auxerre comme s'il avait perdu le chaton d'une bague. Rassemblant au travers des rues de la ville des images de sa jeunesse, Aubertin semble attendre le prodige qui ferait réapparaître le temps d'un éclair son aimée, l'Ermeline à longue tresse blonde de ses vingt ans ou, pour le moins, ramènerait à ses oreilles un simple rire d'elle. Un contrefort de la cathédrale, une fontaine, un sentier escarpé serré entre deux murs lui font revivre la douce période où ils devinrent amoureux. La maison familiale de sa belle, sise dans une petite rue pentue reliant les rives de l'Yonne à l'abbaye de Saint-Germain ranime trop douloureusement son veuvage pour qu'il y fasse halte. Passant son chemin, il surmonte l'envie de frapper à la porte de son amour, de jeter un coup d'œil dans la courette en se redressant sur ses étriers pour s'assurer qu'elle n'est pas là.

La plaie ne se ferme pas.

La nuit, il rêve qu'il cherche à sculpter le visage d'Ermeline sans parvenir à se rappeler ses traits. Son réveil est affolé.

— Je suis en train d'oublier, il ne faut pas que sa mémoire m'échappe.

Il quitte Auxerre avant que le guetteur ait corné l'aube pour emprunter une piste qu'il connaît par cœur pour l'avoir parcourue des centaines de fois quand il travaillait en carrière à Aubigny. Il débutait alors dans le métier, passait ses jours à détacher des blocs cyclopéens du ventre d'une imposante colline boisée qui abritait sous sa peau de verdure un massif compact de pierre blanche. En ce temps-là, il n'était pas encore autorisé par son maître à sculpter, tout au plus à épanneler ou à équarrir des cailloux informes. Cette interdiction n'empêchait pas l'apprenti de donner à ses moments perdus visages, mouvements et expression à des cassons abandonnés sur le chantier et de se découvrir sculpteur dans l'âme et, qui sait, sculpteur d'âme.

Si le paysage n'a pas changé, Aubertin retrouve avec difficulté la percée qu'il fit trente ans plus tôt avec Oger l'Auxerrois. Reconquise par des ronces et de la mousse, l'excavation, beaucoup plus importante que jadis, a été désertée par les carriers en raison de son accès peu commode.

« Les hommes ont préféré grignoter la colline par un meilleur bout », pense Aubertin.

L'endroit inspire l'ancien maître d'œuvre. Il est chargé de tendresse. Il est de l'éclosion de leur amour, il a accueilli dans ses bras clairs une jeune amoureuse qui, jugeant trop maigre la pitance de son vigoureux compagnon, lui apportait jour après jour un complément de nourriture. Ermeline croyait en la vertu du lait pour nettoyer les voies respiratoires de la poussière de pierre que respirent inévitablement les tailleurs. Elle en montait des cruchons entiers. Très habile de ses mains, elle n'avait pas sa pareille pour enlever un éclat de roche logé dans un œil. Pour cette opération, elle se servait d'un cheveu dont elle faisait une boucle. Aubertin s'abandonnait avec bonheur à ces soins d'une infinie douceur. Il en savourait d'autant plus les délices qu'il était exposé à des travaux quotidiens particulièrement rudes. La délicatesse d'Ermeline prenait parfois un tour surprenant, comme par exemple cette idée qu'elle avait eue un jour d'offrir à son promis un couple d'oiseaux en cage pour qu'ils tiennent compagnie au tailleur et agrémentent de leur chant la mélopée monotone des coups d'outil. Cette initiative fit des petits et bien vite le chantier se transforma en volière.

Aubertin emploie son après-midi à s'aménager un abri au départ d'anciennes palplanches remisées par les carriers à l'entrée de la fouille et abandonnées par eux sur le site. Il se sent bien dans cette solitude glacée de décembre et trouve de l'apaisement dans le silence environnant.

Le maître d'œuvre est redevenu sculpteur. Il songe à l'endroit choisi d'où il tirera sa pierre. La paroi ne présente aucune fissure et elle n'est souillée par aucune trace d'infiltration. La lourde lance de carrier attend d'être accrochée à sa chaîne pour entamer les contours du bloc. Dans la nuit, Aubertin interroge ses mains. Fortes de vingt-cinq années de caresses aveugles, elles sont ses seuls recours de mémoire pour retrouver les fragments qui manqueraient à ses souvenirs.

4

Suspendu à sa potence, le long pic d'acier balance d'avant en arrière comme bélier à l'assaut d'une poterne ennemie pour entailler dans la masse rocheuse une première saignée verticale. Les coups assenés par Aubertin sont puissants, réguliers, précis. Ils réveillent de sous la colline le cœur d'un géant. L'homme d'aujourd'hui se mesure à celui qu'il était jadis et ne s'accorde de répit que pour réalimenter ses lampes. S'il se reconnaît moins leste, il a peu perdu de son endurance, canalise mieux ses forces et, surtout, économise sa peine par d'astucieux raccourcis, fruits de sa longue pratique. Bien que fastidieux, ce travail ne lui pèse pas. Au contraire, il rythme ses réflexions, renourrit son appétit de vivre là où l'inaction le rendait morose. Une semaine s'écoule sans qu'il rencontre âme qui vive dans ce coin oublié de Bourgogne. Il en est bien aise. Mieux, il savoure tant ce statut d'ermite qu'il repousse de jour en jour le moment où il devra s'éloigner de cet endroit pour se ravitailler. Alors qu'il se prépare à éperonner la quatrième face du bloc, un bêlement le distrait de son ouvrage. À proximité de la fouille, un adolescent et ses chèvres. Une aubaine pour le tailleur de pierre qui saute sur l'occasion.

— J'arrive au bout de mes provisions et de ma réserve d'huile. Tu me rapportes de quoi tenir une huitaine et je te paierai largement.

Le petit berger prend un air désolé.

— Sans argent, je ne peux rien acheter. Je n'ai pas un sou vaillant pour faire l'avance.

Aubertin plonge dans son escarcelle et sort une pièce.

— Elle s'appelle « confiance », dit-il avant de la lui remettre.

D'avoir vu des étoiles luire dans les yeux du garnement donne au sculpteur l'impression désagréable que son affaire en restera à sa conclusion et qu'il devra s'occuper lui-même de sa pitance s'il ne veut pas mourir affamé. Un démenti heureux arrive dans la soirée du lendemain avec le retour du berger portant à l'épaule un sac pansu. Déjà bien payé pour sa peine, il a arrondi ses émoluments en s'empiffrant en chemin de cochonnailles, de pâté de chevreuil et autres délices de table. Invité par Aubertin à partager le bout de gras, il passe du gris au vert avant d'aller rendre ventre et boyaux à six toises du campement.

Évidé sur son pourtour, ce bloc, plus haut et plus large que le carrier, ne tient plus que par sa face arrière. Inaccessible aux outils, le sixième côté est à rompre. Après avoir enchâssé à la masse des coins de chêne bien sec, dans une saignée latérale, Aubertin humidifie le bois en le recouvrant de chiffons mouillés pour qu'il gonfle. Quelques heures seront nécessaires pour que l'eau fasse son œuvre. Le craquement se produit au lever du jour et réveille en sursaut le dormeur. S'ensuit le fracas d'une chute sur un lit de gravier. L'homme allume une torche pour s'assurer que la face aveugle s'est fracturée selon son souhait. À vue de flamme, le bloc semble de bonne venue. Il peut se rendormir tranquille.

La matinée se passe à rapprocher la pierre de la sortie. L'orée de la fouille est idéale pour sculpter. Elle présente le double avantage d'offrir la bonne clarté du nord et de mettre l'artisan à l'abri de la pluie. Seul inconvénient, elle est encombrée de cassons et de deux rochers énormes couverts de mousses dont l'un approche la toise en hauteur comme en largeur. Le premier massif est déplacé sans trop de peine avec le concours des chevaux. L'autre, très profondément ancré dans le sol, oblige Aubertin à en dégager le pied. Il utilise sa lance comme levier et pèse de tout son poids sur la barre d'acier dans l'espoir d'ébranler la pierre. En vain.

— Je n'y arriverai pas seul, grommelle-t-il en s'épongeant le front.

Assis face à son problème, le carrier réfléchit en se grattant la barbe. La solution la plus sage serait de fabriquer une potence et de reprendre le pic pour refendre le roc en deux morceaux. Il peut aussi approfondir le cratère et aménager sur deux toises une pente douce qui, tapissée d'un jeu de rondins, permettra d'extraire la pierre. Moins coûteuse en temps, cette seconde méthode est préférée.

Le jour décline quand le bloc, enfin déraciné de son socle, se couche sur sa partie plane. Après avoir vérifié l'arrimage du massif ainsi que l'attelage, Aubertin hèle ses chevaux et l'ascension commence. La charge est accablante. Pour éviter qu'elle ne recule et pour soulager les bêtes qui peinent, l'homme la retient de sa lance de carrier. C'est alors que surgit d'un buisson une forme hirsute. Effrayée, une des montures se cabre tandis que l'autre se dérobe en cassant son trait. La pierre dévale alors vers la paroi. En perte d'équilibre, Aubertin lâche son pic, puis tombe à la renverse. Il cherche à se mettre à l'écart quand le bloc se rabat sur le flanc rocheux emprisonnant du même coup son avant-bras sous la pierre. Comprimé dans cet étau, l'infortuné pousse un hurlement de douleur qui se mue en un cri de rage lorsqu'il s'aperçoit qu'il lui est impossible de dégager sa main gauche. La gravité de la situation lui apparaît alors dans toute son horreur et il reste hagard un long moment avant de se recentrer sur son mal. Solidement menotté au niveau du poignet, il ne sent plus ses doigts.

— Ma main se meurt !

Cette simple phrase le surprend. Elle affleurait à la bouche d'Ermeline trois mois plus tôt avec la même intonation, la même résignation. C'était juste avant la reprise en force de la maladie. Ces mots l'avaient accueilli alors qu'il revenait du chantier et il s'était trouvé chaviré à l'idée que les doigts de l'aimée, si doux à la caresse, si secourables lors d'accouchements difficiles, si habiles aux travaux d'aiguille et autres besognes fines, ne répondaient plus. Il se souvient d'avoir rassuré Ermeline en prétendant qu'ils étaient seulement endormis et qu'il n'y avait pas lieu de s'inquiéter. Il n'a pas oublié l'expression résignée de son visage, ni la manière dont sa main valide enveloppait cet oiseau sans vie qu'était devenue sa main morte.

— Dieu damne ! hurle-t-il pour chasser sa douleur.

Malgré la force de son cri, sa voix portée par l'écho

s'éteint à une lieue de toute âme qui vive. La nuit tombe avec le froid. Si son avant-bras est devenu insensible, son cœur cogne en lui de toute la force affolée de ses poings.

— C'est mon tour de mourir, dit-il.

Tombée à une toise de lui, la lourde lance de carrier le nargue. Il l'aurait à portée de main qu'il se libérerait d'une pesée. Contrairement au destrier, le roussin n'a pas rompu son trait. En désespoir de cause, Aubertin l'incite à hue et à dia à tirer la charge. Quelques essais infructueux ont raison de son plan. Il saisit la longe de sa main valide et attire à lui son cheval. Rien du côté du collier d'épaule, ni des sanglages qui puisse lui venir en aide. Il débarrasse l'animal de son harnachement et lui rend sa liberté. Il se sait perdu, à la merci du froid et de la faim. Comme Ermeline, il paie pour une faute inconnue. Peut-être ce méfait a-t-il pour nom le bonheur ?

— Quel est ce Dieu qui châtie les nobles de cœur, les fervents, ce démiurge qui ne respecte pas la bonne main de ses artisans ? blasphème-t-il.

Le roussin est revenu près de lui. Aubertin se place dans son haleine, lui parle doucement.

— Je ne peux pas t'en vouloir d'avoir eu peur. C'est dans la nature des chevaux d'avoir peur, dans la nature des hommes aussi...

Plus tard, la conversation avec sa monture tourne à l'aigre.

— Tu aurais un brin de cervelle, tu me sauverais la vie.

Les hululements intempestifs d'un chat-huant dérangent le silence confus de la nuit. Peu après, le tambourinement espacé de lourdes gouttes de pluie sur les feuilles mortes instaure un tapage croissant. Le martèlement s'emballe. Il pleut à torrents de longues heures, puis à nouveau le calme pour ouvrir sur un camaïeu de gris un jour sépulcral.

Comme un esprit égaré, Aubertin flotte dans cet espace sans vie du matin. Il ne sait plus s'il a froid, s'il a mal, s'il a faim. Vidé d'espoir autant que de force, il attend de passer. N'a-t-il pas souhaité cela à la mort d'Ermeline ? Un coup d'œil vers sa main happée. Elle est bleue, tellement bouffie qu'elle ressemble à une moufle de mauvaise toile. Non loin, un carnassier en chasse s'est jeté sur sa proie. Un combat expéditif où se mêlent grognements et cris met la vallée en émoi. Machinalement, la main valide d'Aubertin se porte à sa ceinture.

— Si seulement j'avais gardé mon couteau, déplore-t-il.

Des gouttes de sueur perlent sur son front à l'idée qu'il sera bientôt à la merci d'une bête sauvage. Les pieds de l'ancien carrier reposent sur des cailloux moussus et informes qui sont des rebuts d'équarrissage. Il en ramasse une dizaine qu'il place sur le roc, histoire d'avoir des projectiles à disposition. Traversé par une autre idée, il en cueille un plus gros avec lequel il se met à frapper le bloc comme s'il avait affaire à un monstre qui, assommé, pouvait ouvrir la gueule et lâcher prise. À pierre contre pierre, ce n'est pas un travail de taille qui s'engage mais une opération de concassage aussi misérable qu'inefficace. Durant toute la journée, le sculpteur réduit en poussière la plupart des cailloux qui sont à sa portée pour, au bout du compte, ne briser qu'un coin du rocher dont il fera par la suite le même usage.

Aubertin vide sa rage dans cette vaine entreprise en même temps qu'il défend en bon soldat sa dignité d'artisan de la pierre en luttant jusqu'au bout avec les seules armes qui lui restent. Peu lui chaut s'il s'en trouve meurtri de partout ou si sa main valide est en sang. Le soir, il frappe toujours, obstinément, désespérément. À quelques pas de lui, ses deux chevaux broutent paisiblement. Revenu de ses frayeurs, le destrier a retrouvé le chemin du campement. L'obscurité tombe et le sculpteur ramasse à la hâte les cassons qui sont encore à sa portée pour les ranger sur le rocher. Il lui faut de la matière pour continuer dans la nuit son travail de sape. Il fait noir qu'il remonte encore des cailloux. Alors qu'il glisse ses doigts sous un fragment de pierre plus volumineux, il se brise un ongle sur un objet dur et froid. Aubertin cesse un instant de respirer avant de replonger sa main pour extraire du sol le fer d'un taillant, cette sorte de hache à double tranchant qu'emploient les carriers pour équarrir les blocs.

— Mon outil ! s'exclame-t-il. Mon bon outil !

Aubertin soupèse l'objet, le porte à ses lèvres et c'est toute l'histoire de ce taillant et de sa perte, trente années plus tôt, qui lui revient. Il revit la colère d'Oger l'Auxerrois, son maître qui avait fait forger l'outil à sa main. Il se revoit tournant et retournant les pierres du chantier pour le retrouver. Il avait même soupçonné un compagnon de le lui avoir volé.

Plus de manche, bien sûr ! Mais la pièce en bon acier a conservé ses tranchants. Aubertin jette à terre les cassons qu'il avait préparés pour la nuit et, dans un formidable sursaut d'énergie, commence à entamer la mâchoire rocheuse qui s'est refermée sur lui. À présent, il a une vraie arme pour vaincre le monstre, si toutefois ses forces ne l'abandonnent pas.

Affamé, brisé de fatigue et perclus de douleur, le sculpteur libère la partie haute de son avant-bras devenu un pitoyable amas de chair. Il évolue vers le poignet mais n'ose imaginer l'état de cette main broyée dont il ne sent plus la présence. Il est à bout et doit lutter contre des absences passagères. Compatissante, la lune se met en quatre quartiers pour éclairer au mieux son travail. Malgré cela, il passe dans les yeux d'Aubertin des taches noires qui obscurcissent sa vision. Peu avant l'aube, il perçoit de l'agitation du côté des chevaux. Le carnassier est de retour et rôde. Sous la menace, Aubertin reprend sa taille avec plus d'acharnement. Chaque coup qu'il porte lui déchire la poitrine. Il pense à sa vie, à ses fils partis en croisade, à Sauvejoie, à Ermeline qui l'a rappelé dans ce lieu de mort.

— Ouvre-moi ton visage comme au temps où tu m'aimais. Que je sache !

Sa vue se trouble. Il suffoque. D'avoir été épongé par sa manche, son visage est de poussière et de sang. Brusquement, tout autour de lui s'efface, et il tombe sans connaissance. Quand il ouvre les yeux, un lynx bondit sur lui. Dans un geste désespéré de défense, il le frappe de son taillant. Atteint en plein mufle, l'animal boule en miaulant. Un second coup assorti d'un juron lui éclate le crâne. Aubertin est à peine revenu de ses émotions qu'il tire à lui le félin et boit son sang.

— Il faut que je tienne, j'y suis presque.

Il serre contre lui l'animal et puise de sa chaleur. La tête lui tourne. Il sombre une nouvelle fois dans l'inconscience. À son réveil, il fait jour. Le sculpteur reprend péniblement son taillant et se remet à frapper sur son poids. Les coups vont en s'espaçant, ils hésitent. Soudain, l'outil tombe en laissant échapper un son cristallin. Aubertin se redresse, décolle sa main qu'il emporte comme un nourrisson endormi. Il marche vers son bagage, en tire son couteau puis, titubant, revient sur le lynx qu'il éventre.

Il réchauffe son avant-bras glacé dans les entrailles tièdes du félin : une femelle pleine.

5

— Mais quand donc va-t-on m'amener cet Avalon dont vous me vantez les mérites ?

Cette question exaspérée retentit dans la maison du Temple de Paris et le chevalier qui s'impatiente n'est autre que Gilbert Erail, grand maître d'Occident après avoir été grand maître de Provence et d'Espagne. Homme d'action et de décisions rapides, Erail est gratifié d'un physique ingrat de vilaine brute qui ne laisse en rien deviner l'esthète qu'il est véritablement. Peu soucieux de son apparence, il ne jure pourtant que par la beauté et fait montre d'un don d'émerveillement qui surprend son entourage. Dans la même salle siège son supérieur hiérarchique, Robert de Sablé. Haut personnage de son époque, le grand maître du Temple en Orient a quitté Saint-Jean-d'Acre pour entendre à Paris et ailleurs les doléances de ses pairs et prendre connaissance de l'avancement des chantiers de cathédrales dont l'Ordre est promoteur. Robert de Sablé est un homme d'une santé précaire, prématurément vieilli. Il porte une barbe allongée, taillée avec soin, qui réunit sans discrimination poils noirs et poils blancs. Son regard perçant tient en respect ses interlocuteurs et déshabille leurs âmes. Par le passé, le personnage fut un ancien vassal du roi d'Angleterre. Il exerça aussi le métier de troubadour. Apprécié pour ses idées larges, pour son esprit visionnaire et ses qualités de négociateur, il a été élu par l'Ordre pour mener celui-ci sur des chemins moins belliqueux que ceux empruntés par ses prédécesseurs. La construction des cathédrales dans l'architecture dite « templière » est son fer de lance. Il voit dans ces élancées de pierres un projet fédérateur puissant, un levier capable de hisser l'Occident à un plus haut degré de justice, d'égalité et de prospérité.

Le doigt pointé sur une carte déroulée devant lui, Robert de Sablé énumère :

— Sens, Senlis, Strasbourg en chantier. Même chose pour Laon, pour Paris, pour Lyon. Le projet fait tache d'huile, certes, mais il s'épuisera si Chartres ne rallie pas le mouvement.

Les personnes présentes acquiescent par déférence, à l'exception toutefois du sénéchal qui émet ses restrictions.

— Messire, vous savez comme moi que Chartres n'est pas près d'être rebâtie. Elle est faite de bonnes pierres et parée pour une vie de mille ans. À moins d'une guerre ou d'un cataclysme, je ne vois pas ce qui pourrait l'ébranler.

Le trésorier du Temple profite de la brèche ouverte par son supérieur pour mettre en garde la communauté contre des dépenses qui deviennent somptuaires sur certains chantiers.

— Il viendra un moment où nos caisses seront vides, prévient-il.

Long et morne personnage à la conversation oiseuse, le financier de l'Ordre ne ressent de jubilation que dans les chiffres et les tractations d'argent. Risée de la congrégation, il est en revanche consulté pour ses exceptionnelles qualités d'homme d'affaires par Philippe Auguste lui-même.

— Le jour où nos coffres seront vides, vous trouverez encore le moyen de les vendre au prix de coffres pleins, plaisante Gilbert Erail à qui la provenance de l'inestimable fortune du Temple pose depuis toujours un insoluble problème de conscience.

La conversation s'interrompt sur l'arrivée de l'écuyer de Robert de Sablé qui introduit dans la pièce un beau et robuste garçon de dix-huit ans tout au plus.

— Ton nom ? questionne sans préambule le grand maître.

— Tobie ! Sur le chantier, tout le monde m'appelle Sauvejoie.

— As-tu une idée de l'endroit où se trouve ton tuteur ?

— Il ne m'a pas dit où il allait mais je veux bien parier qu'il est retourné en carrière.

— En carrière ? s'étonne le grand maître.

— Il est parti avec ses pics d'acier, les gros et les fins, avec son taillant, sa boucharde... Il a pris aussi ses ciseaux de sculpteur.

— Es-tu en mesure de nous l'amener ? demande Erail.

Subodorant l'importance que ces hommes éminents accordent à cette rencontre et entrevoyant pour son père une possible réhabilitation, Sauvejoie répond avec aplomb :

— Je vous le retrouve. C'est l'affaire de quelques jours.

— Vous m'avez vanté les qualités d'un maître d'ouvrage versé dans toutes les astuces de la construction, un concepteur de plans de première force et vous me parlez ici d'un carrier..., intervient Robert de Sablé.

— Mon père cherche une pierre pour une sculpture. Une pierre qui ressemble à son épouse par sa couleur, son grain... Une pierre qui soit proche de ce qu'elle était, très douce, très joyeuse.

Le charme juvénile du jeune homme opère sur le grand maître qui a logé son menton dans ses paumes pour l'écouter docilement. Le sénéchal se voit dans l'obligation d'apporter à Robert de Sablé quelques lumières sur le malheur qui a frappé récemment le maître d'œuvre. Quand il évoque le chantier de Notre-Dame, Sauvejoie, mis en confiance par l'attitude du templier, sort une nouvelle fois de sa réserve :

— Il a conduit la construction de la cathédrale pendant huit ans, il en a fait tous les plans mais cela ne les a pas empêchés de le congédier.

— Qu'est-ce qu'il raconte ? interroge Robert de Sablé en se tournant cette fois vers Gilbert Erail.

Sauvejoie ne laisse pas à ce dernier le temps de réagir.

— Ils l'ont chassé, lâche-t-il comme on se vide d'un sanglot. C'était un bon maître d'œuvre pourtant. Le meilleur ! Demandez aux hommes. Ils l'ont chassé pour folie. Mais il n'était pas fou. Il n'a jamais été fou. Il portait juste en lui un grand deuil, beaucoup de rage, beaucoup de chagrin. Dieu l'avait abandonné et, pis que tout, Notre-Dame, pour qui il avait dessiné la plus céleste des demeures, s'était fermée à sa supplique.

Marri de l'échec de son entreprise et furieux de son état, Aubertin d'Avalon quitte sa fouille d'Aubigny sans que sa pierre ait pris forme humaine. Avec sa main broyée, plus question de tenir un ciseau, encore moins de le diriger. Prisonnier d'une douleur lancinante qui l'occupe le jour et l'empêche de dormir la nuit, il pactise avec son mal : « Cela vaut mieux ainsi ! C'est signe qu'elle se réveille. » En quête de quelqu'un qui puisse le soigner, il prend la direction de Vézelay, où la basilique Sainte-Marie-Madeleine est en chantier. Qui dit chantier dit tailleurs de pierre. Qui dit tailleurs de pierre dit meurtrissures, coups, doigts écrasés. C'est auprès d'eux qu'il a le plus de chance de trouver le rebouteux qui remettra sa main en état.

Juchée en haut de sa colline, Sainte-Marie-Madeleine en est au même degré d'avancement que Notre-Dame de Paris. Contrairement à la cathédrale dont il était maître d'œuvre, cette construction relève encore de la vieille architecture avec des voûtes qui reprennent massivement les charges, des petites fenêtres qui baignent l'édifice d'une lumière parcimonieuse.

Alors qu'il grimpe le chemin pentu qui conduit à l'abbaye, une autre raison le pousse à se rendre dans ce haut lieu de pèlerinage : les retrouvailles avec quelques amis de jeunesse. Certains étaient très proches et seront également bons médecins de son âme en ramenant à la surface de sa vie quelques rutilances du passé. Comme à Notre-Dame, la bâtisse abrite un désordre de cahutes sur la face sud de la nef et du chœur. Aubertin débouche sur un chantier déserté. Pas la moindre activité au-dehors. Il pousse ses chevaux au milieu des tas de pierres et des amoncellements de bûches préparés pour alimenter les feux de l'hiver et aperçoit un homme qui épand dans un creux du chemin deux seaux de gravats blancs. D'humeur joyeuse, le manœuvre sifflote.

— Je cherche Garcin de Tormancy. Ça te dit quelque chose ? apostrophe le voyageur.

— Vous le trouverez à l'auberge Sainte-Croix. Par le froid qu'il fait, il préfère tailler des bavettes que des figurines dans le caillou.

Aubertin sourit à sa chance et descend de son cheval pour se rendre au relais. Il est à plus de vingt toises de la bâtisse et entend déjà, reconnaissable entre mille, la voix de l'énergumène. À mesure qu'il approche, il ralentit le pas pour mieux écouter. Garcin tonitrue plus que de coutume. Davantage, il hurle, frappe, tape, malmène tables et bancs, menace barillets et cruchons.

— C'est une honte d'augmenter le prix du vin sans prévenir ! vocifère-t-il. C'est à vous dégoûter de boire !

Le tavernier ne sait plus par quel bout protéger son établissement qui, au départ d'un coup de gueule, est à deux doigts d'être dévasté. Il est sauvé in extremis par l'entrée d'un revenant des guerres saintes, un rescapé des croisades, hirsute de barbe autant que de cheveux, un sauvage des forêts dont le bras gauche épaissi d'étoffe est attaché au cou par une attelle en peau de lynx. Le fauteur de troubles, colosse rubicond, tourne vers le nouvel arrivant un visage menaçant, revient sur lui avec les yeux de l'étonnement, laisse enfin éclater sa joie pour accueillir à bras déployés ce compagnon prodigue, ce frère d'outils et de premières armes.

— On m'aurait dit que tu étais là ! s'exclame-t-il sans préciser ce qu'il aurait fait pour autant.

Fort de cette assertion qui ne l'engage à rien, notre homme poursuit son tapage en riant à tue-tête et en offrant à l'assemblée une tournée de ce vin dispendieux qui pourrait l'être davantage pour fêter comme il se doit l'événement.

— C'est moi qui abreuve ! lance-t-il au tavernier qui, en retard d'une guerre, fait écran de son corps pour protéger un fier tonneau de rouge qu'il croit pris d'assaut.

Dans la salle, on redresse bancs et tables, on repousse du pied les débris dans les coins, on s'assied.

— Qu'as-tu au bras ? Ce n'est pas grave ?

Sous des dehors rustiques, Garcin est prévenant comme une mère. Il s'inquiète de tout et de tous, prend des nouvelles des enfants, des compagnons, des familiers avant de s'enquérir de la santé d'Ermeline dont il fut très amoureux jadis et qui demeure dans sa vie une cime enneigée qu'il n'a pas pu atteindre. À l'annonce de son décès, il accuse le coup, reste un long moment interdit avant de fondre en larmes.

— Ce n'est pas possible, dit-il en s'essuyant la joue du revers de sa lourde patte de sculpteur.

Dans les braves yeux de Garcin perce le constat amer de la mortalité des rêves et des anges. Puis il revient au bras en écharpe et fait quérir la Gonzaille par un de ses apprentis. Qu'elle vienne sur-le-champ avec ses médecines, ses pommades et ses décoctions pour soigner la main de son ami. Le colosse s'abandonne à l'emprise d'un vin triste. Abattu par la douleur et le froid, Aubertin se montre peu loquace.

Le retour du commissionnaire et l'apparition à son côté d'une vieille et lourde grognasse affublée d'un cabas aussi loqueteux qu'elle est loin d'éveiller sa confiance. Il lui présente néanmoins son bras et se laisse ausculter docilement. De petits doigts boudinés entrouvrent le bandage qu'il s'est confectionné. La Gonzaille referme l'emplâtre en déclarant :

— Il y a du travail pour réparer tout cela. Il faut que tu viennes chez moi.

Garcin accompagne Aubertin jusqu'au repaire de la rebouteuse, une pièce basse où l'odeur d'herbes compose avec une infinité de produits un musc irrespirable. Il assiste, en faisant la grimace, au déballage sur un coin de table du membre broyé. Avant de prendre congé, il rassure son ami.

— Elle a rafistolé des mains en plus mauvais état que la tienne. Tu verras ! Elle fait des miracles. Pas vrai, Gonzaille ?

Là-dessus, Garcin embrasse la vieille femme sur le front et file délivrer ses narines et se rincer le gosier à la source tavernière où le fruit de la treille figure en tête des remèdes habilités à soigner les maux de vivre.

Déjà peu inspiré par l'endroit et sa plantureuse occupante, Aubertin l'est encore moins par la bouillie brunâtre qu'elle met à réchauffer et dans laquelle elle lui demande de tremper sa main et son avant-bras. Absorbée dans ses préparations, la Gonzaille le laisse mariner pendant deux longues heures avant de reprendre le membre broyé et de le laver. Les ongles ne tiennent plus et elle les enlève avec l'insouciance de quelqu'un qui épluche des châtaignes. Profitant d'un moment d'inattention de son patient, la soignante lui croque l'annulaire pour le remettre en place. Pris en traître, Aubertin se décharge d'un rugissement. Le majeur et l'index sont cassés et elle leur confectionne des attelles en osier, les enveloppe ensuite d'un bout de tissu qu'elle va coudre. Après application à la spatule d'un onguent à base d'argile verte, elle enferme la main, en position d'extension, dans un manchon rigide en peau de chevreau.

— Je ne peux rien faire de plus aujourd'hui, conclut-elle.

Quand il parle de la payer, elle se détourne pour ranger ses fioles.

— Je ne prends rien pour ce travail, décrète la vieille femme.

Aubertin s'étonne, et revient une nouvelle fois à la charge.

— Je sais qui vous êtes et j'ai une vieille dette envers vous, réplique-t-elle.

Conscient qu'il n'obtiendra pas d'éclaircissement ce jour-là, il se replie avec ce mystère.

Quand il quitte le logis de la Gonzaille, il la remercie, non sans éprouver une gêne pour la froideur avec laquelle il a accueilli ses soins. Il brise alors la distance et, comme l'ami Garcin, la salue en l'embrassant sur le front.

6

Cher ange de joie,

Je demeure actuellement à Vézelay où les tailleurs de pierre accomplissent un travail magnifique et je profite du départ de deux d'entre eux qui rallient le chantier de Notre-Dame pour te donner de mes nouvelles. Je suis ici chez moi et, plus que jamais, je me sens arbre de ce pays qui m'a vu naître, grandir, aimer. Il porte mes souvenirs les plus heureux, les plus forts. Tout dans cette cité me parle, à commencer par l'endroit où je t'écris. C'est dans ces lieux qu'enfant j'ai vu prêcher Bernard de Clairvaux à la vallée plantée d'une forêt d'hommes. Sans remonter aussi loin, c'est aussi de Vézelay que tes trois frères sont partis pour la Terre Sainte l'été passé. Rappelle-toi !

J'ai retrouvé ici quelques amis parmi lesquels, je te le donne en mille, Oger l'Auxerrois qui fut mon maître. C'est aujourd'hui un très vieil homme qui n'est plus en mesure de marcher mais qui reste debout dans sa tête, sage et solide comme une tour de garde. Il m'a reparlé de la migration des âmes et des refuges où elles s'installent quand les corps leur rendent la liberté. Certaines, dit-il, restent nomades et voyagent avec le vent, d'autres choisissent l'écume des vagues pour caresser les rivages, draper les récifs. Il en existe dans les pieds des grands arbres qui recueillent la sève et la dispensent. Il y en a bien sûr dans les pierres nobles et sans failles qui attendent la venue d'un sculpteur pour reprendre corps et visage. J'ai pu le rassurer sur le sort d'un taillant qu'il m'avait offert il y a trente ans d'ici et que j'avais égaré alors. Il n'avait rien perdu de l'événement, ni sa colère, ni mon dépit. Avant de me retirer, j'ai cherché à savoir de quelle carrière provenait la pierre qu'il m'a remise le jour de mes noces. Il a prétendu ne plus s'en souvenir, ce dont je doute. Des hommes comme lui n'oublient pas.

J'aime la poésie de ce vieillard parce qu'elle me rend le monde moins hostile, la vie plus acceptable. Je t'aime aussi mon fils parce que tu as les mêmes vertus que la poésie. Vis sans dommage et que ta joie et ta beauté continuent d'ensoleiller les êtres qui croisent ton chemin. À toi ma paternelle tendresse.

AUBERTIN D'AVALON.

Sauvejoie reprend la précieuse lettre des mains du clerc qui lui en a fait lecture et part comme un jeune cerf en direction de la maison du Temple. Son cœur est noué d'inquiétude à l'idée que les prestigieux chevaliers qui l'ont fait venir deux semaines plus tôt aient changé leur plan ou, las d'attendre un retour incertain, se soient rabattus sur quelqu'un d'autre.

— Comment n'ai-je pas deviné ? déplore-t-il.

Au lieu de le rapprocher de son tuteur, dix longues journées à cavaler de carrière en carrière l'ont envoyé se perdre en amont de la Meuse, non loin de Commercy. Ému par la lettre qu'il a reçue, Sauvejoie déborde d'affection filiale pour cet homme qui a fait de lui son enfant au même titre que ses autres fils. Il songe au bonheur de retrouver Aubertin pour lui annoncer : « Je t'apporte la grande nouvelle, un chantier comme tu n'en as jamais rêvé. Je tiens ta revanche ! »

Quand il se présente à la maison du Temple, il voit son ardeur rabattue par un tourier rétif qui résiste à l'introduire dans la place. À force d'insistance et grâce à l'arrivée inespérée d'un templier qui était de l'entrevue, il est finalement orienté vers une salle d'attente, le temps d'informer le grand maître de sa visite.

Dans le renfoncement d'une fenêtre diaprée de vitraux, somnole un moine en habit de voyage. À côté de lui, un gros livre. Sauvejoie s'installe sans bruit sur le banc de pierre qui fait face au régulier, prend son mal en patience en observant la parfaite circularité de la tonsure et s'intéresse à une goutte qui revient obstinément sous le nez du dormeur et que ce dernier chasse par intermittence d'un reniflement assorti d'une remontée de la lèvre supérieure. Les mains du voyageur sont fines et soignées, autant dire décoratives. Son pluvial est percé et cela malgré qu'il soit de laine et d'un tissage très serré. Quant à ses volumineuses bottes fourrées, elles sont trempées et ruissellent sur le pavement.

Une porte qui claque, un sursaut, des bribes de conversation dans le couloir. Notre homme aperçoit Sauvejoie et s'exclame « Perceval ! » comme on dirait « Au voleur ! ».

— Depuis quand Guiot de Courtil est-il là ? A-t-il seulement fait bon voyage ? demande la voix de Robert de Sablé à l'homme venu le quérir.

Sauvejoie s'efface dans un coin pour laisser passer le grand maître qui va droit au bénédictin et l'accueille en lui faisant une chaleureuse accolade.

— Mais, mon pauvre ami, vous êtes à tordre ?

— J'ai eu quelques déboires avec ma monture. Cela m'a valu un plongeon dans la Seine.

Sauvejoie ne peut réprimer un sourire tandis que Robert de Sablé, impassible, commande au portier de chercher des vêtements secs à la taille du moine et de mener son hôte jusqu'à sa chambre.

— Nous nous reverrons plus longuement après none pour parler de notre affaire.

Captant un regard du grand maître sur le livre qu'il a apporté, les yeux de Guiot de Courtil s'éclairent.

— Ce manuscrit vous est destiné. C'est un présent de l'abbé de Cluny, un bien précieux. Il renferme les derniers récits de Chrétien de Troyes. Il y est question de chevalerie et de la quête du Saint-Graal. Je le connais par cœur pour l'avoir recopié. Je ne vous cacherai pas que j'ai pleuré cent fois pendant sa retranscription.

— Il m'a été rapporté que Chrétien de Troyes est mort sans être arrivé au bout de son histoire !

— Hélas ! Et ce n'est là que la moitié de ma peine.

Un silence respectueux accueille cette confidence. Guiot avale sa salive, puis confie à son interlocuteur :

— Chrétien était mon ami, dit-il d'une voix blanche.

Sauvejoie, qui cherche à se dérober à ces propos qui ne le concernent pas, se rapproche en douce de la porte pour gagner le couloir et attendre là qu'on s'occupe de lui. Rasant le mur de trop près, il accroche par mégarde un porte-flambeau qui tombe avec fracas sur la pierre.

— Je ne voulais pas vous déranger, balbutie le jeune homme. Je me retirais.

La réaction de Robert de Sablé est immédiate.

— As-tu des nouvelles ?

— Une lettre, Votre Seigneurie. Mon père... Aubertin d'Avalon est à Vézelay. En tout cas, il y était encore il y a une semaine.

— C'est bien ! Es-tu bon cavalier ?

— Assez ! Mais pour chevaucher vite il faut une bonne monture et je ne suis doté que d'un bourricot.

— Entendu ! Je charge mon écuyer de trouver ce qu'il te faut. Je veux que tu partes sur-le-champ et que tu me ramènes ton tuteur au plus vite.

Sauvejoie ne peut faire autrement que d'acquiescer, condamnant par là même un rendez-vous galant qu'il avait pris du côté de Lorette avec une salivante fille brune aux allures de pouliche.

La Gonzaille renouvelle le pansement d'Aubertin pendant que celui-ci la scrute de son œil de sculpteur comme on cherche dans une ébauche la forme aboutie. Qui peut bien se cacher derrière le masque épais de ce visage, derrière ce corps disgracieux que des haillons rendent plus misérable encore ? Quelle est cette femme qui séjourne au cœur du rocher, sous la pelure grossière de la pierre et qu'il n'arrive pas à replacer dans sa vie ? En homme de métier, il remodèle en pensée ses traits, retrouve ses lignes, ses reliefs, s'émeut de l'extrême friabilité de la matière charnelle, de sa pauvre tenue au temps. Il se sent tout à coup frère de destinée de cette vieille créature qui fut jeune comme lui, a dû plaire, a dû aimer, a dû payer à la souffrance le tribut des hommes.

Un regard de la Gonzaille le surprend et interrompt du même coup ce travail d'effeuillement de l'être auquel se livrait le sculpteur.

— Ta main a retrouvé son aspect, lui dit-elle. Mais il faudra de longs mois avant qu'elle revienne à elle.

— Quand pourrai-je à nouveau reprendre l'outil ? demande-t-il inquiet.

— Pas avant le début du printemps. Tu dois attendre que tes os se reconstituent.

Suit la douloureuse question :

— Serai-je encore bon pour faire de la fine besogne de tailleur ?

— Tu sais bien que la fine besogne s'enracine dans l'âme avant de migrer de la tête aux yeux et de se prolonger par les mains et les doigts.

Aubertin est mécontent de la formulation de sa question qui le renvoie à une réponse de haut vol qu'il connaît déjà. Ce qu'appréhende le sculpteur, c'est simplement la main qui traîne comme une patte folle, qui lâche l'outil, la main sans force, reléguée comme poids mort loin d'un corps robuste, la main aveugle de toucher et de caresses, frappée d'incapacité de lire les formes ou de les révéler.

Après avoir pris congé de la Gonzaille, Aubertin remonte jusqu'à la basilique qui pépie de bruits de ciseaux. Garcin sculpte en chantonnant de plaisir une petite Ève nue dans la masse blanche d'un chapiteau. Ses apprentis développent de pierre en pierre le savant lacis d'une arabesque. Un frère appartenant à l'abbaye toute proche dégage d'un chemin rocheux le pampre d'une vigne. Dans un coin de l'abri, rappelant le vieux temps, deux oiseaux dans leur cage cisèlent de jolies notes claires.

Sauvejoie arrive enfin à Vézelay au terme d'un voyage rendu éprouvant par la pouliche qu'il a eu la très mauvaise idée d'embarquer en croupe. En effet, dans un souci de bien faire, et mû par le dessein de joindre l'utile à l'agréable, notre homme a proposé à sa conquête de l'accompagner et il s'en mord les doigts aujourd'hui. Titillée par l'aventure et parfaite dans son rôle durant les trois premières lieues, l'amoureuse verra sa flamme faiblir aux premières douleurs ressenties au niveau du fessier. Pour ne rien arranger, une offensive du froid et de la pluie va muer le tendron en mégère brailleuse, réclamant à cor et à cri d'être reconduite chez elle, requête que son galant ne sera pas en mesure d'exaucer.

Arrivé à destination, Sauvejoie porte à terre son accablant fardeau d'amour, part en quête d'une chambre coquette, l'installe dans un lit duveteux, déplorant toutefois que l'attirail déployé de ses charmes ne lui vaille plus que récriminations et pleurnichements. Pour ramener la diablesse à de meilleurs sentiments, il lui fait monter des mets choisis, du bon vin de Bourgogne, le tout payable d'avance auprès d'un hôtelier méfiant.

Après avoir présenté ses excuses sur tous les tons, le joli cœur tente en désespoir de cause de faire la paix en mignotant prudemment la belle éplorée, opération dont il sortira griffé, injurié et mordu. À bout de ressources, Sauvejoie se retire penaud de la chambre, emprunte l'escalier à grand fracas, revient en arrière sur la pointe des pieds pour coller son oreille contre la porte et écouter les soubresauts d'un gros chagrin qui ne tarde pas à se convertir en un léger et régulier ronflement. Provisoirement tiré d'affaire, notre homme se signe en marmonnant :

— Merci, mon Dieu, de veiller sur elle.

Il redescend avec application en prenant un soin de fantôme à ne pas faire craquer les marches de bois. Il saute ensuite sur son coursier et gagne à la hâte le parvis de la basilique.

L'entrée inattendue de son gaillard dans la taverne Sainte-Croix distrait Aubertin du récit coloré que Garcin est en train de lui faire. Surpris, il interrompt son ami en se levant pour aller à la rencontre de Sauvejoie et l'embrasser.

— Que me vaut le plaisir de ta visite ? lui demande-t-il un rien soucieux.

— Une bonne nouvelle ! sourit-il. Le grand maître du Temple, Robert de Sablé, te réclame à Paris.

— Et que me veut-il ?

— Je n'en sais rien. Mais, venant de si haut, il ne peut s'agir que d'une mission importante.

— Il est pressé ?

— Il veut te voir avant la fin du mois. J'ai fait au plus vite pour te prévenir.

Aubertin dévisage son garçon dont la joue porte la signature de ses déboires amoureux et lui lance avec un brin d'ironie :

— En tout cas, je constate que tu n'as pas perdu ton temps.

Là-dessus, il le prend par l'épaule, le mène à la table des tailleurs de pierre et le présente non sans fierté comme un fils. Garcin invite Sauvejoie à prendre place à sa droite et offre sa tournée, qu'Aubertin se fait un devoir de payer pour ne pas désargenter cet homme mieux nanti du côté cœur que de l'escarcelle. Le nouvel arrivant est adopté d'emblée par les artisans tout autant que par la fille du tavernier qui promène sur lui un regard dont la langueur ne lui échappe pas. À l'inverse de son formidable éveil aux choses de l'amour, il faudra trois tournées à Sauvejoie avant qu'il ne découvre la blessure dont souffre son père.

— C'est peu de chose, une broutille ! Quelques jours et il n'y paraîtra plus, répond Aubertin à son fils inquiet.

La taverne reste en liesse jusqu'aux environs de minuit. À l'extinction des feux, chacun réintègre ses quartiers. Ramené à son souci, le galant doit s'armer de courage pour affronter une nouvelle fois les foudres prévisibles de sa belle comparse. S'il est peu fier d'avoir mis la pauvrette dans de si mauvais draps, il n'a surtout aucune envie de revivre un second calvaire en la reconduisant chez elle en croupe sur sa monture. Alors qu'il regagne sans joie et sans appétence la chambre où il l'a abandonnée quelques heures plus tôt, le joli cœur tombe sur la solution du problème en la personne de l'hôtelier qui a pris sa place au côté de la demoiselle et même, faut-il le dire, un peu au-dessus.

Quitte de ses responsabilités, Sauvejoie s'éclipse rasséréné autant que vexé par sa mésaventure. Expulsé de sa couche par cette pouliche cavalière, il passe, en homme peu rancunier, une nuit chaste en compagnie des chevaux.

7

L'écuyer de Robert de Sablé pousse avec fracas la porte du scriptorium de la maison du Temple et se fait incendier par l'œil incandescent du grand maître et les mines courroucées de deux scribes à l'ouvrage dont l'un, troublé par son entrée intempestive, a renversé sur son scapulaire un plein pot d'encre rouge.

— Combien de fois devrai-je encore te répéter qu'un scriptorium n'est pas une cuisine, articule à voix basse Robert de Sablé que la brusquerie du lourdaud désespère.

Coupé dans ses élans, le commissionnaire se range sur le côté tandis que son maître reprend avec délectation le livre que lui a remis Guiot de Courtil. Au bout d'un moment, un raclement de gorge incongru sort une nouvelle fois le lecteur de son récit :

— C'est que le sire Aubertin d'Avalon est en bas qui vous attend, lance hâtivement l'écuyer avant que le regard du templier ne le calcine une nouvelle fois.

De longs doigts glissent une feuille annotée en guise de signet entre deux pages, lissent une barbe, reviennent au lutrin et tambourinent la tablette du bout des ongles en imitant un bruit de galop :

— Laissons ces chevaliers à leurs exploits et occupons-nous des nôtres, s'exclame soudain le grand maître que Perceval et Gauvain poursuivent encore de leurs tribulations romanesques.

Suivi de son écuyer, il quitte la pièce, et, une fois dans le couloir, donne ses ordres :

— Jacques est dans la salle d'armes. Dis-lui de nous rejoindre. Je me charge de Guiot.

Interrompu dans ses prières conventuelles, le moine est tiré par la manche hors de la chapelle.

— À nous ! se contente de dire Robert de Sablé.

Et ils partent d'une même foulée à la rencontre du maître d'œuvre.

Prévenu à son tour, Jacques de Frahon conclut la passe d'armes qu'il a engagée avec une jeune recrue en désarmant son adversaire. Après avoir rangé son épée et déposé son écu, il s'éponge le visage et revient calmement vers le chevalier avec lequel il joutait.

— Si tu veux rester en vie longtemps, tiens plus fermement ton pommeau et soigne mieux ta garde ! lâche-t-il en enfilant un surcot sur son haubert pour emboîter le pas de l'écuyer.

Redoutable bretteur, le templier Jacques de Frahon a un physique de loup, ou plutôt de chef de meute : des petits yeux qui guettent plutôt qu'ils ne contemplent, des pommettes saillantes, des mâchoires étroites, un front bas. Même sa crinière dans les tons gris argent rappelle la fourrure de l'animal. Sa démarche est celle d'un chasseur pistant sa proie. À l'opposé du balourd qui lui ouvre la voie en se dandinant ou de la plupart des chevaliers qui marchent en claquant des talons, le maître d'armes glisse silencieusement sur le sol comme s'il évoluait sur de la mousse. Noué de muscles, on l'imagine bien bondir, esquiver les coups, placer sa lame au défaut d'une cuirasse et, sans état d'âme, en tirer du sang vermeil.

L'entourage du templier se divise en deux clans. Certains le tiennent pour un être sans merci et le craignent. D'autres ont fait l'effort de l'approcher et ont gagné en lui un amical et fidèle compagnon.

La porte s'ouvre derrière Aubertin d'Avalon qui, pour tromper l'attente, s'est rapproché d'une meurtrière décorée de vitraux clairs d'où il regarde la rue et son agitation. Les trois personnages pénètrent dans la pièce l'un à la suite de l'autre tandis que l'ancien maître d'œuvre vient à leur rencontre en tenant sa main endommagée dans sa main valide.

« Cet homme est un récif taillé par les tempêtes. Il est enfant d'une montagne », songe Robert de Sablé en voyant Aubertin s'avancer. Sur un regard, il sent que le bâtisseur est bonne pierre d'angle pour édifier haut et loin son rêve, qu'il est refuge de choix où placer sa confiance. D'emblée, avant même qu'il ait prononcé le premier mot, il le porte en son cœur.

Quant à Aubertin, il fait la part belle à l'amitié en donnant la primeur de son salut à Jacques de Frahon qui sauva par le passé la vie de Renaud, son fils aîné. Il se tourne ensuite vers le grand maître en se disant intérieurement : « Toute la force et l'intelligence de cet homme se resserrent dans son regard. » Il incline la tête avec retenue devant le moine timide et fluet qui accompagne les templiers, comme s'il craignait de le culbuter par un excès de déférence.

— Allons nous asseoir autour de la table, propose Robert de Sablé, rétablissant par sa proposition un protocole quelque peu perturbé par son hôte.

Docile, Aubertin prend la place qu'on lui indique.

Un valet entre avec des bûches pour activer le feu. Le grand maître attend qu'il se retire pour prendre la parole.

— Je ne vous connais pas ! Ou plutôt, si ! Je vous ai approché par vos œuvres. Vos compétences en matière de construction sont indéniables et j'ajouterai, pour avoir étudié de près votre travail avec Gilbert Erail, que votre réputation n'est pas usurpée. Vous êtes un bâtisseur hors pair. Le Temple que je régente actuellement veut revenir à sa vocation première, honorer à nouveau l'engagement pris par Hugues de Payns, notre premier maître, auprès de Bernard de Clairvaux de procéder à l'édification de quatre-vingts cathédrales sur tout l'Occident. Ce formidable projet a été mis en veilleuse par mes prédécesseurs qui ont préféré en découdre avec les infidèles plutôt que d'échafauder des prières de pierre et de lumière. La raison qui me pousse à vous solliciter aujourd'hui est, vous vous en doutez, le projet d'une cathédrale qui soit le fleuron de l'architecture templière.

— Et où voulez-vous construire ce monument ? questionne Aubertin que la perspective de ce nouveau chantier aiguillonne.

— Justement, je m'apprêtais à préciser ce point. Il n'est pas question pour l'instant de bâtir quoi que ce soit mais de dresser des plans complets d'une cathédrale encore hypothétique pour la simple raison qu'elle est debout depuis un siècle et bien assise sur ses pierres.

— Chartres, affirme le maître d'œuvre dont le visage se durcit.

Ne recevant pas de réponse, il se tourne vers Jacques de Frahon.

— C'est de Chartres qu'il s'agit, n'est-ce pas ? Je n'ai pas le droit de faire cela. Cette idée est sacrilège. Elle insulte la mémoire des anciens qui ont bâti ce lieu saint sous la conduite de Bérenger.

— Ne te ferme pas, Aubertin, coupe le templier, et laisse au grand maître le soin de t'expliquer.

— Il n'y a rien à expliquer ! Je ne m'octroie pas le droit de dresser ces plans. Un point, c'est tout.

Irrité par ce refus, Robert de Sablé se lève.

— Je crois malheureusement que tout est dit !

— Je le crois aussi, réplique Aubertin en se dressant à son tour.

Guiot de Courtil, qui ne s'est pas manifesté jusqu'ici, demande la parole et fait entendre sa voix, au demeurant fort agréable.

— Que Vos Seigneuries se rasseyent. Je suis sûr qu'il existe un terrain d'entente entre nous tous. Je comprends très bien votre indignation, poursuit-il à l'adresse d'Aubertin. J'ajouterai même que votre réaction vous honore. Chartres est intouchable. Elle est le cœur battant de la chrétienté d'Occident tout comme elle fut jadis le lieu d'élection des druides. Il n'est pas question, et là je vous donne ma parole autant que celle de mes compagnons, d'occasionner le moindre dommage à la cathédrale existante. Que les choses soient claires entre nous, messire d'Avalon, nous n'irons pas contre la volonté de Dieu en la détruisant pierre par pierre ou en y mettant le feu de notre propre initiative. Ce que nous cherchons en vous demandant ces plans, c'est à prendre les devants, être prêts en toute circonstance à parer à un éventuel coup du sort, être les premiers dans la course le jour où, par un malheur

– extérieur, j'insiste –, la cathédrale devrait être reconstruite.

Aubertin, qui s'est rassis, reste un moment silencieux.

— Je comprends mieux votre requête, dit-il dans un soupir.

Les eaux restent troubles pour le maître d'œuvre qui, rompu aux roueries des hommes, ressent quelque finauderie derrière les propos doucereux du moine. Ne parvenant pas à cerner son malaise, il revient à la charge :

— Ainsi, je n'arrive pas à comprendre l'empressement qui vous anime de commander des plans qui seront remisés dans vos coffres dix ans, vingt ans, cent ans dans l'attente hypothétique qu'un cataclysme ne mette Chartres par terre.

— Une fois la décision prise, quel intérêt y a-t-il à traîner ? réplique le petit moine.

Robert de Sablé, qui juge la réponse de Guiot trop succincte, reprend la parole :

— L'architecture templière, dont je suis un ardent défenseur, a le vent en poupe aujourd'hui mais cet élan est fragile et peut s'arrêter d'un jour à l'autre si nous ne nous montrons pas prévoyants. Le projet qui anime notre Ordre dépasse nos vies, Avalon, il parie non sur des décennies mais sur des siècles. Il se fonde certes sur des pierres mais construit surtout l'homme de demain, un homme libéré de son joug, un homme capable de se défendre, de se redresser, de trouver sa dignité dans un travail rémunéré à l'aune de sa peine, un être respectable et respecté qui peut asseoir ses espérances dans la tendresse du Père.

Le visage d'Aubertin se renfrogne quand le grand

maître de l'Ordre parle d'espérance et de tendresse divine. Sa colère contre le ciel n'a pas faibli, et si Notre-Dame lui paraît aujourd'hui moins coupable de l'avoir abandonné dans son malheur, il n'est pas encore prêt à s'agenouiller devant elle, encore moins à lui ériger le plus somptueux palais jamais rêvé pour une reine.

— Je t'apporterai le relevé que nous avons fait de la cathédrale actuelle ainsi que la coudée, lance Jacques de Frahon dans l'esprit duquel l'affaire est conclue.

Robert de Sablé lève la séance et reconduit son hôte en donnant ses dernières consignes. Il lui parle de son départ imminent pour la Terre Sainte où il est attendu.

— J'ai confié à Gilbert Erail, qui est grand maître d'Occident, la mission de s'occuper du suivi de ce projet. Il me serait doux de mourir à Jérusalem en rêvant à la Chartres céleste que vous allez me dessiner, ajoute-t-il avant de prendre congé.

Son regard s'adoucit, accentuant du même coup l'extrême faiblesse d'un corps en proie à la maladie.

Incapable de se défaire d'un sentiment de malaise, le maître d'œuvre rentre au logis de fort mauvaise humeur. Il n'a pas apprécié l'entrevue et repasse dans sa tête certaines précautions oratoires qui, d'après lui, fleuraient la manœuvre. Il trouve aussi suspecte l'opiniâtreté avec laquelle Robert de Sablé a insisté pour que personne ne soit mis au courant du projet comme s'il s'agissait de la plus secrète des conspirations.

Arrivé chez lui, il aperçoit un attroupement devant sa porte, reconnaît les hommes qu'il dirigeait du temps où il avait la responsabilité du chantier de Notre-Dame.

— Il nous a ordonné d'enlever la paille des hauts murs ! disent des voix. Les cages d'écureuil montent liernes et tiercerons. Jean-Baptiste de Meaux veut fermer les voûtes des chapelles pour la Pâques.

— On ne découvre pas une maçonnerie avant la fin des gelées, bougonne l'ancien maître d'œuvre. N'importe quel bâtisseur sait cela.

— C'est ce que nous lui répétons depuis une semaine, mais il ne veut rien entendre, renchérit le vieux Lucien.

— Je ne peux pas croire que cet abruti ne connaisse pas les méfaits d'un mur qui gonfle ou d'une culée qui se désosse sous l'action du froid.

— Il faut que vous vous fassiez entendre. Vous connaissez du monde en haut lieu. On vous écoutera.

— On m'enverra paître une seconde fois, vous voulez dire.

— Peut-être qu'en approchant Jean-Baptiste de Meaux...

Le chef maçon n'a pas fini sa phrase qu'Aubertin lui répond sèchement :

— Ne comptez pas sur moi ! Je ne suis plus de votre chantier.

Là-dessus, il fend le groupe de ses hommes et rentre chez lui, furieux contre lui-même de leur avoir fait payer les frais de son entrevue insatisfaisante avec les templiers.

Alors qu'il cherche un endroit tranquille où il puisse s'étendre au calme pour méditer les contrariétés du jour, le maître d'œuvre pousse la porte de sa chambre et découvre Sauvejoie en pleins ébats amoureux. Le fleuve sort alors de ses berges. Aubertin empoigne la donzelle de sa main valide et l'expédie à moitié nue dans l'escalier, revient à son pupille qui vole à son tour en bas des marches en se faisant traiter de canaille, niquedouille, maraud, mécréant et pendard. Braies, corsage, chausses et jupes sont balancés sans discernement par la fenêtre dans la rue. Quant aux sabots et godillots, ils sont encaissés par les deux amants cloués au pilori de sa colère.

Le lendemain, Jacques de Frahon passe chez Aubertin avec, dans un coffre, une série de parchemins représentant la cathédrale de Chartres telle qu'elle fut construite par Bérenger. Il lui dépose par la même occasion la coudée qui servit au mesurage de l'édifice. Remis de la tempête qui l'a secoué la veille, le bâtisseur fait bon accueil à son ami templier et profite de ce qu'il passe à table pour lui proposer de partager son repas. La vieille Sarah est chargée d'aller jusqu'à la taverne chercher un pichet de vin tandis que les deux hommes s'installent en vis-à-vis.

— Tu as des nouvelles de tes fils ? demande Jacques.

— Pas la moindre. Cela fait sept mois qu'ils sont partis, ajoute Aubertin. Ça devient long !

— Ne te fais pas de souci pour eux, ils ont été formés à bonne école.

Le maître d'armes s'étire. Il a appris aux trois gaillards à manier le fer et à parer les coups. En homme pour qui l'existence est un jeu dont la règle consiste à rester vivant, il a peu d'états d'âme.

Quand Sarah revient de sa course, un plan a été déroulé sur la table et elle est heureuse d'entendre Aubertin se passionner pour un nouveau projet.

Boudé au départ, le travail commandé au maître d'œuvre ne tarde pas à l'accaparer. Il ressort règles et compas pour dresser ses premières ébauches. Cette activité le captive en même temps qu'elle tombe à pic en cette période où la sculpture lui est fermée à cause du mauvais état de sa main. Employant pour les croquis de hauts panneaux de joncs tressés préalablement enduits de gypse, utilisant du parchemin pour la mise au propre, Aubertin multiplie les études de ce qui devient pour lui la plus majestueuse utopie de pierre et de lumière jamais rêvée. Durant les mois de février et mars, il reste tapi dans sa grande pièce, alternant les moments où il fait ses tracés et ceux où il se réchauffe devant un feu sans cesse alimenté. Il sort très peu car l'hiver a figé Paris dans la glace et le grésil, transformé la Seine en patinoire et les arbres en squelettes blanchis. Ce froid polaire s'accroche au pays pendant de longues semaines. Il sera fatal à bon nombre de pauvres gens et obligera une foule de démunis à trouver refuge sous terre, dans les carrières crayeuses enfouies sous la cité. Armé de plumes d'oie ou de corbeau, de calames ou de mines de plomb pour sa main droite, Aubertin a pris l'habitude de faire rouler deux galets de rivière dans sa main gauche pour lui redonner vie, souplesse et vigueur. Il attend le retour des beaux jours pour se rendre à Chartres et confronter ce qu'il a rêvé à ce qui existe, voir le remploi qu'il peut faire des vieilles maçonneries, vérifier les lieux d'implantation des piliers, solutionner de complexes problèmes de fondations. Pour l'agencement géométrique de l'ensemble, Aubertin se réfère à des livres rares que lui confie le templier. C'est ainsi qu'il a entre les mains une traduction de *L'Art du trait* de Vitruve ainsi que du *Livre des nombres* d'Héracleos. Pour la sphère plus élevée de mise en harmonie de la cathédrale avec le cosmos autant qu'avec les forces souterraines qui nourrissent le lieu, il reçoit de Jacques de Frahon, non des écrits mais des noms d'initiés qui peuvent l'aider dans cette approche subtile.

Entre ces deux hommes, si différents et pourtant amis, s'établit sur fond de tables, de proportions et de symboles une complicité créative refermant dans un cercle plus étroit les deux pointes acérées du compas fraternel qui les relie.

8

Avec le retour du printemps et la métamorphose des arbres, le démon de la sculpture reprend possession d'Aubertin. Autre incitant : le passage des charrois de pierres qui, avec les beaux jours, ont repris le chemin de Notre-Dame et allèchent le tailleur. Il arrête l'un d'entre eux devant sa maison et négocie l'achat de deux blocs qu'il se fait conduire contre argent sonnant dans un coin choisi de sa courette. Il sort ensuite cérémonieusement ses longues mallettes de cuir pour y prendre maillet, chasse et ciseaux, pousse un soupir d'aise et se met à l'ouvrage.

Son premier contact avec la matière est gauche et malgré toute la patience qu'il a mise à ranimer sa main endommagée en l'obligeant à rouler ses galets de rivière, celle-ci reste raide et malhabile, place mal la pointe de l'outil, qui dérape ou s'échappe. Détachée de son corps, sa main est comme le petit enfant qui, incertain, fait ses premiers pas et qu'on rattrape de justesse. Quelques heures suffisent toutefois pour qu'elle s'affirme, donne le meilleur d'elle-même, devienne discrète servante de l'œuvre. C'est une bonne et valeureuse main qui n'a pas peur de s'exposer aux coups de massette, une main volontaire qui s'applique et dont Aubertin peut être fier.

— Tu me fais de beaux éclats. Je suis content de toi, encourage-t-il.

Toujours mû par le désir d'interpeller l'absente, il dégrossit une tête, cherche à atteindre l'œil, dans la crainte que sa mémoire ne lui fasse défaut sur un point de détail. Cela fait cinq mois qu'Ermeline est passée sur l'autre rive, laissant le cœur de son aimé à la solitude et au battement sans écho de sa poitrine. Aubertin progresse lentement vers l'œuvre comme il partirait à un rendez-vous amoureux. Il attend de ce travail une expression, un mot d'elle. À fleur de lèvre de pierre, la poursuite d'un échange interrompu.

Avec une curiosité toute primesautière, un soleil juvénile revisite Paris. Il fait l'inventaire des bâtisses, refoule les ombres, promène un œil fureteur dans tous les recoins, cueille les joies des visages sur les places et dans les rues. Aubertin reçoit cette onction vernale et la savoure. Ses pensées défilent au rythme régulier de sa frappe. Elles le mènent à Chartres dont il élabore un rêve-cathédrale, le rappellent à cette pierre extraite du côté d'Aubigny qui attend le retour de son sculpteur. Elles partent vers Vézelay où sont ses compagnons tailleurs de pierre. Au fond de lui, il songe au bonheur qui serait le sien de rejoindre un jour humblement leurs rangs.

Le quartier a repris vie et appelle au jeu les enfants. L'hiver aura déguerpi avant Pâques et ne comptera personne pour pleurer son départ. Un tombereau chargé de solives passe dans un grand chahut de roues. Le bruit est à peine estompé qu'un martèlement précipité de godillots de bois le remplace. Des hommes marchent dans la rue à vive allure. Aubertin croit entendre son nom et se redresse au moment où Sauvejoie débouche dans la cour. À ses côtés, une douzaine de mines sombres.

— Les murs ont bougé avec le dégel et Jean-Baptiste de Meaux ordonne que les amorces soient montées et qu'on voûte les chapelles.

Cette fois, le sang d'Aubertin ne fait qu'un tour.

— Il n'en est pas question !

Il abandonne sur place ses outils, ramasse ses deux galets, se lève en secouant la poussière de son bliaud.

— On y va, dit-il.

Fendant le groupe, il part d'un pas décidé en direction de Notre-Dame, le visage contracté par la rage, les poings serrés. Pour les hommes qui l'accompagnent, il va se battre.

Au chantier, le maître d'œuvre en fonction n'est même pas là pour diriger les opérations. Replié dans son domaine, il prépare une grande chasse à l'épervier accompagnée d'un banquet où sont invités quelques partis influents avec lesquels il est en dette ou dont il espère obtenir les faveurs.

Une fois sur place, Aubertin a vite évalué l'étendue des dégâts. Les murs du chœur, bâtis à l'arrière-saison, sont sortis de leur aplomb et présentent un porte-à-faux qui, par endroits, atteint un empan.

— Tous les hommes avec moi. On démonte tout cela ! commande-t-il.

Les cages d'écureuil déjà en place pour l'ascension des formerets se mettent à tourner pour descendre les pierres de taille ébranlées. Les débris de cassons et le vieux mortier de remplage sont envoyés sans ménagement dans le vide.

Jean-Baptiste de Meaux refait son apparition sur le chantier de Notre-Dame le surlendemain dans l'après-midi. Il est accompagné de son inséparable et d'un tiers qui, à l'inverse de son âme damnée dont le charme inquiétant peut séduire, a le poil hérissé d'un sanglier aux abois.

Le nouveau maître d'œuvre qui s'attendait à voir le premier plafond mis en place est stupéfait de découvrir que les murs de soutènement du chœur ont été rabattus. Furieux, il saute de cheval, se jette à la gorge du premier venu passant à sa portée et le pousse à terre avec sa charge. Il empoigne ensuite son contremaître en hurlant :

— Lequel d'entre vous s'est permis d'outrepasser mes ordres ?

— Moi ! gronde une voix.

Hors de lui, Jean-Baptiste de Meaux tourne sur lui-même pour repérer le mutin. Pour l'orienter, le vieux Lucien donne un coup de tête en direction du tas bien rangé où sont empilées les pierres de parement qui ont été démontées. Aubertin que, l'arrivée des trois cavaliers a distrait d'un fastidieux travail de numérotage, trône au milieu d'elles et observe les faits et gestes de son remplaçant.

— Avalon, tu n'as rien à faire ici ! éructe-t-il. On t'a chassé de ce chantier. Tu es indésirable.

— Je ne suis pas interdit de considération pour ces hommes qui ont été les miens. Je ne tolère pas que tu joues avec leur vie.

Excédé, Jean-Baptiste de Meaux se saisit d'une massette et la jette à toute force en direction de son prédécesseur. L'objet heurte une pierre à côté de la cible et s'immobilise, manche brisé.

— Tu me fais honte, bâtisseur ! lance Aubertin. Tu n'es même pas capable de respecter un outil.

Là-dessus, il se lève et se dirige sans faire d'écart

vers sa monture qui se trouve derrière les trois hommes. Quand il est de dos, Jean-Baptiste de Meaux, dans un sursaut de rage, fonce sur lui armé de sa dague. Un poing valide gonflé de deux galets s'abat sur son visage, lui éclate le nez et lui ouvre l'arcade.

Des gravats où il est étalé, le sire de Meaux commande à ses deux acolytes de donner l'assaut. Les tailleurs, armés qui d'un têtu, qui d'un taillant, qui d'un pic, affluent et font barrage obligeant les épées à regagner leur fourreau.

Avant de tourner bride, Aubertin se libère du poids de sa colère.

— Si je te reprends à jouer avec la vie de mes gens, je te tue.

La réponse est sans équivoque.

— Tu n'auras pas ce plaisir. Tu es déjà mort, Avalon.

Gilbert Erail prend très au sérieux l'attrapade. En accord avec Jacques de Frahon, il décide de placer autour du logis de l'ancien maître d'œuvre des hommes à lui qui puissent intervenir au cas où Jean-Baptiste de Meaux mettrait ses menaces à exécution.

Cette mesure intrusive agrée mal Aubertin qui y voit une entrave à ses retrouvailles avec la pierre et avec l'absente.

— Ce ne sont que mots lâchés sous le coup de l'emportement. Cette altercation n'ira pas plus loin.

Il finit par céder devant l'insistance du templier mais se montre en revanche intraitable lorsque Jacques de Frahon lui remet une cotte de mailles à revêtir sous son surcot.

— Demande-moi de porter le cilice ou la haire tant que tu y es ! plaisante-t-il.

La semaine suivante se déroule sans histoire, ce qui conforte le sentiment d'Aubertin que les passions ne dépasseront pas le stade du coup de gueule. Aspirant à être délivré du joug de cette protection obligée, il houspille son ami pour qu'il remercie ses gens. Le templier satisfait de mauvaise grâce à cette exigence contre la permission pour lui de rester sur place quelque temps encore.

— Si tu n'étais pas bon compagnon, je te renverrais avec les autres, déclare Aubertin. Tu connais mon aversion pour les hauts faits d'armes. Ils ne font qu'attiser la violence de ce monde.

Impassible, Jacques de Frahon, qui s'est cuirassé depuis longtemps contre les critiques du maître d'œuvre, se tient en marge de toute discussion. Son instinct de chasseur n'a pas écarté le danger. Il prend congé et repart pour une ronde. Il reste en guerre.

Avril 1191 accueille Pâques la festive. Il incite Aubertin à préparer son bagage pour se rendre à Chartres avec son fils d'adoption. Comme il projette de quitter Paris à la pique du jour, le maître d'œuvre part se coucher de bonne heure tandis que Sauvejoie s'éclipse de la maison pour quelque adieu galant. Le menu étant copieux, notre joli cœur regagne le logis aux petites heures les bourses à plat, l'épuisable et les autres. Tandis qu'il entre dans la courette sur la pointe de ses bottes, il est surpris par un bruit insolite. Il s'arrête puis change de cap pour contourner la maison. Il pense d'abord à un animal égaré mais n'exclut pas l'hypothèse de quelque voleur à la tâche. Passant la tête derrière le tonneau d'eau de pluie à l'angle de la bâtisse, il aperçoit une lueur qui grossit, embrase une torche, se communique à des fagots. Dans la lumière, les visages mal camouflés des deux acolytes du sire de Meaux.

— Au feu ! hurle le garçon en fonçant sur la cloche pour donner l'alerte.

Sur le qui-vive, Jacques de Frahon est le premier à arriver sur les lieux. Mais il délaisse tout aussi vite Sauvejoie, qui s'attaque aux flammes armé d'un seau, pour se lancer à la poursuite des incendiaires, épée et dague aux poings. Le templier est rapide et difficile à semer. Infatigable, il gagne du terrain. Un malandrin, qui se sent rattrapé, jette un coup d'œil en arrière et trébuche malencontreusement sur une truie affalée au milieu de la venelle. Le temps de se relever et de sortir son arme, Jacques de Frahon est sur lui. Le combat s'engage dans la pénombre. Tirés de leur sommeil, les habitants du quartier déboulent dans la rue équipés de torches, de lanternes ou de lumignons pour ne rien perdre de l'événement. Une vrille lente, un bruit d'épée qui tombe et, dans l'assistance, une rumeur d'effroi marquent la conclusion du combat. Un des deux jouteurs porte la main à son cou, puis s'effondre dans un râle que le templier n'entend pas, pour avoir repris la poursuite du second incendiaire. Le fuyard a pris de l'avance. Il a eu le temps de se retrancher et peut à tout moment s'abattre sur son agresseur, voire le prendre en traître en le frappant dans le dos. Conscient du danger, Jacques de Frahon mène une traque plus défensive qu'offensive. Il patrouille prudemment, épie chaque coin d'ombre, chaque renfoncement, tend l'oreille au moindre bruit. Au croisement de deux ruelles très obscures, des pas mal étouffés viennent sur lui. Un mouvement d'esquive et la lame qui devait frapper le maître d'armes entre les omoplates dévie sur sa cotte de maille. Entraîné dans son mouvement, le templier boucle une rotation complète et abat son épée au niveau des jarrets de son assaillant comme un bûcheron frappe un arbre de sa cognée. Il ne donne même pas à l'homme le temps de tomber qu'il lui sectionne une jugulaire avec sa dague. Il achèverait de la même façon un sanglier blessé. Jacques de Frahon regagne ensuite le logis d'Aubertin comme il rentrerait de chasse, s'arrête un moment sur les bords de la Bièvre pour laver ses outils de mort, nettoyer les taches de sang qui maculent ses vêtements, ses mains, son visage.

Le jour se lève quand le maître d'armes se glisse dans la courette avec la discrétion d'un loup. Pris à temps, le feu n'a fait que lécher la face arrière de la maison du bâtisseur. Une bénédiction pour la belle demeure et les trésors de plans qui s'y trouvent. Jacques de Frahon gagne les écuries pour reprendre ses chevaux. Aubertin le rejoint.

— Ils se sont échappés ? questionne-t-il.

— Oui !

Au bout d'un moment, le templier se montre plus explicite :

— Là où ils sont maintenant, ils ne t'inquiéteront plus.

Le maître d'œuvre fronce les sourcils mais se garde cette fois de philosopher sur la barbarie des hommes. Déniant de la tête en signe de désapprobation, il se sent plus que jamais agressé dans l'âme par l'escalade des violences qui lui rappelle le choix destructeur de ses trois fils partis en Orient pour livrer aux infidèles d'inutiles et cruels combats.

9

Chartres accueille ses fervents, des hommes, des femmes et des enfants venus de toutes contrées pour déposer leurs peines et leurs attentes aux pieds de la Vierge Noire. Les pèlerins sont partout, encombrent gîtes et auberges, écuries et granges, séjournent et commercent, pour certains, dans la cathédrale au risque d'être délogés par un cerbère de chanoine qui veille autant qu'il peut à ce que ce temple de Dieu ne se transforme pas en repaire de marchands ou de nécessiteux.

Comme à chacun de ses passages en cet endroit, Aubertin connaît la même émotion, le même émerveillement.

— Quelle beauté, quel équilibre, quelle qualité de lumière ! s'exclame-t-il à l'adresse de Sauvejoie.

Le jeune homme découvre le lieu avec des yeux éblouis et tombe sous le charme de ces hautes demoiselles dansantes et bigarrées que sont les verrières. Il prend secrètement rendez-vous avec elles pour entendre leur histoire, voire percer avidement leurs mystères. Ce jour-là, le soleil est musicien de ces fenêtres et berce les deux visiteurs de ses notes colorées.

— Regarde mes mains. L'une est bleue et l'autre

est rouge, s'exclame un enfant qui partage son plaisir avec sa mère.

Les trois vitraux de l'ouest sont superbes mais celui qui leur fait face au fond du chœur est une pure splendeur devant laquelle s'agenouille une houle sans cesse renouvelée de fidèles priant Notre-Dame autant que la fête-lumière qui rayonne du chef-d'œuvre.

Aubertin soupire à l'idée que des esprits tortueux se préoccupent de l'effondrement de cette bâtisse en pleine force de l'âge, comme on peut avoir l'odieuse idée de penser au déclin d'une femme au sommet de sa beauté. Il se sent félon de lui préparer à son insu une rivale, de trahir cet amour de pierre et de lumière pour un autre de plans et de rêveries.

Les templiers ont des relais partout, avec une préférence pour les villes où ils gouvernent souterrainement les tractations d'argent. Bien servis dans ce tissu d'échanges qu'est Chartres, ils possèdent, non loin de la cathédrale, une opulente demeure où les deux voyageurs seront accueillis pour la durée de leur séjour. C'est là qu'Aubertin poursuit ses plans jusqu'à la fin de l'automne au côté de Sauvejoie que la vie chartraine amène au bout d'une semaine à un état de chasteté contraint et forcé. En effet, moins chanceux qu'à Paris, le malheureux hérite d'une fille malpropre d'horribles démangeaisons au niveau de ses attributs, lesquels seront mis hors d'état de servir, voire de sévir, pour de longues semaines. Un grand désastre pour l'intéressé et un petit pour les donzelles légères qui devront, faute de mieux, chercher leur bonheur auprès de galants moins bien nantis par la nature que notre Adonis.

— Il en faut pour tout le monde, plaisante Aubertin qui, dans son for intérieur, n'est pas mécontent que son pupille subisse un petit retour de flamme pour tous les feux dévorants qu'il a attisés.

Chatouillé de son côté par le démon de la sculpture, le maître d'œuvre arrête, comme il l'avait fait quelques mois plus tôt, un charroi rempli de blocs de pierre en provenance cette fois des bords de la Loire. Il en choisit trois de la taille d'un billot d'enclume qu'il paie cher et vilain.

— Vous ne regretterez pas votre achat, lui dit le peu honnête charretier pour justifier son prix. Ce tuffeau est magique. Il se taille avec la pointe d'un couteau et durcit à l'air ou à l'eau. On le plonge dans le courant d'une rivière et il devient aussi résistant qu'un granit de Bretagne.

Ayant obtenu des templiers une parcelle de leur jardin clos pour y sculpter, Aubertin s'attaque durant ses loisirs à cette roche tendre qui lui ressemble peu. Le premier bloc l'amène rapidement à un visage grossier, sans caractère, étranger au souvenir qu'il cherche à matérialiser. Mécontent de son travail, il le détruit sitôt terminé. Il passe ensuite au second bloc et avance dans sa taille avec d'infinies précautions pour n'arriver cette fois qu'à une juxtaposition de parties de visage qui sont fidèles au modèle mais dont l'ensemble ne s'harmonise pas.

— Elle m'échappe ! déplore-t-il.

Ses outils se tournent vers le troisième massif pour appeler une nouvelle fois l'image d'Ermeline. Ils s'appliquent aveuglément à faire jaillir de leur combat avec la pierre l'éclair qui fait qu'une œuvre est ressemblante et l'autre pas, qu'elle prend vie ou reste caillou. Sans toutefois obtenir grâce à ses yeux, le troisième essai bénéficie d'un sursis.

— Vous cherchez une âme, fait une voix.

Voilà des semaines qu'un vieux templier observe sans rien dire Aubertin à l'ouvrage et semble y trouver un antidote à la monotonie du temps qui raccourcit son existence tout en allongeant une barbe neigeuse à faire pâlir de jalousie les Pères de l'Église. Les yeux rivés sur les pierres, il reste des heures durant assis sur une souche à suivre l'avancement des sculptures.

Revenu de Terre Sainte dix ans auparavant, Girart d'Artois coule à Chartres des jours paisibles à lire, à prier, à partager les fruits de son savoir et de son expérience, à prendre le soleil quand il s'offre à lui. Ses pairs le considèrent comme un sage et ne prennent aucune grande décision sans lui demander son avis.

— Je disais que vous cherchiez une âme, reprend-il.

Aubertin, qui n'avait pas entendu, lève les yeux vers lui et le fixe comme pour dire : « Cela m'intéresse. Ouvrez-moi plus à fond votre pensée. »

— Pour capter l'âme de quelqu'un d'autre, il faut d'abord atteindre la sienne, Aubertin.

— Je voudrais bien mais elle est poisson de rivière, elle glisse entre mes doigts.

— Je peux la comprendre. Elle fuit ta rage de vivre, tes incessants défis, ta colère contre l'ordre des choses.

Les outils restent en suspens dans les mains du sculpteur.

— Je suis en perte d'âme ? s'inquiète-t-il.

— Non ! En trouvance d'âme.

Laissant Aubertin à cette réflexion, Girart d'Artois rejoint sa souche et continue de l'observer. Lorsque, sa journée faite, le tailleur range ses outils, il reprend la parole.

— Accompagne-moi demain. J'ai quelqu'un à te présenter. Il est enraciné dans une forêt de très vieux arbres non loin d'ici.

Le lendemain, Girart d'Artois chevauche avec Aubertin parmi des chênes centenaires qui n'étaient qu'arbrisseaux au temps où la cathédrale demandait du bois pour charpenter ses toitures. Il s'arrête devant le plus majestueux, le plus puissant, le plus tourmenté d'entre eux. Ses racines escaladent une haute butte d'un côté. De l'autre, elles s'abreuvent abondamment dans l'étroit ruisseau qui coule en contrebas.

— C'est lui ! dit le vieillard. Vois comme il te ressemble.

Aubertin est pris d'une étrange sensation, il met pied à terre et s'approche du feuillu comme il irait au-devant d'un frère. De ses rudes mains d'artisan, il en parcourt les racines moussues, pose son front contre l'écorce rugueuse de l'arbre, y colle son oreille. Après quoi, il se retourne dos au tronc pour s'incruster dans une excavation qui est son empreinte.

— Je sens le flux de la sève. Une force terrible monte en lui. Elle me soulèverait.

Le soir même, Aubertin donne vie au premier visage d'Ermeline. Elle présente dans son regard un germe de douceur recouvrée. Girart d'Artois reste longtemps pensif devant l'œuvre.

— Elle est en paix mais ne te regarde pas, observe-t-il.

Cette remarque ébranle le sculpteur. Pour peu, il lui arracherait des larmes.

— Reparlons de tout cela un autre jour, lance-t-il au vieil homme avant de s'en aller.

Les semaines qui suivent incitent le maître d'œuvre à questionner le templier sur les champs de force qui fondent Chartres et en font le point de convergence spirituel de l'Occident depuis la nuit des hommes. Aubertin est ainsi dirigé vers les arpenteurs célestes que sont les astronomes, recueille auprès d'eux des clés chiffrées qui lui permettent de mieux comprendre la valeur de la coudée et son rapport avec la constellation de la Vierge. Il est aussi introduit par Girart d'Artois auprès des sourciers, ces géographes souterrains de la terre. Il retranscrit sur ses plans au départ de leurs cartes la circulation tellurique des courants, en pointe les nœuds d'intensité, s'émerveille de cette source à douze embranchements qui bat sous le cœur dolménique de la cathédrale. Regagnant la pièce où il travaille à son projet, il corrige sans cesse sa copie, emprunte tous les chemins qui lui sont donnés pour magnifier, amplifier, sublimer ce qu'il a capté des deux mondes. En fièvre de ce rêve qui s'éveille et prend corps, Aubertin dessine, à partir du point crucial où se concentre l'énergie du lieu, des cercles s'élargissant, comme le galet jeté dans l'eau multiplie à l'infini ses ondes. Il repart ensuite de la plus grande circonférence pour ramifier un chemin labyrinthique d'un anneau à l'autre qui permette à un homme de sinuer jusqu'à la pointe fixe du compas.

Sculptée de mois en mois sous forme de plans et de maquettes, la cathédrale imaginée arrive à son terme, laissant à Aubertin un sentiment d'infidélité vis-à-vis de la séculaire reine de pierre que sa passion a évincée.

À quelques jours du départ du maître d'œuvre pour Paris, Girart d'Artois l'invite à l'accompagner dans un ancestral lieu de culte celtique gagné à la cause chrétienne par l'ajout d'un clocheton et le dépôt d'une statue de poirier représentant un Christ mourant dans les bras de la Vierge. Lorsque, à la nuit tombante, les deux cavaliers débouchent sur le site, deux palefrois sellés sont attachés aux anneaux du porche.

— Ils sont là qui nous attendent, dit le vieux templier auquel son compagnon prête une main secourable pour l'aider à descendre de sa monture.

Ils pénètrent à l'intérieur de la chapelle où flambe un candélabre planté de sept cierges. Dans la pénombre du chœur, deux vieillards patientent sur un banc. Auprès d'eux, une étoffe sombre dont ils recouvrent la statue avant que commence la cérémonie secrète. Aubertin est invité à prendre place devant la pierre d'autel, à l'endroit où officie le célébrant, tandis que les trois anciens s'installent autour de lui, un à gauche, un à droite et le dernier en face. Le templier ouvre la séance sur la modulation d'une note longue, puis s'interrompant, prie l'âme d'Ermeline de se joindre à eux. Il reprend son incantation puis à nouveau la convie.

C'est ensuite au tour du deuxième vieillard d'en faire autant. La voix du troisième est très profonde, et sa requête est sourde comme le rugissement des cavernes. L'appel devient plus pressant. Polyphonique, il monte en intensité pour soudain s'éteindre. Dans le silence, Aubertin entend clairement dans sa tête la voix de l'épouse qui lui rappelle douloureusement : « Je t'ai donné trois fils. »

Au même moment, une bourrasque s'engouffre par les meurtrières, éteint d'un coup de vent quatre des sept cierges. Soufflée dans le vide par le courant d'air, une carcasse de tourterelle bascule d'une poutre et, avec la légèreté des feuilles qui tombent en automne, se reçoit en douceur sur la pierre d'autel.

À la veille de faire ses adieux à la communauté, Aubertin charge sa sculpture sur son roussin et retourne en forêt auprès de son arbre-frère. Il avise le ruisseau qui passe en contrebas, y aménage un endroit où immerger le visage de tuffeau qu'il a fait d'Ermeline, de manière à ce que son regard demeure fixé sur le chêne vénérable. Il revient ensuite au tronc et reprend place dans son empreinte d'écorce, d'aubier, de sève, et revêt le grand feuillu comme une parure géante. D'être à la fois de la terre et du ciel le force à passer au-dessus de ses rages, de ses rancunes, de ses déceptions d'homme et aussi de père.

— Je te dirai de nos enfants, dit-il. Ce qu'ils deviennent. Je remonterai en amont de notre sang. Je te le promets.

Il repart nourri de cet échange avec l'arbre et fortifié par les yeux de l'aimée qui, sous la surface de l'eau, semblaient sourire.

— D'après toi, à part les forces terrestres qui dressent les montagnes et le vent, le temps et la pluie qui les érodent, quels sont les meilleurs tailleurs de pierre en notre monde ?

Les deux hommes chevauchent en direction de Paris par une douce journée d'octobre. Aubertin est de bonne humeur et Sauvejoie se sent porté comme toujours par l'insouciance taquine qui rend son charme irrésistible.

— Les Bourguignons, pardi ! Il n'y a pas de meilleurs sculpteurs sur tous les chantiers des cathédrales.

La belle tête chenue du maître d'œuvre dénie.

— Les Grecs ? Les Romains ? Les Égyptiens ?

À court d'idées, le jeune homme cherche du côté des nuages un ange embusqué qui pourrait lui souffler la bonne réponse.

— Je ne vois pas, lâche-t-il au bout d'un moment.

Aubertin arrête le jeu :

— Les fleuves ! Il n'existe pas tailleurs plus fameux que les fleuves. Les rivières et les torrents ne sont pas mal non plus dans leur genre, mais les fleuves sont souverains dans ce domaine... Prends la Meuse, par exemple. Elle a ouvert sa voie dans la pierre blanche avant de se frayer un chemin à travers le schiste, le granit, la pierre de sable. Et ce n'est là que la moitié de sa peine, elle a dû creuser des gorges profondes dans les roches grises et bleues des pays du Nord pour rallier la mer.

Le sculpteur rêve aux pierres que le courant incessant a travaillées de ses ciseaux de patience. Certaines d'entre elles doivent répondre à ce qu'il cherche. Il aimerait se mesurer à la plus coriace d'entre elles, celle dont le grain est le plus serré, le plus fin. Avec elle, défier l'éternité. Il songe aux outils dont il aurait besoin dans cette lutte. Il connaît les meilleurs artisans d'Austrasie qui forgent l'acier et le trempent sur base de formules transmises par la tradition. Mais parviendraient-ils à l'armer pour ce combat ? L'un d'entre eux a formé son fils Renaud, en a fait un redoutable forgeron, lui a passé ses tours de main, ses secrets. Peut-être que son aîné...

Quittant la féminité vallonnée des campagnes, les deux cavaliers atteignent enfin les faubourgs de Paris.

Hérissée de tours et de clochers, la ville donne une impression de virilité. Pour Aubertin, elle fait l'effet d'un soldat sur pied de guerre. Ses pensées reviennent vers son aîné qui, délaissant la fabrication de burins, de chasses, de bonnes gradines pour tailler la pierre, est devenu forgeron d'épées, de dagues ou de fers de lance.

Une pointe de morosité le gagne à l'instant où il emprunte la ruelle qui mène à sa maison vide. Lorsqu'il débouche dans sa courette avec Sauvejoie, une surprise les attend en la présence d'une pierre grège qui repose sur des rondins, un cadeau des artisans de Notre-Dame. Elle pétille d'une multitude de petits points brillants et renferme de minuscules coquillages. Son grain est rude au toucher mais agréable à l'œil. De couleur plus rosée que les deux blocs achetés avant son départ et qui sont restés à l'état d'ébauches, elle paraît de loin plus charnelle que ses sœurs.

Quand, le lendemain, il éprouve la pierre de ses outils pour voir comment elle répond aux coups, il peut sentir, resurgissant d'une marée séculaire, une odeur de mer et d'embruns vieille de millions et de millions d'années. Fermant les yeux, Aubertin prend le large.

10

L'année 1192 débute dans la crainte des assauts d'un hiver qui, de semaine en semaine, se montre résolument clément. Point de vagues de froid ni de gelées à fendre pierre à l'horizon, mais du temps frileux, du temps de conscience trouble. Soucieuse sans doute de gommer des mémoires les sévices commis l'an d'avant, la morte saison a pris le parti de ne pas endeuiller son monde. Pour peu, elle inviterait les maçons du chantier de Notre-Dame à regagner les échafaudages et à rattraper le retard dont elle fut la cause.

Si l'endormissement reste de mise du côté de la cathédrale, l'effervescence règne en revanche dans la maison du Temple de Paris où se prépare le départ pour la Terre Sainte du grand maître d'Occident, Gilbert Erail. Personnage sensible sous des dehors rustauds, notre homme presse le père Théodore, à qui il a confié le soin de traduire en maquette la cathédrale imaginée par Aubertin d'Avalon pour en faire présent à son supérieur et ami, Robert de Sablé, déjà reparti pour la Terre Sainte. Construite en bois léger, cette miniature de la taille d'une châsse est une véritable pièce de lutherie que le moine, en bon bénédictin, ne cesse de peaufiner.

— On n'attend plus que vous, dit Gilbert Erail.

— Demain ! Je la mets dans sa malle demain, soupire tristement le père Théodore que meurtrit la perspective de se défaire de cette part d'éternité que la vie terrestre a eu la bonté de lui offrir.

Le grand maître fait quelques pas dans le scriptorium. Transformée depuis trois mois en atelier et désertée par ses scribes, la place est envahie par les plans d'Aubertin : pas une table ni un lutrin qui n'en soient couverts, pas un pan de mur qui n'en soit tapissé.

— Je ne me lasse pas d'admirer ce travail, confie-t-il au moine. Vous veillerez à ce que ces dessins soient remisés à l'endroit convenu, ajoute-t-il. Il serait désolant que ces merveilles se perdent.

Ce point réglé, il tourne les talons et part en quête du sénéchal qu'il trouve en grande conversation avec Jacques de Frahon.

— As-tu des nouvelles d'Aubertin d'Avalon ? lance Gilbert Erail au maître d'armes.

La réponse lui vient d'un bout de vélin tendu. S'approchant de la flamme d'une chandelle, il éloigne le message de ses yeux pour mieux lire.

— Notre ami envisage de se rendre en Terre Sainte avec son fils adoptif. Il voudrait se joindre à nous. Voilà qui peut donner un tour inespéré à notre projet.

Le sénéchal ne se fait pas prier pour exprimer son opinion.

— Ne nous emballons pas trop vite. Une chose est de l'emmener là-bas, une autre est de le convaincre à collaborer avec l'Ordre. Avec ce genre de personnage, on ne peut rien prévoir. Aubertin d'Avalon n'en a jamais fait qu'à sa tête.

— Il n'empêche qu'il a dessiné les plans que nous lui avons commandés !

— Ce qu'il a réalisé jusqu'à présent est un rêve de parchemin, qui n'est menace ni pour les pierres, ni pour les hommes.

— Rien de ce que nous projetons de réaliser n'est menace, ni pour les pierres, ni pour les hommes, qu'ils soient passés, présents ou à venir, décrète sentencieusement le grand maître.

Au logis d'Aubertin, Sauvejoie est à la fête. Le pommelé noir sur argent qui piaffe dans la cour n'est pas la monture d'un prince mais la sienne. Attaches fines, charpente souple, tête altière, la jument rivalise de beauté avec son nouveau maître. Le père observe le tableau du coin de l'œil en même temps qu'il savoure le bonheur de son pupille. En esthète, il apprécie la justesse de son choix et admire cette perfection des deux corps qui procèdent de la même harmonie. Il revoit certaines frises sculptées par Phidias. Il repart en pensée pour la Grèce où il se rendit quinze années plus tôt en compagnie de Guillaume de Passavant. Vieux bâtisseur au savoir immense et à la curiosité insatiable, Guillaume de Passavant fut l'homme qui initia Aubertin à la science des chiffres, à l'art du trait, au jeu subtil des proportions. Disciple de Garin de Troyes, il fit son élu de ce sculpteur au grain rude qui lui semblait être bonne matière à polir. Au déclin de sa vie, il fit part à son héritier spirituel de son désir de mourir en terre hellénique et se fit conduire par lui jusqu'à l'aire choisie de son repos.

Aubertin se souvient du jour où il rentra seul de ce voyage. Il faisait plein soleil. Ermeline était dans la cour à l'ombre du tilleul. Elle apprenait la lecture à des enfants et, penchée sur une tablette, lui tournait le dos. Ce fut pour lui une vision de la grâce absolue que ce moment où elle s'aperçut de sa présence et courut sur la pointe sensible de ses pieds nus pour se jeter à son cou.

Aujourd'hui sonne l'heure d'un nouveau départ qui n'attend pas nécessairement un revenir. La maison est à mettre en dormance. Tout ce qui en faisait la vie prend place dans des malles, se resserre dans des bahuts. La grande pièce est débarrassée des brouillons qui l'encombraient et des instruments de traçage, l'atelier est mis en ordre. Si le rangement côté habitation s'effectue sans état d'âme, l'antre du sculpteur sera au centre d'un tri douloureux. En effet, Aubertin veut emporter ses meilleurs outils de taille pour le cas où une pierre sur sa route exciterait sa voracité de sculpteur. Le choix est douloureux, chacun de ses outils ayant à ses yeux son utilité et son histoire. Quand il a fait sa justice, le voyageur n'a plus qu'à acheter un second cheval de bât.

L'expédition quitte Paris à la fleur du printemps sous la conduite de Gilbert Erail. Aubertin semble le plus belliqueux de tous les cavaliers avec à sa traîne ces roussins hérissés de deux lances de carrier, de quatre longues aiguilles, de bonnes cordes de chanvre, de chaînes. En contrepoint, Sauvejoie est la légèreté même et fort content de quitter cette ville où plusieurs drôlesses se prétendant engrossées par ses œuvres rivalisent d'entourloupes pour le faire basculer de l'état d'amant à celui de mari.

Forte d'une douzaine d'hommes, la petite troupe armée menée par Jacques de Frahon et Gilbert Erail prend sous sa houlette, en plus du maître d'œuvre et de son pupille, un jeune couple en route pour l'Italie ainsi qu'un groupe de trois marchands en quête d'échanges fructueux avec le monde oriental.

Le convoi a tôt fait de pénétrer en terre bourguignonne, ce qui donne à Aubertin une nouvelle occasion d'arpenter son cher pays. Quand le groupe de voyageurs arrive dans les parages d'Aubigny, le cœur du tailleur de pierre ne résiste pas à l'appel de sa carrière. Il avise dès lors Gilbert Erail.

— J'ai un travail à finir ici, je vous rejoindrai à Cluny, l'informe-t-il sans artifices.

Cette décision péremptoire n'enchante guère le grand maître qui entrevoit dans cette première dérobade du bâtisseur le genre de problème auquel il sera confronté dans les mois qui viennent. Au moment où le dissident et son fils prennent leur premier chemin de traverse, Gilbert Erail croise le regard amusé de Jacques de Frahon qui semble lui dire : « Ce n'est encore là qu'une moindre contrariété. » Haussant les épaules, il éperonne sa monture et reprend la tête du convoi.

Une paire d'heures suffit aux deux hommes pour être à pied d'œuvre. Rien n'a bougé depuis le passage d'Aubertin quelques mois plus tôt à l'exception toutefois du lynx abandonné sur le site après l'accident. Victime de la gloutonnerie du monde animal autant que des outrages du temps, le noble félin n'est plus qu'une pâle carcasse envahie de hautes herbes. À peine descendu de cheval, le sculpteur allume une torche et rend visite à sa pierre.

— Nous la sortirons demain du caveau, déclare-t-il comme s'il s'agissait de la morte.

Le jour qui suit se lève sur un soleil étincelant qui ne lâchera pas les deux hommes de toute sa course. Enfin, la petite esplanade est dégagée du rocher qui broya la main d'Aubertin. Jeté en contrebas, le monstre ne sévira plus. Tiré sur des rondins, c'est au tour du bloc détaché par le sculpteur que revient le privilège d'être acheminé en bonne place pour être travaillé. Quittant les ténèbres de la fouille, celui-ci apparaît à la lumière, immaculé. S'ensuit le premier contact entre la pierre et la caresse tournoyante des yeux et des mains : un cérémonial d'apprivoisement.

Au bout d'un moment, Aubertin part en direction du feu, en revient avec quelques braises éteintes qu'il emploie pour faire son tracé. Les outils peuvent enfin sortir des longues mallettes, à commencer par deux taillants pour dégrossir. L'un pour Sauvejoie, l'autre pour lui.

Solidement remmanché dans du bois de cornouiller, le fer qui a servi à libérer l'avant-bras du sculpteur retrouve sa pleine puissance de frappe dans la poigne d'Aubertin. Quelques coups assenés sous un soleil accablant invitent les deux tailleurs à travailler torse nu. Si le plus jeune corps est doté d'une musculature d'athlète parfaitement équilibrée et souple, le plus ancien emprunte à la sinuosité des vieux arbres une robustesse terrible. Les hommes décalent leurs mouvements de manière à ce que les outils ne s'interceptent pas. La danse est antagoniste, jeu d'alternance entre deux beautés extrêmes, la montante et la déclinante. Dans ce travail de bûcheronnage minéral, Aubertin est régulier comme un cœur qui bat tandis que Sauvejoie peine pour garder la cadence. La nuit se profile quand la forme poursuivie par le sculpteur se dégage grossièrement du morceau de colline avec lequel il s'est battu. L'ébauche laisse clairement deviner la présence encore souterraine d'un corps au repos.

Après leur journée de labeur, les deux hommes goûtent à la quiétude vespérale. Rien fors le crépitement d'un feu de bois pour ébrécher le silence. Quand vient le temps d'aller dormir, Aubertin dit simplement à Sauvejoie :

— Demain, je m'attaque au visage.

Planté au sommet d'une montagne blanche, le sculpteur taille son gisant. Cette fois, ce n'est pas vers les yeux qu'il achemine d'abord son ciseau mais vers la bouche de l'aimée. Il en tient les contours, la roule avec tant de volupté, lui façonne des lèvres si gourmandes d'embrasser qu'elles en deviennent purpurines et le sollicitent pour un baiser. Il se penche alors, offre son visage à ce présent d'amour qui lui est tendu. Mais quand il touche la partie redevenue charnelle de la statue, il a un mouvement de recul. Sa bouche à lui est devenue de pierre et il ne peut goûter au délice de ce baiser. Alors dans son désir, il dégage l'encolure, la poitrine de l'épouse. Parfaitement exécutés, les seins d'Ermeline redeviennent ronds et charnus. Ils palpitent. Ces tétons durcis appellent l'aimé à coller son buste contre l'exquise gorge. De la même façon, il se rejette en arrière pour s'apercevoir que son poitrail est devenu graveleux et blanchâtre, volé à la matière qu'il ciselait. Frustré de ce nouvel échec, il reprend ses outils, gagne le ventre, descend jusqu'à l'embranchement, réveille collines et buissons, débusque la source salivante qu'il brûle d'enrichir de sa sève. Avisant alors son vit dressé dans sa puissance pour ensemencer l'amour, il découvre un pic solide de pierre de Bourgogne, insensible comme le cœur de Dieu.

Alors, il se met à pleurer en même temps qu'il aventure ses plus fins burins dans les logettes qui enferment le regard enamouré d'Ermeline et, à mesure que s'ouvrent les yeux de sa belle, à mesure qu'ils reprennent leur couleur gris bleuté, la nuit le gagne, l'éteint, l'emmure dans l'obscurité des abîmes, là où le noir et l'oubli se confondent dans l'infini des silences.

Ce matin-là, Aubertin regarde sa pierre avec inquiétude. Cela fait trois jours qu'il se rapproche de la forme finale du corps d'Ermeline et qu'il ne perçoit pas le son qu'il devrait entendre quand il frappe la matière de ses ciseaux.

— Cette pierre ne chante pas comme elle devrait, marmonne-t-il. Elle fausse. Cela ne me dit rien qui vaille.

— Peut-être une fente ? intervient Sauvejoie.

Le sculpteur dénie avec sévérité.

— La note serait plus mate, moins sonnante, plus parlée.

Très préoccupé, Aubertin redouble de précaution. Il

est grave et, pour ne pas charger de ses soucis ceux qui n'en peuvent rien, il envoie Sauvejoie au village avec mission d'en rapporter des vivres.

— Prends ton arc pour le cas où tu croiserais du gibier en chemin, lui suggère-t-il pour éloigner le plus longtemps le jeune homme.

Après avoir passé sa matinée à galoper sur sa divine monture, après avoir égrené son après-midi en futiles conversations avec les marchands et les femmes, Sauvejoie réapparaît en soirée plus guilleret que tous les pinsons de Bourgogne. Accroupi sur son promontoire face à sa sculpture, Aubertin se tient immobile comme un chasseur aux aguets. Intrigué, le joyeux drille le rejoint sur la pointe des pieds et découvre son père anéanti devant sa pierre, totalement absent.

À l'endroit du visage et du ventre de la statue, deux grands trous.

— Tu es tombé sur des poches ? hasarde le garçon.

La réponse s'abat comme un coup de poing.

— La pierre est vide, abandonnée. Elle est partie... Elle était fatiguée de m'attendre.

Et, pour empêcher son chagrin d'affleurer, il se tourne vers ses outils, empoigne son têtu et frappe la sculpture en hurlant sa rage. Des heures durant, il la réduit en morceaux, brise les morceaux en caillasse, la caillasse en gravats.

La nuit venue, au lieu de tomber d'épuisement sur sa couche, il commande à Sauvejoie :

— Prépare les chevaux ! On s'en va de ce lieu maudit.

Il quitte la carrière avec son fils et chevauche jusqu'au lendemain soir, le front travaillé comme falaise, les mâchoires serrées, la bouche scellée au mortier des bâtisseurs.

Des deux cavités dissimulées dans la pierre, la ventrale avait la macabre contenance d'une matrice désertée.

11

À Cluny, Gilbert Erail n'est pas mécontent de voir resurgir les transfuges. Soucieux de replacer les deux hommes sous son autorité, il les reçoit avec une froideur calculée :

— On a failli attendre.

Détestant la réprimande, le maître d'œuvre riposte vertement :

— Pourquoi ? Nous partons demain ?

— Non, bredouille le grand maître, nous reprenons la route lundi.

— Dans ce cas, nous avons deux jours d'avance, clôt Aubertin.

Affichant un air bourru qui n'a rien de feint, notre homme n'attend pas qu'on lui donne congé pour se retirer avec Sauvejoie.

Fondée en 910, l'abbaye bénédictine de Cluny est fastueuse. Rien dans ces murs qui ressemble à l'austérité des cisterciens. La richesse pénètre ici à pleins coffres. Elle pourrit de confort et d'indolence une population de moines qui mènent un train de nantis et compensent la rigueur de la règle de saint Benoît en ouvrant ses clôtures aux menus plaisirs de la vie terrestre et, si l'on en croit les mauvaises langues, en s'adonnant à des déviations licencieuses du principe fondateur du christianisme, l'amour du prochain.

Déjà de fort mauvaise humeur au départ, Aubertin redouble de rage lorsqu'il croise au hasard des couloirs le groupe de prélats qui fut à l'origine de sa destitution comme maître d'œuvre.

— Qu'est-ce que je fais ici ? fulmine-t-il.

Désireux de ne plus se faire connaître ni reconnaître, il prend le parti de s'isoler dans l'hôtellerie où les templiers lui ont réservé une chambre. Reclus volontaire, il demandera même qu'on lui apporte les repas dans sa retraite.

À l'inverse de son père, Sauvejoie passe à Cluny un moment appréciable. L'opulence n'a pas que des mauvais côtés et il fait bon avoir ses entrées dans les cuisines, où se préparent de quotidiens banquets, et donner son avis sur les sauces en se livrant à d'autres maraudes. Il n'est pas désagréable non plus de prendre part à la vie de village qui s'est développée autour de l'activité monastique et qui, étrangement, compte dans ses rangs une proportion plus importante qu'ailleurs de femmes jeunes et jolies. Expert dans l'art de dénicher le désir qui sommeille, Sauvejoie soulève l'intérêt câlin d'une ravissante blondinette de son âge à la taille menue et aux rondeurs exquisément pigeonnantes. Cette rieuse petite garce aux dents immaculées et régulières, au minois poupin, aux yeux taillés pour les ravages, n'attend pas qu'il lui fasse ses avances pour se dérober, non sans l'avoir invité par un signe discret de l'index à la suivre. Le temps de comprendre les règles du jeu, il perd sa proie. Un petit cri accompagné d'un rire et il repart à l'assaut de la belle en veillant cette fois à ne plus la perdre des yeux dans l'obscurité naissante. Leste, elle tient ses distances, le sème, resurgit de derrière une colonne, le conduit de loin en loin jusqu'à une porte basse qui s'enfonce sous le grand bâtiment qui jouxte l'abbatiale. Notre tourtereau prend vite goût à l'amusette, dévale les quelques marches où il a vu disparaître l'enjôleuse, bien décidé cette fois à lui mettre le grappin dessus. Il l'aperçoit au fond d'un couloir éclairé de flambeaux, la poursuit dans un passage voûté, se heurte à une porte qu'il pousse imprudemment.

Ce qui lui arrive ensuite s'apparente à une chute dans le vide, un enlisement. Dix bras féminins le happent par les vêtements, le renversent, et le déshabillent dans un tourbillon de rires. Partout autour de lui des corps nus en perdition de sens se caressent, s'embrassent ou forniquent. Récupérant d'une main la ceinture qu'on lui a enlevée, cherchant désespérément à reprendre ses braies et son bliaud de l'autre, Sauvejoie s'échappe en courant de ce lieu orgiaque sous la risée et les huées des diablesses qui l'ont proprement troussé. Revenu à l'air libre, il reste de longues minutes sous le choc avant d'avoir l'idée de repasser ses effets. Malmenées, ses braies sont en loques. Quant à sa bourse, il peut en faire son deuil. Regagnant piteusement l'hôtellerie où il partage sa couche avec le très vertueux Aubertin, il est accueilli par un ronflement d'ours en hibernation. Attentif à ne pas perturber ce sommeil de juste, il s'insinue précautionneusement sous sa pelisse en se jurant bien de garder pour lui sa mésaventure.

Bagues aux doigts, croix pectorale en or massif relevée de pierres précieuses, col de zibeline, l'abbé de Cluny s'est paré de faste pour recevoir le grand maître d'Occident dans son cabinet particulier. Pour cette entrevue, Gilbert Erail est accompagné de Jacques de Frahon, alors que le chef de file des bénédictins a Guiot de Courtil à son côté. La rencontre a pour objet la demande formulée par le moine à son supérieur de rallier le convoi des templiers. L'abbé fait craquer les articulations de ses doigts tandis qu'il rappelle d'une voix lasse au déférent certaines règles édictées par saint Benoît telles que les devoirs de chasteté et d'obéissance en écourtant son boniment à temps pour ne pas s'empêtrer dans un dithyrambe sur la pauvreté qui, dans sa bouche, aurait des allures de farce.

— Ainsi vous nous quittez ? demande-t-il à Guiot d'un ton douceâtre. Vous ne vous plaisez donc pas avec nous ? ajoute-t-il mollement.

Soucieux de ne pas marquer son départ des stigmates de la rupture et désireux toutefois de rester honnête avec lui-même, le moine, en diplomate hors pair, donne une réponse sibylline à son abbé.

— Quoi qu'il advienne de ma vie, je n'oublierai jamais ce que j'ai vécu ici.

Le sirupeux personnage clôt l'entretien sur un éloge quelque peu funèbre du religieux en partance.

— Prenez bien soin de notre frère Guiot dont la voix divine a ensoleillé nos offices, recommande-t-il aux templiers. Il restera un modèle de piété pour nous tous, un exemple d'érudition pour nos jeunes recrues à qui il s'est dévoué corps et âme sans compter sa peine...

Debout soudain d'avoir entendu au loin la cloche

qui annonce le souper, l'abbé de Cluny escamote la fin de son oraison et, présentant son anneau à ses visiteurs, se retire.

— Je resterais volontiers en votre compagnie mais le devoir m'appelle vers d'autres tâches, soupire-t-il.

Il semble tout à coup tellement harassé par sa charge qu'on en viendrait à craindre que la bénédiction du repas ne lui provoque une tendinite au bras droit.

Une fois quitte de la démarche, Gilbert Erail se tourne vers Guiot.

— Et qu'en est-il de votre dessein de poursuivre la geste des chevaliers du Graal ?

— J'ai bien écrit quelques pages mais j'en suis resté là. Je n'ai pas le talent de Chrétien de Troyes, ni son imagination.

— Cette quête n'est pas loin de ce que nous cherchons. Je gage que notre projet vous aidera à combler l'inspiration qui vous manque.

Au moment du départ, un pèlerin en route pour la Terre Sainte approche Gilbert Erail pour lui demander l'hospitalité de son convoi. L'homme a environ trente ans et porte beau.

— Appelez-moi Morgain le Repentant, se présente-t-il.

Quand le maître de l'Ordre lui demande son origine, il élude la question :

— Je suis de partout et de nulle part. Je n'ai plus de racines.

Ses yeux sont d'une vivacité extrême. Pas un mouvement qu'il ne capte, un objet qu'il n'observe. « Il a dû être chevalier pour être ainsi sur ses gardes », pense

Gilbert Erail. Aubertin, en revanche, se fait une autre idée du personnage. En sculpteur qui décrypte les âmes, il perçoit derrière le regard éclairé d'intelligence du nouvel arrivant deux ombres, dont l'une pourrait être la perdition et l'autre la malice.

L'équipée templière mène bon train. Certains jours, elle couvre une dizaine de lieues. L'expédition doit son allure au fait qu'elle n'a pris aucun chariot dans le convoi. Cette mesure facilite le passage des cours d'eau et permet l'emprunt de précieux raccourcis là où les pistes, soumises aux caprices des reliefs, se perdent en détours. Plus longues, les étapes n'aboutissent pas aux relais attendus, ce qui contraint les voyageurs à sacrifier à des campements de fortune le confort des auberges ou des abbayes. Les heures passées à chevaucher ensemble, à partager le vivre et le couvert, rapprochent certains compagnons et en éloignent d'autres. Ainsi cette période voit se développer une complicité de haut vol entre Aubertin et le chef de file des templiers d'Occident. Meneurs l'un comme l'autre, les deux personnages ont en commun une grande expérience de la guidance des hommes en même temps qu'ils connaissent l'anneau de solitude qui enclôt immanquablement ceux que la vie choisit pour porter les grandes tâches. Aussi sensible à la beauté qu'il est dépourvu de charme, Gilbert Erail aime la façon dont Aubertin arrête par moments son regard sur les choses ou les gens dans le seul but de les contempler. Pas une ligne, un jeu de forme ou de couleur aguichant qu'il ne salue du sourire de ses yeux. Parfois un échange de quelques mots souligne la majesté d'un paysage, la féerie d'un ciel, quelques raffinements de lumière égayant rochers ou feuillages, le plus souvent un index pointé suffit à fondre ces deux sensibilités cousines dans un même émerveillement.

Esthète lui aussi mais avec une attirance quasi exclusive pour tout ce qui touche de près ou de loin à la vénusté, Sauvejoie ne résiste pas à la tentation de braconner dans la chasse gardée du jeune couple en route pour Rome. L'épouse est bien faite et, sous un certain angle, peut sembler jolie. Le mari, un benêt sans méfiance et sans grâce, est une nature prédisposée à porter des cornes.

— Si tu causes des dommages à ce garçon, tu auras affaire à moi, menace son père un soir où, faisant étape au moutier de Saint-Claude, Sauvejoie profite du passage de la tourterelle par la salle d'eau pour sortir insidieusement de la cuvelle et s'exposer nu comme Apollon et fourbi comme Priape au regard ébahi de la jeune femme.

Si le manège n'a pas échappé au sculpteur, il tombe aussi sous l'œil écarquillé de Guiot de Courtil, poursuit le saint moine sous sa couette, réveille en lui des ardeurs insoutenables qu'il combattra en se flagellant avec des orties jusqu'au jour où, en panne d'urticacées, il s'abandonne aux délices d'imaginations troubles le mettant en commerce avec cet éphèbe dont la beauté incomparable tenterait Jésus lui-même s'il revenait sur terre.

En butte à cette passion inavouable, Guiot passe des semaines horribles à fuir du regard le garçon dont la simple vue le replonge dans ses tourments. Implorant la dent de Joseph d'Arimathie offerte par son abbé pour lui assurer protection dans son voyage, il en vient presque à douter de l'authenticité de la relique tant ses pulsions amoureuses prennent des allures de possession.

À bout de résistance, il bascule du stade défensif au stade offensif, profite d'un soir étoilé où il repère son jouvenceau alangui et solitaire sur la berge d'un plan d'eau pour faire une première tentative de séduction. N'étant plus de première jeunesse et ne bénéficiant pas des atouts morphologiques de son compagnon, il monnaie son entrée en matière sur son pauvre pécule par l'achat à un aubergiste d'un flacon de vin et de deux gobelets, donne tout le volume possible à la maigre toison qui cerne sa tonsure, puis s'approche à pas déliquescents de l'objet de son désir. Un bruit de liquide versé sort Sauvejoie de ses rêveries. Le miel d'une voix qui dégouline de suavité enchaîne sur un quatrain mûrement préparé :

— Si nous ne sommes pas de bois, / Certains parmi nous sont devins, / Accepte donc, venant de moi, / L'offrande d'un verre de vin.

Curieux de percer les raisons qui poussent Guiot à s'intéresser à lui, le garçon tend une oreille docile au bénédictin qui, particulièrement prolixe ce soir-là, entreprend pour ses beaux yeux l'examen de la voûte céleste dont il situe à merveille les constellations. Émaillé de noms latins, l'exposé a pour effet de rendre brumeux le déployé d'un ciel parfaitement limpide. Au premier bâillement de son interlocuteur, l'érudit enchaîne sur l'agrément de la saison puis sur l'œuvre inachevée de son ami Chrétien de Troyes dont il poursuit l'écriture.

En panne de vin, de salive et de sujet de conversation, notre séducteur passe subrepticement à l'acte en approchant sa main droite de la cuisse du jeune homme, se renverse sur lui pour l'embrasser en susurrant avec volupté :

— Mon Perceval...

La réaction ne se fait pas attendre. Pour se soustraire à son baiser, Sauvejoie empoigne Guiot par le plastron et l'expédie vigoureusement en arrière. Déséquilibré, le moine tombe à la renverse dans le lac. Les pieds empêtrés dans sa coule, il attend désespérément la main secourable de son bel ami pour le sortir de cette mauvaise posture. Abandonné à son sort, il décide de se laisser mourir. Il est ramené in extremis à la raison autant qu'à la vie par l'éternité de flamme que lui promet son état de pécheur et barbote jusqu'à la rive qu'a désertée son aimé.

Penaud, Guiot dégoutte d'une honte vaseuse qui lui colle au corps. Dans un mouvement de contrition, il s'agenouille face au ciel et bat sa coulpe.

— Mon Dieu, délivrez-moi du démon de ma chair ! supplie-t-il. Que je sois digne de votre royaume.

Dans la vision qu'il a alors du paradis, la foule des anges qui écoutent avec compassion sa prière ont tous pris les traits enchanteurs de son Perceval.

12

Le jour suivant, tandis que Sauvejoie et Guiot chevauchent à distance respectueuse l'un de l'autre, Aubertin est approché par l'homme qui se fait appeler Morgain le Repentant.

— Je te connais d'avant ce voyage, lui dit-il. Tu t'es rendu à Vézelay avec tes fils il y a deux ans quand les armées de Philippe Auguste et de Richard Cœur de Lion ont pris le chemin des croisades.

Le maître d'œuvre est interloqué par cette déclaration et charrue sa mémoire pour remonter au jour quelques radicelles de souvenirs.

— Je doute que tu te rappelles mon visage, continue le pèlerin. Il n'y avait personne à Vézelay autour de toi, personne si ce n'est tes trois fils qui partaient pour se battre. Tu ne voyais qu'eux au milieu de l'immense armée et de la foule comme si les autres hommes étaient une forêt d'arbres morts. J'ai aimé ce regard que tu portais sur eux. Il n'était ni fier ni pavoisant, mais respectueux d'une décision prise qui n'était plus de ton ressort.

— C'était leur choix, pas le mien. Il allait certes contre mes convictions car je ne suis pas un homme d'armes mais un homme d'outils.

— Un de tes fils hésitait à partir. Sans cesse à regarder du côté de ses frères puis de ton côté, on devinait son déchirement.

— Gilles, mon benjamin. J'aurais pu le retenir ! J'ai eu peur de peser ! Je crois aujourd'hui que j'ai eu tort.

— Nous avons suivi la même route jusqu'à Auxerre. Nous avons mangé dans la même auberge et passé la nuit dans le même dortoir sans que tu poses sur moi un seul regard. Ensuite nos chemins se sont séparés.

Aubertin réfléchit un long moment.

— Je me souviens seulement d'une bourse que j'avais égarée et qu'un honnête homme me rapporta avant même que je m'aperçoive qu'elle avait disparu. J'étais en ces moments-là si seul avec mon chagrin que tout m'indifférait. Je vivais un deuil qui, avec le recul, s'est révélé prémonitoire.

Un rien gêné de s'être laissé aller à des confidences, le maître d'œuvre plante son regard dans les yeux de son interlocuteur.

— Mais tout cela ne me dit rien sur toi, Repentant.

— Il n'y a rien de mon côté qui vaille la peine qu'on s'y attarde.

— Ce n'est pas une réponse. Tout homme a ses richesses.

Un limpide éclat de rire accueille sa réflexion.

— Certains en ont plus que d'autres. Je ne me suis jamais senti aussi dépourvu qu'en ce moment.

Le sentier se resserre et Morgain le Repentant tire sur les rênes de sa monture pour laisser passer Aubertin. Leur échange s'arrête là.

De plus en plus souvent à la traîne, les trois marchands qui se sont mis sous la protection des templiers freinent quotidiennement l'expédition. Incapables de tenir l'allure, ils rallient les étapes longtemps après les autres. Face à l'impossibilité d'unifier la cadence, Jacques de Frahon, à qui incombe la responsabilité de veiller à la sécurité des voyageurs, décide de fermer la marche avec deux hommes. Une corvée pour ces cavaliers lestes qui passent leurs journées à ronger leur frein. Très accidentée, la région traversée est propice à de mauvaises rencontres, ce qui impose à ceux qui font partie de l'expédition de se tenir sur leurs gardes et à ceux qui en sont les protecteurs d'être prêts à dégainer leur épée à tout moment. Sans rien demander à personne, Morgain revêt ses armes et rejoint la queue du convoi pour offrir son aide à Jacques de Frahon et à ses hommes qui sont les plus exposés au danger.

Gênes est à un jour de chevauchée lorsque Gilbert Erail arrive avec le gros de la troupe au terme de l'étape. Les voyageurs mettent pied à terre, secouent la poussière de leurs vêtements. Le temps de repérer les lieux et chacun établit ses quartiers. Très ensoleillée, cette fin d'après-midi du mois de mai est une invite à la baignade dans un plan d'eau tout proche pour les plus valeureux et pour les autres un incitant à se désaltérer et à prendre du bon temps sous trois pins ombrageant une taverne. Ce moment de paix fait place à un sentiment d'inquiétude avec la tombée du crépuscule. Les traînards tardent en effet à se manifester. Traversé par une appréhension, Gilbert Erail donne ordre de seller les chevaux et repart avec les hommes d'armes. Soucieux lui aussi, Aubertin les accompagne. Au bout d'une lieue, l'escorte tombe sur un champ de désolation. Au milieu d'un défilé les corps de sept hommes et deux chevaux jonchent le sol. Parmi eux, Jacques de Frahon reçoit les soins de ses deux servants d'armes. Frappé dans le dos, il est grièvement blessé. Non loin de lui, Morgain le Repentant baigne lui aussi dans son sang. Gilbert Erail n'est pas en bas de sa selle qu'il est assailli par les marchands terrorisés.

— Ce sont ses complices qui nous ont attaqués, disent-ils en montrant le pèlerin du doigt. C'est lui leur chef de bande.

Le grand maître court jusqu'à son compagnon et prend les dispositions pour lui venir en aide. Sans utilité au milieu du carnage et des hommes qui s'affairent autour de son ami templier, Aubertin fait quelques pas en direction du brigand et regarde, impuissant, le misérable agoniser.

— Tout homme a ses richesses, lui lance le malandrin dans un dernier accès de dérision.

Comme le maître d'œuvre ne réagit pas à sa saillie, il s'emporte :

— Qu'est-ce que tu as à me fixer comme ça ? Je te l'ai rendue, ta bourse.

Aubertin se détourne et s'éloigne pour ne pas le voir mourir.

Les hommes ont allumé un feu. Ils y mettent à bouillir de l'eau et y chauffent à rouge une pointe d'épée pour cautériser les plaies du templier et, surtout, stopper l'hémorragie. Immobilisé, le chef d'escorte jure de rage pour s'aider à affronter l'épreuve. Il hurle quand la lame incandescente lui pénètre dans le flanc. Dans l'air, un fumet de viande grillée. Blême et en nage, le blessé perd connaissance. Devant la gravité de la situation, Gilbert Erail juge prudent de passer la nuit sur place.

— Nous retrouverons les autres après avoir enterré les morts, décide-t-il.

Le grand maître veille le templier en compagnie d'Aubertin et de Guiot qui les a rejoints. Les heures s'écoulent dans un rituel où alternent moments de recueillement et soins silencieux. Dans la matinée du lendemain, Jacques de Frahon est installé sur un brancard et porté par quatre hommes jusqu'au relais. Contrecarré par ce coup du sort qui s'abat sur ses plans, Gilbert Erail arbore une mine soucieuse.

— Si je veux être à Rome en temps voulu, confie-t-il au moine, il nous faut repartir dans la quinzaine.

— Jacques est de constitution robuste. Sans compter que le pape Clément peut lui aussi différer la rencontre de quelques jours.

— Clément n'est pas le seul que notre affaire intéresse. Je dois aussi rencontrer les Lombards. Je vais leur envoyer un émissaire aujourd'hui même.

Sa décision prise, il recherche la compagnie d'Aubertin comme on se réfugie en été sous un arbre pour trouver le frais. Nul besoin de mots qui s'échangent, mais d'une proximité d'âme avec l'artiste.

Le convoi s'établit pour dix jours sur les hauteurs de Gênes, le temps pour Jacques de Frahon de se remettre de sa blessure et pour Sauvejoie de se dégager de l'emprise d'un voyage qui donne peu de place à sa propension à jouir de la vie. Pour passer le temps, il descend jusqu'au port avec son père, y découvre un lieu étourdissant d'activité, de volubilité, de piaillements d'oiseaux, et retrouve dans ce décor la présence ensoleillante des femmes. Partout du rire à prendre, des dents blanches comme des colliers, des peaux dorées, des crinières foncées, presque bleues, des yeux détourés à l'encre noire par un enlumineur illuminé. Les quais sont en folie, les bateaux se vident et se remplissent d'étoffes des Flandres, de meubles, de peaux, de froment, de vin, de bestiaux et d'hommes en armes dans une cacophonie de gréements et d'ordres criés. Sur le pont d'une nef, des blocs de pierre d'une blancheur étincelante ajoutent une touche de préciosité à l'écrin multicolore qui leur fait la fête.

— Cette pierre vient d'une montagne qui, hiver comme été, fait l'effet d'être enneigée, dit Aubertin.

Sauvejoie voit luire dans le regard qui lui est adressé la flamme réanimée du sculpteur. Il peut deviner le projet qui démange son père adoptif et, trouvant le pays à son goût, se réjouit d'avance de cette nouvelle dérobade qui se prépare.

À peine lâché par la malchance, Gilbert Erail est rattrapé par la guigne. En effet, le bateau qui devait l'emmener à Ostie transporte des denrées périssables et ne peut différer son départ sous peine de voir sa cargaison se gâter. Quant à la prochaine nef en partance pour Rome, elle fait escale dans trois ports, dont Livourne où elle doit embarquer un important chargement de tuiles.

En homme habitué à faire face à l'adversité, il change sur-le-champ ses dispositions et en avise Jacques de Frahon qui se rétablit lentement de sa blessure.

— La voie par mer pose problème, sans compter

qu'elle reste soumise aux caprices du vent. Je suggère de poursuivre le voyage à dos de monture, en suivant la côte. Est-ce envisageable pour toi ?

Le templier se caresse le menton.

— Ça marche ! finit-il par décréter, beau joueur.

Le convoi reprend alors docilement la route côtière à l'allure de son blessé comme on porte une coupe de vin pleine dans la crainte de la répandre. Très faible encore, Jacques de Frahon met son point d'honneur à rester droit en selle, un exercice qui dans les premiers jours lui coûte des efforts énormes.

Quand, au bout d'une semaine, le convoi peut enfin accélérer sa cadence, un nouveau problème surgit : Aubertin, qui a aperçu la fameuse montagne blanche, souhaite y faire halte pour sculpter. Déjà bien secoué par les événements des dernières semaines, Gilbert Erail reçoit sa requête avec un calme apparent, évoque l'entrevue pontificale à laquelle le Temple est convié pour s'occuper de la gestion des fonds récoltés par la dîme saladine – une mission juteuse pour l'Ordre qu'il représente.

— J'ai quelqu'un à rencontrer ici et je ne peux, moi non plus, reporter mon rendez-vous, répond Aubertin.

— Je préfère te savoir sous la protection du convoi qu'exposé à la convoitise du premier vide-gousset venu.

— Je ne suis pas comme tes marchands qui cachent leurs trésors dans les doubles fonds de leurs malles. Je n'ai d'autres biens que mes outils.

En l'absence d'argument à opposer au maître d'œuvre

pour le faire renoncer à son projet, le chef de l'expédition transige :

— Dans ce cas, je t'adjoins deux de mes servants d'armes.

— Tu ne m'as pas compris, Gilbert, gronde Aubertin. Je ne veux pas de tes hommes, ni de ta protection. Je suis entre les mains des pierres et non des armes ou de l'argent. Que veux-tu qu'il m'arrive ?

Les yeux au ciel, le templier pousse un soupir de lassitude.

— Je ne sais de l'amitié ou de la fatigue ce qui me fait céder aujourd'hui.

— Gageons que c'est l'amitié, clôt le sculpteur.

Vaincu par plus têtu que lui, Gilbert Erail laisse Aubertin à la garde de ses pierres. Il doute que le maître d'œuvre reprenne place un jour dans le convoi. Ses adieux faits, il repart avec au cœur un profond sentiment d'abandon.

Les nuits qui suivent essuient les foudres de violents orages. Une aubaine pour la nature qui salue de son plus beau vert ce présent de pluie, une bonne fortune pour le convoi qui, après l'accablement des derniers jours, goûte à cette fraîcheur bienvenue. Alors qu'il chevauche au côté de Jacques de Frahon sur un chemin escarpé surplombant la mer, Guiot de Courtil, en grande conversation avec lui-même et, accessoirement, avec le maître d'armes, sent le sol s'enfoncer sous les sabots de sa monture. Parti pour une chute de vingt toises, il ne doit la vie sauve qu'à la détente exceptionnelle du templier qui, s'agrippant d'une main à un buisson, le cueille par son pluvial au moment où il bascule dans le vide.

Si le moine sort avec plus de peur que de mal de cette mésaventure, son cheval se brise l'échine sur les rochers et doit être achevé. Plus grave, la blessure de Jacques de Frahon s'est déchirée avec l'effort. Cette fois, plus question pour lui de continuer le voyage avant des semaines. De commun accord, Gilbert Erail et son compagnon décident de diviser l'escorte. Jacques de Frahon est laissé à Pise avec deux servants. Ce nouveau coup du sort est vite reconsidéré par le grand maître comme une opportunité de récupérer Aubertin et son fils. Guiot est appelé à rester au chevet de son sauveteur.

— Il y va de notre projet, déclare-t-il au bénédictin.

À moitié rassuré sur l'état de son cœur, le moine accepte avec soumission la responsabilité qui lui est confiée.

— Profitez du temps qui vous est donné pour nous écrire quelques bons chapitres de votre continuation du Graal, ajoute Gilbert Erail, désireux de ne pas quitter son compagnon sur une note morose.

Plus penaud encore, Guiot rentre sous terre. Ce travail dont il échauffe les oreilles de tout le monde depuis des mois et auquel il a déjà consacré des centaines d'heures d'ébullition et de raturages n'a pas dépassé le cap de deux pages manuscrites.

13

Aubertin grimpe avec le maître carrier dans un cirque éblouissant de roches blanches, un amphithéâtre spectral d'une hallucinante majesté. Il garde un souvenir douloureux de la gisante fugueuse qui s'est refusée à lui sur la fouille d'Aubigny et compte bien obtenir de la montagne la pierre du meilleur lait ou, plutôt, du meilleur glacier pour ce nouveau rendez-vous avec Ermeline. L'homme qui l'accompagne veut tester son chaland et lui vante d'abord des bancs qui laissent transparaître d'ondoyantes nervures grises ou recèlent des nébuleuses roussâtres.

— Donne-moi le fin du fin, insiste Aubertin. Je te paierai en conséquence.

Lorsqu'il perçoit qu'il a affaire à un client qui ne transigera pas sur la qualité de son marbre, l'exploitant dirige son visiteur vers un endroit connu de quelques rares initiés pour la perfection de ses bancs, un lieu peu commode d'accès où les sculpteurs venaient déjà se fournir au temps où Rome était capitale d'empire.

— Je n'ai rien de mieux à te proposer, déclare le carrier en ouvrant les bras sur ce palais immaculé dont il est maître aux yeux des hommes et de leurs lois après son père et son grand-père.

Sis à l'écart du chantier où travaillent les carriers, l'emplacement qui est alloué à Aubertin convient parfaitement à l'artisan qui envisage sa tâche comme une forme de recueillement. Indifférent aux massifs déjà décrochés par d'autres mains du flanc de la montagne, il s'attaque à la paroi avec lances, aiguilles et coins pour prélever de la chair vive du rocher une masse suffisamment importante pour éveiller son gisant.

Sauvejoie n'hésite pas à interroger son père sur la peine inutile qu'il se donne et à laquelle il lui demande de participer.

— La branche qui gît à côté de l'arbre est bois mort, dit le sculpteur. Il me faut la sève nourricière de la montagne et non un fragment amputé.

Le marbre extrait est d'une rare perfection. Il est reflet de ce qu'Ermeline avait de plus limpide, de plus pur.

Après avoir passé sa pierre au crible de son regard, de son toucher, après s'être mis à l'écoute de la matière pour entendre la façon dont elle sonne, le sculpteur entreprend son travail en toute tranquillité. À ses pieds, un enneigement de flocons durs et tièdes issus d'un hiver minéral offre une litière confortable à son rocher. Aubertin accepte l'aide de Sauvejoie pour dégrossir sa sculpture. Il œuvre avec lui sous un auvent de feuilles tant pour se protéger des rayons du soleil que pour ombrer son ébauche dont la blancheur aveugle. Au cours de cette phase d'approche, un nœud d'angoisse resserre l'estomac du maître d'œuvre à l'apparition d'un halo grisâtre en périphérie du visage qui se dessine. Cette tache malvenue est traquée pendant deux jours par des outils fébriles. Superficielle, elle est finalement circonscrite sans dépens pour l'œuvre en cours.

— Ce n'était qu'un voile, un nuage gris qui passait dans son ciel, précise-t-il, heureux de retrouver son marbre dans sa pureté native.

Sauvejoie est soulagé de voir son père débarrassé de son tracas. Quand il sent le moment venu pour cet amoureux en deuil de réveiller du bout de ses ciseaux sa belle endormie, il prend congé du couple, se retire de ce cérémonial comme on quitte la chambre d'une reine défunte pour resurgir du côté de la vie, de la joie et des femmes légères. Peau dorée, chevelure blondie sous le soleil, le jeune dieu rend visite aux villes côtières des environs de Carrare. Superbe sur sa jument à robe mouchetée d'argent, il est armé pour des ravages.

Dans le blanc immaculé, Aubertin cisèle les traits adoucis de l'âme sœur. Il la revêt d'abord de sa robe nuptiale, modèle les moindres détails des plis et des ondulations, pour ensuite l'enlever du bout de ses burins et retrouver comme au premier matin de leur amour la nudité virginale. Cet effeuillement le conduit à redécouvrir sa gorge, les vertigineux vallonnements de son ventre, le généreux débord de ses hanches, l'harmonieuse coulée de ses jambes. Tout au souvenir de son désir, il refaçonne Ermeline, comme, jadis, dans un sursaut de pitié pour la solitude des hommes, le Créateur façonna Ève. Il cherche la perfection des lignes, embellissant peut-être le sujet dans ce débordement de tendresse qui le regagne.

Immergé dans son ouvrage, Aubertin oublie tout : les heures qui passent, son corps en manque de nourriture, la soif ou la fatigue qui tentent désespérément de se faire entendre. Il oublie aussi Sauvejoie, que son étoile a jeté dans les bras possessifs d'une insatiable brune au tempérament incendiaire, une sculpturale beauté répondant au doux prénom de Palomina et dotée par une nature surabondante des atouts nécessaires pour retenir un homme, fût-il de marbre, dans l'enclos exubérant de son cœur. Captif de ce piège suave, le jeune élu ne parvient plus à regagner sa montagne. Victime d'un véritable ensorcellement, il met huit jours pour échapper aux chatteries de son adorable conquête.

Quand il retrouve son père adoptif, celui-ci est en train de polir sa sculpture. Gêné d'avoir porté atteinte à la pudeur de son épouse en la dénudant, Aubertin a fait les frais d'un fin tissu destiné à la protéger des regards minéraux ou solaires qui hantent le lieu.

Sauvejoie aide son père à venir à bout de cette étape très lente où la pierre, par abrasion avec des pâtes sablonneuses de plus en plus fines, passe de la matité à la brillance. À force de lustrage, le visage trouve son grain, la bouche sa pulpe, le cou, la gorge et les épaules leurs carnations spécifiques. Quand les deux hommes en arrivent au peaufinage des parties intimes du corps alangui d'Ermeline, Aubertin, dans un accès de pruderie, donne congé à son assistant pour terminer son œuvre dans l'intimité et la discrétion, une occasion inespérée pour Sauvejoie de revenir à sa charnelle compagne et de s'offrir de lascives envolées dans les sphères délectables du plaisir.

Par une nuit de pleine lune, Aubertin revient à sa sculpture et la libère de son drap pour la contempler.

La lumière blafarde confère à la statue une telle impression de vie qu'il ne résiste pas au désir de se dévêtir et de l'embrasser. Il contourne Ermeline et colle sa bouche sur son front. Cette marque de tendresse fait revenir sur ses lèvres le goût de froid et le sentiment de dureté que lui laissa son dernier baiser à la morte. Pris alors d'une honte soudaine, il se rhabille en hâte comme, après une première aventure, un adolescent fautif.

— Où est notre désir ? demande-t-il. Nous étions si proches.

Des forces souterraines se battent en lui. Il se sent comme Orphée qui brise d'un regard maladroit le fil invisible qui va de l'amour au néant tout comme il se sent appelé par sa promise de pierre à démarier son corps de l'emprise du souvenir et à faire son deuil.

— Nous ne nous posséderons plus dans cette vie, dit-il tandis qu'il redéploie sur Ermeline nue le fin tissu qui la vêtait.

Puis il ramasse autour de lui les débris de marbre et passe le reste de la nuit à ensevelir sa sculpture. Étrangement apaisé, il œuvre en douceur, comme il borderait un enfant qu'un sommeil agité a découvert. Il est ému de confier à la montagne blanche la garde de son amour.

Le lendemain, Sauvejoie le rejoint et l'aide dans sa tâche sans lui poser de questions. Lorsque l'empierrement est achevé, il lui glisse à l'oreille :

— J'ai croisé Jacques de Frahon à Viareggio. Il voudrait repartir.

Quittant des yeux ce dôme scintillant de marbre, le vieil amoureux sort alors de son rêve, tourne vers son fils un visage détendu pour lui dire de façon inattendue.

— Je suis prêt ! Qu'attends-tu pour seller les chevaux ?

Des six hommes qui reprennent le voyage, Sauvejoie est le seul qui laisse derrière lui un regret et un remords en la personne adorable de Palomina dont il a brisé le cœur et peut-être aussi la vie. En mal de confident, le jeune homme se tourne vers le doyen des deux servants d'armes qui fut à son heure de gloire lutteur de foire et qui se fait fort d'une expérience sans pareille en matière de rixe et de beau sexe.

— Tu aurais dû la voir se jeter à mes pieds et hurler de douleur.

— Cela fait partie du spectacle, mon biquet. Plus tu descends vers le sud, plus ça tonitrue ! C'est bien connu !

— Elle m'a dit qu'elle allait se jeter dans la mer du haut des rochers de Manarola...

— T'inquiète pas pour si peu, mon lapin. Si elle saute, c'est dans un autre lit avec ton remplaçant. Ça ne se laisse pas abattre longtemps, ces oiseaux-là.

— Elle voulait se couper les veines avec un couteau à viande.

— Pas de quoi t'affoler, mon pigeon. C'est de la comédie de bonne femme, tout cela. Tu peux en croire un vieux coutumier de la chose.

— Mais elle s'est vraiment arraché les cheveux par touffes...

— ... et a déchiré ses vêtements. Ça fait partie du numéro, mon minet. Elles font toutes cela par ici. Ça fait les affaires des fripiers.

Pour rester dans l'humeur de ces propos de taverne, notre homme conclut lourdement :

— À ta place, je bénirais le ciel de t'avoir débarrassé de cette marmite.

Las de discuter avec la brute, le jeune homme pousse avant sa monture et marmonne pour lui-même une saillie du même acabit : « N'empêche, côté anses et rondeurs, c'était quand même une sacrée bonne marmite ! »

Jacques de Frahon a pris la tête du détachement et mène ses compagnons d'étape en étape à vive allure. De constitution solide, le templier s'est redressé. Très amaigri, sa dégaine lui donne plus que jamais l'apparence d'un vieux loup.

Coupant à travers la plaine, les cavaliers arrivent à Florence et, de là, poursuivent jusqu'au petit port de mer de Pescara. En septembre, la troupe parvient à quai et saisit l'opportunité qui lui est offerte d'appareiller pour Chypre dans les deux jours qui suivent. Les chevaux sont embarqués dans la nef dès le lendemain. Au dire de ses hommes, le chef d'équipage, un navigateur de souche phénicienne, connaît la Méditerranée comme personne : une information qui rassure les plus timorés.

Au moment de lever l'ancre, surgit un cavalier qui demande à parler au nautonier.

— On nous demande de retarder le départ de quelques heures ! annonce un marin dépêché auprès du templier.

Après une matinée passée à ronger son frein, Jacques de Frahon reçoit des éclaircissements sur cet imprévu.

— Nous attendons la princesse di Morra qui nous vient d'Ascoli Piceno. Elle doit arriver d'un instant à l'autre, explique le nautonier.

Comme si elle avait perçu l'impatience des passagers, la retardataire débouche sur le quai sous la forme d'un nuage de poussière qui se mue en une légère charrette bâchée menée par un vieux cocher et tirée par deux chevaux. Pour seule escorte, le cavalier qui a négocié l'embarquement.

— Pauvre équipage pour une princesse ! s'exclame un des servants d'armes.

Accoudés sur les garde-corps qui ceinturent la tourelle de la nef, les six voyageurs tentent d'apercevoir la nouvelle venue. Une main écarte le rabattant de peau du chariot et ouvre le passage à une dame d'une cinquantaine d'années en habit de voyage, un personnage ordinaire au visage mafflu, à la grâce paysanne, aux reliefs compensés un peu comme ces chemins que l'on remblaie pour estomper creux et bosses.

L'équivoque se dissipe avec l'apparition à sa suite d'une femme jeune et gracieuse, une beauté altière, une sorte de déesse romaine à la taille cambrée comme un arc, au front couronné d'une ondoyante chevelure de soie noire entremêlée de rubans perlés. D'apparence délicate, elle a le geste élégant, la démarche souveraine. Sauvejoie est aux anges.

Quelques mots d'excuse et le pardon général tombe comme pièce dans la sébile d'un bateleur. Chevaux et bagages sont embarqués. Les marins prennent ensuite le petit chariot à bras-le-corps et le hissent à bord. La manière dont la princesse participe à la manœuvre laisse deviner, derrière un halo d'autorité, une nature attentive. Une fois sur la nef, elle approche sans façon le templier et le moine afin qu'ils se présentent. Elle paraît cependant intimidée par Aubertin et hésite avant de le saluer. Cerné par la sauvagerie d'une abondante crinière fauve, le visage boucané du sculpteur semble s'abreuver à la source douce et très claire de ses yeux gris. Après l'avoir pris de loin pour quelque chef de guerre barbare tel que les artistes romains du monde antique le représentaient, la jeune femme est rassurée par sa force paisible autant que par l'expression de bonté et de tendresse qui émane de son sourire. « Cet homme est d'un autre monde », songe-t-elle.

« Cette femme est un ange frappé en plein vol », pense de son côté Aubertin, en ciseleur d'âme.

14

Un soir où les passagers de la nef préparent leur couche pour la nuit, le plus déluré des deux servants d'armes demande au moine le nom complet de la princesse.

— Donna Stella Pace di Morra d'Ascoli Piceno, articule Guiot de Courtil avec déférence.

Cet énoncé redondant provoque un éclat de rire général qui ricoche quand Sauvejoie réplique :

— Avec un nom pareil, la soupe a le temps de refroidir !

Aubertin, qui n'a jamais fait cas des titres ronflants dont s'affublent les grands de ce monde pour asseoir leur importance, s'amuse de ce trait d'esprit. Il attire à lui l'impertinent dans un élan d'affection paternelle et le rudoie amicalement. L'air pincé de Guiot atteste, en revanche, qu'il n'a pas trouvé l'envoi à son goût. La raison en est simple : il est lui aussi monté en grade depuis que la princesse l'a élevé au rang de confesseur et de confident. Cette honorable mission occupe l'érudit plusieurs heures par jour et le comble d'une jouissance qui n'a rien de charnel, notre homme ayant d'autres appétences en ce domaine. Cette relation privilégiée avec la princesse di Morra redore, et c'est justice, le blason du saint moine, dont la gaucherie et les petits travers suscitent dans son entourage des plaisanteries sans méchanceté mais aussi des allusions qui ne sont pas toujours du meilleur goût.

Sans prendre en compte la différence d'âge ou d'apparence, les points communs à Guiot et à donna Stella se révèlent nombreux. Ainsi ce penchant qu'ils partagent pour la musique et la poésie, deux domaines qu'ils connaissent fort bien – le moine pour avoir fait métier de troubadour avant de prendre l'habit, la dame comme fine praticienne de mandore, de rebec et d'une sorte de harpe de forme équestre qui se joue à genoux ou assis sur les talons en logeant la partie haute de la caisse de résonance au creux de l'épaule. Ce dernier instrument qui fut fabriqué pour elle par un maître luthier de Ravenne à la demande de son époux a trouvé place dans le bagage de la princesse. Finement incrusté d'ivoire et d'ébène, l'objet a la délicatesse d'une pièce d'orfèvrerie. Fragile, il ne sort de la boîte robuste qui le protège que pour s'aérer de quelques notes. Par discrétion autant que par crainte de déranger son voisinage, donna Stella effleure à peine sa harpe les premiers temps de la traversée et cela malgré les sollicitations du moine que démange l'envie d'entendre la passagère donner la pleine mesure de son talent.

Fort d'un passé de baladin et de joueur de vielle, Guiot obtient de la musicienne qu'elle l'accompagne dans une complainte. Doté d'une très belle voix haut perchée, le moine fait sensation auprès des occupants de la nef et en est quitte pour passer en revue la totalité de son répertoire. Comme une danse qui cherche son pas, les doigts de Stella Pace soulignent de quelques notes les mélodies avant de marquer des accords puis de disperser les sons en bruine cristalline. Les textes qu'interprète Guiot racontent des faits d'armes et d'amour. Si l'on ferme les yeux sur la mine décatie du bénédictin, on croit entendre ces beaux trouvères versant le trop-plein de leur cœur aux pieds de châtelaines énamourées. Poussée par Sauvejoie à prendre son tour, la jeune femme sort de sa réserve et, d'un timbre clair et léger, interprète une romance qui réussit à distraire les servants d'armes d'une partie d'osselets. À la demande générale, elle offre à son auditoire un autre moment de grâce et d'élévation avant de ranger son instrument.

Le voyage demeure sous l'emprise de la musique avec des instants où les gestes se feutrent, où les gréements se taisent pour ne rien perdre de l'envoûtement de quelques cordes pincées et d'un chant de sirène. Un jour, moine et princesse travaillent sur un poème à deux voix écrit en latin. Seul capable, avec Jacques de Frahon, d'en approcher le sens, Aubertin tend l'oreille. Pour mieux suivre les paroles, il dépose même le petit couteau avec lequel il taille, dans des morceaux d'écume et de lave trouvés sur le navire, les pièces d'un jeu d'échecs. L'histoire contée est celle d'un enfant qui enjambe la margelle d'un puits, tombe et se noie.

La présence de donna Stella rompt la monotonie d'un voyage où de longues journées sans vent clouent la nef sur place comme si elle était ensablée. Apparaissant plusieurs fois par jour sur la dunette avec tantôt sa dame de compagnie, tantôt son moine troubadour, la princesse di Morra règne sur ce monde d'hommes en exquise suzeraine, illustrant comme personne le proverbe souvent controversé : « Bon sang ne peut mentir. »

La nef passe enfin le cap de la Grèce sans avoir affronté de vents violents. Une soirée, cependant, l'horizon se tend d'un bandeau noir qui bien vite s'épaissit et plonge les voyageurs dans une nuit précoce. Assombri lui aussi, le nautonier fait affaler la grand-voile.

— Des cordes à tout le monde ! commande-t-il à son équipage. Qu'on s'occupe d'abord d'arrimer les montures. Rendez-vous après sur le pont.

Enfermés dans de robustes logettes en bois de cèdre, les chevaux qui sentent venir le grain deviennent nerveux. On s'entraide pour arriver au bout de cette tâche. Des coups de sabot se perdent, des jurons aussi. L'ouragan est précédé d'un remous grandissant. La mer se creuse et enfouit le navire. Elle bombe et la pauvre nef est lancée vers des sommets avant de s'enfoncer à nouveau dans des abîmes qui semblent sans fond.

Les passagers qui se sont regroupés sous la dunette s'encordent à la hâte. Plus blêmes les uns que les autres, ils passent des heures noires à s'entrechoquer, à vomir et à encaisser les gifles des vagues.

La princesse di Morra que le hasard a placée à côté d'Aubertin est recouverte par une lame et boit une pleine rasade d'eau de mer. Dans un mouvement de panique, elle s'accroche à lui comme un naufragé à un récif. Le maître d'œuvre est remué par cette étreinte inattendue qui l'abstrait un moment du déchaînement des flots, du goût de sel, de l'âcreté des miasmes alentour. Dans la confusion, ses mains se jettent en protectrices autour de la tête de la jeune femme pour éviter qu'elle ne se cogne. S'ils se défendent, l'un comme l'autre, de ce rapprochement accidentel, Aubertin n'en demeure pas moins étourdi de ce contact avec ce corps de chair souple et tiède qui, en lui confiant sa peur, lui a rappelé l'amour.

Après la tempête, le nautonier inventorie les dommages causés à sa nef. Point de dégâts majeurs à déplorer ni côté bâtiment, ni côté cargaison. Rasséréné par la bonne issue des événements, il poursuit son examen auprès des passagers et de leurs montures.

— La mer est, pour nous, une longue histoire de famille, dit-il pour vanter ses mérites face à un auditoire encore sous le coup de la frayeur.

Ce que le marin ne mentionne pas, c'est qu'il a peu connu son père, ce dernier n'ayant jamais connu le sien et ainsi de suite, aussi haut que remonte la mémoire des veuves.

La nef reprend son cap. Au bout d'un mois d'une traversée sans histoire, elle jette l'ancre à Chypre. Lieu de rapatriement des croisés en attente de regagner l'Occident, cette île, récemment reconquise par Richard Cœur de Lion, puis rachetée par les templiers, porte le poids d'amertume et les stigmates de l'échec de la dernière croisade.

Tout comme la princesse di Morra qui cherche à retrouver son époux, Aubertin profite de cette escale à Nicosie pour parcourir avec Sauvejoie logis et campements dans l'espoir de rencontrer un chrétien qui pourrait lui donner des nouvelles de ses fils.

— S'ils sont restés ensemble, ils doivent faire impression. S'ils se sont séparés, nous aurons tôt fait d'en retrouver un et, par lui, de remonter vers les autres, dit-il à son pupille en se mettant en route.

En dehors du témoignage d'un chevalier champenois qui affirme avoir passé la nuit en taverne avec ses deux aînés à Saint-Jean-d'Acre, une paire d'années plus tôt, aucune piste sérieuse et récente ne s'offre à lui ce jour-là.

— Il se peut qu'ils regagnent en ce moment la Bourgogne. Dans ce cas, ils nous accueilleront à Paris quand nous rentrerons, lance à la légère Sauvejoie à Jacques de Frahon un soir où il revient bredouille d'une longue journée d'investigations.

Le templier tait les idées noires qui le rongent depuis qu'il a entendu parler de prisonniers francs achevés par Saladin en représailles au massacre ordonné par Richard Cœur de Lion sur deux mille sept cents prisonniers musulmans.

Au moment d'appareiller pour la Terre Sainte, Aubertin, en proie au découragement, s'interroge sur les chances qu'il a de revoir ses fils autant que sur l'utilité du voyage entrepris, lorsque la princesse apparaît en joie. La bonne fortune lui a souri sous les traits d'un chevalier vénitien. Il a rencontré son mari il y a trois mois dans la forteresse de Hisham Gil'arad à l'extrême nord de la Syrie.

— Il est en vie ! déclare-t-elle, les yeux éblouis d'un bonheur qu'on ne peut que partager.

« Contrairement à cette femme, je n'ai pas suffisamment cru à mes retrouvailles, se reproche Aubertin. Je ne me suis pas préparé à les revoir. » Ermeline a ouvert la voie de son errance en l'envoyant à la recherche de leurs enfants. Mais est-il seulement parti à leur rencontre ? Il ne sait. Ce qu'il sent, en revanche, c'est que le départ de ses fils en croisade l'a plongé en solitude, l'a coupé non pas de ses racines mais de ses branches et de ses fruits. Peut-être sa ramure se serait-elle refournie d'elle-même, s'il n'y avait eu la maladie et la mort de l'aimée pour accentuer la rupture ? Aubertin ne sait plus, du feuillage ou du pied de l'arbre, où s'est retirée cette sève d'amour qui le faisait déborder d'affection pour ses enfants avant qu'ils n'échappent à ce dont il avait rêvé pour eux. Cœur prodigue de tendresse, il s'étonne de ce dessèchement et repense à son aîné, à ce qu'il dira quand il le reverra. Comme lui, Renaud est un homme qui n'aime pas qu'on lui indique son chemin.

Des trois garçons, c'est avec lui qu'il a eu le plus de heurts mais aussi le plus de moments forts de complicité sur des ouvrages difficiles. Formé auprès des meilleurs ferronniers d'Austrasie, Renaud est devenu formidable forgeron d'armes là où Aubertin et Ermeline l'attendaient comme fabricant de bons outils. C'est lui qui équipa ses deux frères pour les emmener en croisade avec lui. C'est sur son enclume que furent affinées dans les meilleurs aciers d'Écosse des lames inégalées, ou crochetées de métal fin des cottes de mailles impénétrables.

Gautier, le deuxième fils, s'est décidé à accompagner son frère pour échapper à la potence, à moins que ce ne soit l'aîné qui ait imaginé cette fuite pour le maintenir en vie. Gaillard de six pieds, Gautier a vu sa vie basculer sur une bêtise, un misérable différend d'argent avec un jeune noble, une broutille qui dégénéra en bagarre et coûta la vie à ce dernier. Le maître d'œuvre et son épouse furent bouleversés par ce drame qui correspondait si peu à la nature débonnaire de leur garçon. Plutôt qu'homme de conflit, le puîné était perçu par tous comme homme de négociation. Formidablement doué pour le commerce, il avait l'art et la manière d'embobiner son monde. Parti un jour avec trois pommes, il revint avec une ceinture, qu'il échangea contre un harnais et ainsi de suite jusqu'à se retrouver propriétaire d'un vieux canasson qu'il réussit à troquer contre une bonne mule. Aubertin est persuadé que Gautier s'est établi en Orient dans un endroit propice aux affaires juteuses et qu'il vit là-bas d'échanges fructueux.

Plus démuni que ses deux aînés dans cette région du monde qui pétrit la violence, le sort de Gilles inquiète davantage son père. Le dernier des Avalon n'a pas seulement emprunté ses traits à Ermeline mais aussi sa douceur. Rien de guerrier dans cette nature. Enfant rêveur et pieux, aimant dessiner et s'instruire, il aurait fait parier son entourage à cent contre un qu'il prendrait l'habit. Aubertin garde toujours au cœur le regret de l'avoir laissé partir. Après ses rencontres à Chypre avec les revenants de croisade, il se demande plus que jamais ce qui a poussé son benjamin à rejoindre ce conflit de brutes sanguinaires. À part prier à la réconciliation et séparer les antagonistes, quelle contribution pouvait-il apporter sur un champ de bataille ? Aubertin se bat contre lui-même pour ne pas imaginer le pire. Il est loin ce temps où il espérait voir ses fils œuvrer avec lui sur les chantiers de cathédrales. Il continue à penser qu'avec leurs qualités spécifiques ils auraient trouvé leur bonheur aujourd'hui s'ils ne s'étaient pas égarés à mille lieues de chez eux.

— Quel gâchis de vie, laisse-t-il échapper dans un soupir à lui-même.

— Mais nous arrivons au bout du voyage, père, fait remarquer Sauvejoie. Regarde à l'horizon cette ligne claire. N'est-ce pas la Terre Sainte ?

15

Le port de Jaffa voit la nef se vider de ses voyageurs et de sa cargaison. Il ouvre des yeux ahuris sur cette jeune femme qui aborde les quais en conquérante à l'heure où croisés et chevaliers d'Occident se bousculent pour quitter ce pays ensanglanté par une croisade qui s'est abîmée en actes de boucherie plutôt qu'en nobles exploits. Partout dans la ville, des rescapés de ce massacre, alourdis de bagages. Beaucoup de mutilés et de gens malades parmi les partants. Si chacun ici ne rêve qu'à fuir et à rentrer chez soi pour trouver consolation auprès des siens et se remettre à son ouvrage, la princesse di Morra n'a qu'une idée en tête : pénétrer dans ce coin de terre étrangère et remonter jusqu'à son mari. Rien n'effraie cette femme. Sans la proposition du templier de la confier à la garde d'une solide garnison pour l'emmener jusqu'à la forteresse d'Hisham Gil'arad, elle reprendrait place dans sa charrette bâchée avec sa dame de compagnie et partirait à l'aventure sous la seule protection de José, son vieux cocher, et de l'unique homme d'armes qu'elle a jugé bon de s'adjoindre.

— Seule sur les routes, vous mettez en péril votre vie et celle de vos gens, insiste Jacques de Frahon.

Ce sera pour ses dévoués servants que donna Stella, en bonne maîtresse, choisit de brider son impulsivité et d'accepter l'offre. Une décision sage qui soulage Guiot, heureux de prolonger de quelques coudées son rôle complice auprès de sa confidente de charme.

À l'opposé de la jeune princesse, Aubertin se retrouve sur les quais de Jaffa comme un bateau démâté, à interroger le visage des gens qu'il croise. Est-il un regard qui a vu ses fils, une voix qui pourrait le renseigner ? Son désarroi est perceptible par tous, à commencer par Sauvejoie qui aborde sans se lasser la foule des croisés dans l'espoir que l'un d'entre eux les dirigera vers ses frères. Abandonné par l'espoir, le maître d'œuvre se laisse conduire à Jérusalem, tel un marcheur sans but.

Au détour d'un chemin, l'apparition de la ville sainte couronnée de ses remparts dentelés le ramène à lui-même, lui le bâtisseur, le maître d'œuvre curieux de la tenue de chaque ouvrage de pierre, de la bonne inspiration des coquetteries décoratives, des astuces de construction. Vidé de ses tracas et de ses craintes, Aubertin traverse la cité en s'émerveillant de la diversité des styles qu'elle abrite. Unis par la pierre et la couleur, édifices musulmans ou chrétiens cohabitent pacifiquement. Parfois ils s'imbriquent, se toisent ou se recouvrent, un peu comme ces plantes qui s'élèvent vers la lumière mais sans être pour autant sur pied de guerre. Ici une tour, là un minaret, plus loin deux clochers ou un dôme, tout est bon pour relayer la prière. Cette disparité se retrouve dans les étroites ruelles où se mélangent Occidentaux et autochtones, Égyptiens et Grecs, comme si la terre entière s'était donné rendez-vous là pour montrer à ses dieux respectifs les mille visages de la ferveur.

— La pierre est rassembleuse. Elle s'accommode de vérités multiples. Il en est autrement des hommes, explique-t-il à Sauvejoie dont les pensées plus prosaïques ne méritent pas qu'on s'y attache.

Les voyageurs gagnent la résidence des templiers, de retour dans la ville sainte depuis l'instauration de la paix saladine. Ils sont accueillis par la communauté. Le temps de s'inquiéter de la manière dont s'est passé le voyage et les compagnons de Jacques de Frahon lui font part des dernières nouvelles :

— Robert de Sablé est malade.

— Sérieux ? demande le chef du détachement.

— Nous sommes très inquiets pour lui.

Prévenu de l'arrivée à Jérusalem de ses hôtes tant attendus, le grand maître de l'Ordre se fait asseoir sur son lit pour les accueillir. Très affaibli, il parvient à peine à se redresser pour donner l'accolade à Jacques de Frahon et à Guiot.

— La vie des hommes n'a qu'un temps, celle des pierres a le privilège de ricocher, dit-il à Aubertin qui s'avance pour le saluer.

Le maître d'œuvre prend la mesure de ces paroles. Elles revêtent une autre signification lorsqu'il aperçoit, à proximité de l'autel où la messe est célébrée chaque jour pour le moribond, une maquette de la nouvelle Chartres exécutée sur la base de ses plans. Passé la surprise de découvrir en cet endroit une part tangible de ses rêves, il s'approche de la miniature et la contemple avec émotion.

— Gilbert Erail m'a remis ce présent. Je ne me lasse pas de l'admirer, confie le grand maître.

Sauvejoie a tôt fait de quitter l'austère compagnie des moines soldats et s'enfonce de venelle en venelle pour rejoindre le cœur charnel de la cité, là où les cloches arborent toujours un air de fête, qu'elles sonnent carême ou Pâques. Il a entendu dire que cet endroit thésaurise la mosaïque la plus vaste de carnations féminines de tout l'Orient ainsi que la plus grande variété de chevelures recensées de par le monde et espère bien trouver son bonheur dans ce clos de délices. Une fois à pied d'œuvre, la réalité renvoie notre galant aux premiers degrés de son échelle imaginative, la palette carnée étant aussi rudimentaire que l'éventail des toisons limité. D'une nature accommodante, notre homme cherche à dénicher un vrai sourire au milieu de tous ces airs empruntés et parfois même inhospitaliers. Aguiché par deux Syriennes aux yeux de houris, Sauvejoie n'éprouve aucune envie de les suivre. Il hésite devant une superbe Nubienne qu'il juge finalement trop lointaine à son goût. Une petite blonde en proie à un désolant chagrin croise sa route et il lui emboîte le pas. Couvert de coups, le corps de sa pauvre élue crie les violences qu'il a subies. Sauvejoie n'a d'autre langage pour la consoler que le geste et la caresse, la femme ne comprenant de l'oïl que l'amabilité de l'intonation. Loin de toute conquête brutale et de tout désir d'assouvir sa puissance, il fait don à cette âme de passage de la tendresse qui réconforte et de l'amour qui apaise. Sans que rien lui soit demandé, il se déleste même du contenu de son escarcelle comme les bons esprits du vent écartent les nuages pour le lumineux présent d'une éclaircie.

Quand vient le moment de regagner l'endroit où il est hébergé, il a le cœur à baguenauder et choisit de se laisser porter du côté des échoppes par la cohue des marchands et des promeneurs. Un grand escogriffe de chevalier fendant la foule dans un bruit de ferraille le bouscule par mégarde et incite le rêveur à revenir sur terre. Un coup d'œil sombre en direction du rustaud suffit à attirer l'attention de Sauvejoie sur l'épée qui pend à la taille du croisé. Reconnaissable au façonnage de la garde et du pommeau, l'arme est signée du marteau de Renaud d'Avalon. Sûr de son fait, Sauvejoie décide de suivre le guerrier jusqu'à l'endroit où il demeure. Il le voit resurgir, puis entrer dans une taverne et attend qu'il fasse un sort à deux pichets de rouge. Il s'assure ensuite que le cavalier regagne bien son logis et n'en bouge plus de la nuit. Après quoi, satisfait de ne s'être pas confronté à l'homme, ni exposé par la même occasion à une nouvelle dont il redoute d'être porteur, le garçon s'encourt jusqu'à la maison du Temple pour réveiller Aubertin et l'informer de sa découverte.

Par un frais matin de février, la princesse di Morra se prépare à quitter Jérusalem sous bonne escorte pour se rendre à Hisham Gil'arad, la forteresse croisée où est cantonné son mari. Guiot de Courtil, qui a manqué l'office pour assister au départ, cache mal le poids qu'il a sur le cœur. La jeune femme s'est montrée tellement attentive et amicale à son égard, leurs échanges se sont révélés si riches qu'il s'inquiète des jours à venir, où il sera privé de cette présence amie.

— Ne délaissez pas votre roman, recommande-t-elle, ignorante de la torture où s'abîme le pauvre moine en quête désespérante d'inspiration.

Lorsque, au moment de partir, donna Stella exprime le désir de saluer Aubertin et son fils, Jacques de Frahon l'informe de leur absence.

— Vous leur souhaiterez de ma part la bénédiction du ciel et des anges dans leurs recherches, lui dit-elle avant de monter dans sa charrette bâchée et de sortir de la ville par la porte Dorée.

Sur la route qui l'éloigne de Jérusalem, la princesse regrette soudain cet adieu qu'elle n'a pu que déléguer. Les deux hommes ont toujours eu sa sympathie, l'un pour sa force bienveillante, l'autre pour sa légèreté juvénile.

— La vie a eu quelques bontés pour nous ces derniers temps, constate la suivante.

Les chemins de Judée sinuent au milieu d'un paysage accidenté, d'apparence infranchissable, qui ressemble à l'épreuve que les deux femmes traversent depuis des mois. Plus tard, la dame de compagnie libère un sanglot sous un coin de son voile.

— N'y pensons plus. Cela n'avance à rien, réprimande la princesse.

Les massifs rocheux se contournent et font renaître indéfiniment la route. Le moindre sentier est espoir. Puisqu'il est fait de traces de pas et de roues, il ne peut qu'aboutir quelque part. L'inquiétant est le chemin envahi par les herbes, la piste dans le sable effacée par le vent. Toute princesse qu'elle est, donna Stella a déjà affronté une traversée de désert sous un ciel vide d'étoiles, une nuit de caverne qui en oublie le jour. Elle a dû apprendre que, même si l'on est aveugle, égaré ou cloué au sol par une charge trop lourde, la règle est de poser un pied devant l'autre jusqu'à ce qu'une lueur, une herbe foulée ou une empreinte indique à nouveau la voie. Aujourd'hui, la route a un sens. Elle marque le nord et ne rebrousse pas. La progression n'empêche pas la jeune femme d'avoir peur, peur de cette nouvelle qu'elle porte, peur de la réaction de son époux qui est un homme peu commode, aussi capable de générosité qu'il peut être cassant et excessif en paroles comme en actes.

Si donna Stella s'efforce de rester valeureuse, chaque heure qui la rapproche de son but accentue chez sa suivante un sentiment de détresse.

— Tout cela est de ma faute, répète inlassablement celle-ci.

Les mains de sa maîtresse glissent amicalement sur ses épaules tandis que son visage se rapproche d'elle comme pour dire : « Quand cesserez-vous de vous accuser ? »

Le bonheur des deux femmes s'est brisé comme sarment sec au dernier printemps. Confié à sa nourrice, le fils unique du prince di Morra, alors âgé de trois ans, échappa à la surveillance de sa gardienne pour resurgir sur la margelle d'un puits qu'il avait escaladée en douce. La dame de compagnie, qui avait aperçu l'enfant, se mit à courir vers lui en tendant les bras pour le cueillir avant qu'il tombe. Sa précipitation provoqua le recul du petit garçon. Le temps d'ameuter du monde, Amato di Morra était mort noyé.

Le léger chariot se dandine d'arrière en avant, de droite à gauche sur les routes pierreuses de Galilée puis de Samarie secouant ses occupantes comme figuier sous la gaule d'un maraudeur. Plusieurs fois par jour, maîtresse et servante descendent de l'habitacle pour marcher côte à côte entre les traces des roues. Au fur et à mesure que le voyage touche à sa fin, la princesse devient lointaine, voire hautaine, si l'on en croit certains servants de l'escorte. Les moments douloureux de sa vie remontent à la surface et la fragilisent. Plus encline au silence qu'à l'épanchement, elle lutte avec elle-même contre la dispersion de son courage. Elle connaît ses faiblesses dont la plus grave est d'être femme, utilisable à l'envi ou répudiable selon l'humeur, toujours en danger d'être humiliée. Sa place ancestrale la range du côté des dominées et elle n'a d'autre arme que d'aimer et d'éveiller l'amour pour rester l'élue.

Il ne fait pas chaud et la princesse tremble dans l'âme car le visage de son mari qui lui revient sans cesse en mémoire est aussi dur que l'acier des épées. « Je ne suis plus assez bien pour lui. Il va me chasser. » Il a fallu sept années à Stella Pace pour que, fausse couche après fausse couche, un enfant franchisse le cap d'une grossesse et s'épanouisse. Attendu par son père comme l'héritier d'un domaine et d'un nom, ce fils providentiel rapprocha de son épouse un homme dont le cœur s'éloignait.

Dans un coin aride de Syrie, au-delà d'Antioche, une forteresse immense étale sur plusieurs collines ses fortifications. Peu de verdure aux alentours pour adoucir la minéralité de la construction. Rien dans l'ouvrage qui ne caresse l'œil, ou n'arrondit les angles. Le monde ici est voué à la puissance des hommes et à la soif qu'ils ont d'imposer leur force. Avec ses pierres énormes, ses tours viriles, son pont-levis marqué de coups comme un bouclier fatigué de cent batailles, l'endroit repousse cette femme, dont la blessure devient souillure d'être tombée de l'état de princesse à celui de mendiante d'amour et de pardon.

16

Aubertin sent monter en lui la colère. Le chevalier flamand qu'il a cueilli au saut du lit et auquel il s'adresse pour obtenir des renseignements sur l'endroit où il a acquis l'épée forgée par son fils le tourne en bourrique.

— C'était à Ascalon ! Non ! Je ne me souviens plus. J'ai dû l'acheter à Césarée.

Tout en faisant mine de se souvenir, il enfile sa cotte de mailles, passe son surcot, décroche à la hâte sa lourde ceinture qu'il boucle autour de la taille. Pourvu de son épée, il reprend de l'assurance et invite ses visiteurs à dégager la place.

— J'ai un rendez-vous important, prévient-il.

Aubertin voit filer sa chance et regrette soudain de ne pas avoir demandé à Jacques de Frahon de l'accompagner. Le templier aurait des arguments plus convaincants à opposer à l'individu. Saisissant sa cape, le croisé marche vers la porte d'un pas décidé. Au moment où il franchit le seuil, deux solides mains le happent et le renvoient dans la chambre.

— Je t'ai posé une question, chevalier ! gronde le maître d'œuvre.

Pour réponse, l'épée sort du fourreau et menace.

Sauvejoie se jette de côté dans un mouvement d'esquive tandis que son père se campe dans l'ébrasement de la porte pour en bloquer l'accès.

— Si tu veux sortir, tu devras me passer sur le corps.

La lame est ternie, les tranchants abîmés. Mouvante, elle ressemble à un reptile prêt à mordre.

Gravée sur la garde, la signature de Gilles d'Avalon.

— Tu l'as ramassée sur un champ de bataille, dit Aubertin d'une voix sourde. Tu l'as volée à un mourant. Comment était ce croisé qui la portait ? Si tu l'as vu, tu ne peux pas avoir oublié son visage qui était de douceur.

Sa vue se brouille. Ses yeux se rouvrent sur l'épée qui tombe. Sauvejoie a pris le chevalier à revers et lui colle une courte dague sous le menton. Beaucoup moins fier, le chevalier balbutie :

— Je l'ai prise sur la dépouille d'un abbé. Il regagnait son moutier avec quelques frères quand ils ont été attaqués.

— Quel ordre ?

— Saint-Benoît, répond le Flamand sans plus se faire prier.

— Où a eu lieu l'échauffourée ?

— À quelques lieues du mont Sinaï. Deux ou trois. Quelque part au nord.

— Il y a combien de temps ?

— Six mois, soupire-t-il.

Aubertin arbore une mine ombrageuse qui n'est pas pour rassurer l'homme d'armes. Il se baisse pour prendre l'épée et cherche dans l'objet la question qu'il a omis de poser.

— Était-elle dans cet état quand tu l'as ramassée ?

— Non ! Elle était comme neuve.

— Et tu veux me faire accroire qu'une arme de cette facture n'a pas intéressé les voleurs ?

L'homme se sent pris au piège.

— Nous les avons surpris et ils se sont contentés de fuir avec l'or, bredouille-t-il.

Le maître d'œuvre le fixe alors d'un regard qui gifle le mépris, puis enjoint Sauvejoie de lâcher prise.

Aussitôt, le garçon retire sa dague et laisse filer son captif. Il est livide. À l'opposé, les traits d'Aubertin se détendent. Il se rapproche de son fils et le serre dans ses bras.

— Nous tenons le premier toron de la tresse ! s'exclame-t-il.

Derrière donna Stella, un tumultueux effondrement de chaînes coupe toute retraite, comme, dans le dos de montagnards, le bris d'un pont de glace coiffant un ravin. Des hommes remontent le pont-levis après le passage de l'escorte et bloquent les lourdes portes de cèdre avec de robustes transversales. Dans la place forte, la garnison est sur pied de guerre. Et si le comte Raoul de Saint-Sauveur à qui incombe le commandement de la forteresse voit d'un bon œil l'arrivée de l'escorte templière, qui peut se révéler précieuse pour repousser le siège imminent, il est par contre fort contrarié par la venue en ses murs de l'épouse du prince Riccardo di Morra. Il prend d'ailleurs prétexte de la gravité de la situation pour remettre la voyageuse et sa suite entre les mains de son majordome. Qu'il veille à ce qu'elle reçoive les égards dus à son rang.

Une fois débarrassé d'elle, le chevalier s'éponge le front.

— Il ne manquait plus que cela ! lance-t-il à son écuyer.

De son côté, Stella Pace n'est pas mécontente d'entrer en douce dans ce lieu inhospitalier et d'avoir un peu de temps devant elle pour se préparer à la confrontation avec son mari. Elle a grand besoin de fortifier son âme et range lentement ses effets dans la chambre que l'on a mise à sa disposition. Elle sort ensuite sa harpe de sa boîte, accorde l'instrument, se délie les doigts sur quelques accords avant d'avancer du bout des lèvres le phrasé d'un chant. Sa voix, d'ordinaire très limpide, accuse un léger chevrotement qui tient moins au siège qui se prépare qu'à l'entrevue qui s'annonce.

La princesse est là depuis deux jours quand des cris dans l'enceinte et le son du tocsin la préviennent de l'arrivée des assaillants. La perspective de cette bataille serre d'un seul coup son cœur et lui rend sa présence dans ce coin perdu d'Orient complètement incongrue.

— Que suis-je venue me perdre ici ? s'effraie-t-elle.

Le duc d'Antioche dispose ses troupes et ses engins de guerre. De longues échelles circulent autour de la forteresse et attendent le moment opportun pour se lancer à l'assaut des hauts murs, tandis que de lourds béliers se préparent à attaquer poternes et pont-levis. Le combat s'engage le lendemain à l'aube. Malgré les moyens déployés, il tourne rapidement court, la place forte convoitée se révélant imprenable une fois de plus. Quittes pour quelques plaies, de nombreuses bosses et beaucoup de peines inutiles, les deux parties referment les hostilités sur un torrent d'injures échangées entre le bas et le haut du rempart.

— Je te ferai mordre la poussière, vermine !

— Les corbeaux se repaîtront de tes viscères, charogne !

Rendez-vous pris pour un nouvel affrontement, les combattants repartent chacun de leur côté pour raconter leurs hauts faits d'armes et de bravoure au coin des cheminées ou dans le tumulte des tavernes.

À mille lieues de l'élan de foi dont Pierre l'Ermite ou saint Bernard prêchaient les mérites, la dernière croisade n'a pas mis longtemps à dégénérer en conflit personnel mettant dos à dos Saladin et Richard Cœur de Lion, ainsi qu'en petits combats bilieux opposant des potentats locaux en mal d'hégémonie. De quoi retourner dans leurs sarcophages vénérés les pionniers de ces guerres prétendument saintes.

Le foisonnement de livres et de rouleaux qui encombrent le moutier de Saint-Jérôme, situé à proximité du mont Sinaï, ferait croire à un individu de passage que l'abbaye est une bibliothèque plutôt qu'un lieu de prières et de recueillement. Pas un empan qui ne recèle un écrit. Même la chapelle est atteinte par la contagion. Côté scriptorium, les copistes ou les enlumineurs à l'ouvrage luttent sans répit contre cet ensablement de parchemins qui envahissent leur siège ou leur pupitre.

Dans un carré de lumière, un vieux moine, cassé par l'âge et son métier de scribe, se penche douloureusement sur un vélin qu'un jeune novice à son écritoire agrémente avec délectation de lettres historiées et de rinceaux envahissants.

— Vos enluminures prennent trop de place et le texte en pâtit, se lamente-t-il. Sans compter que le parchemin coûte cher.

— Un feuillet n'est pas l'autre, dom Placide. Quand la fable est belle, elle mérite bien quelques égards.

Le moine tend une main sèche vers un haut mur tapissé de rouleaux jusqu'au plafond.

— Quand nous serons arrivés au bout de tout cela, il sera encore temps de s'amuser.

Un vent de contestation assorti de fous rires emplit la pièce où une douzaine de scribes et de traducteurs s'attachent à retranscrire de grands textes glanés en Orient, qu'ils soient œuvres de penseurs, de poètes ou de savants. La récréation s'interrompt sur l'arrivée impromptue du prieur.

— Deux voyageurs demandent à voir le frère Gilles.

Un calame est posé au travers d'un encrier par une longue main maculée de taches rouges et bleues. Le jeune novice se lève. Il paraît immense à côté de dom Placide qui s'écarte pour le laisser passer. Le personnage est pénétré de douceur. Elle se perçoit dans ses traits, dans sa façon de bouger. Aiguillonné par la curiosité, le moine dévale les marches qui mènent au porche d'entrée et découvre, stupéfait, son père et son frère, assis sous une arche. Les trois hommes se jettent dans les bras les uns des autres et s'abandonnent à une accolade dont ils ressortent le regard brillant.

— Au fond, la coule ne te va pas si mal, dit Aubertin pour se ressaisir.

— Je m'y sens en tout cas plus à l'aise que dans une armure.

Gilles d'Avalon invite ses visiteurs à le suivre dans le jardin. Empreint de calme, l'endroit correspond à sa nature. Père et fils prennent place sur des rondins de bois à l'ombre d'un olivier et se racontent. La part lumineuse de la vie est évoquée avant la part d'ombre. Le flacon de vin que Sauvejoie a apporté en douce et qui passe de bouche en bouche plaide pour la légèreté. Vient rapidement l'inévitable question...

— Et comment se porte notre mère ?

Les yeux d'Aubertin quittent son cadet pour se réfugier dans le terrain rugueux de ses mains de sculpteur.

— Ermeline... Ermeline est morte.

Les paupières de Gilles se ferment. Immobile, il pleure en silence derrière cet enclos en même temps qu'il prie. Son père s'émeut de la dignité de son chagrin. Dans ce moment d'intense émotion, le visage du benjamin ressemble étonnamment à celui de sa mère, un peu comme s'il devait se fondre en elle pour marquer son passage.

— Elle repose dans la paix du Seigneur, murmure-t-il.

Dans la bouche de tout autre religieux que son fils, cette sentence aurait fait bondir Aubertin, lui aurait fait dresser une nouvelle fois les poings au ciel et blasphémer.

— Tu parles ! Elle a rejoint dans les abîmes la nuit des âmes maltraitées par Dieu.

Donna Stella perd patience. Cela fait maintenant un mois qu'elle est arrivée dans la forteresse de Hisham Gil'arad et elle n'a toujours pas revu son mari. Plus grave, les informations qu'elle obtient des gens qu'elle questionne sont contradictoires. Ainsi un chevalier génois prétend qu'il a été investi d'une mission diplomatique mais ne peut préciser où il s'est rendu, ni l'objet de la négociation. Un autre parle d'une blessure qu'il ferait soigner à Antioche. Le majordome raconte qu'il a été dépêché pour ravitailler le fort et se demande soudainement s'il n'est pas prisonnier des Sarrasins.

— Tous ces gens mentent, dit-elle à sa dame de compagnie. Quant à Raoul de Saint-Sauveur, je ne comprends pas pourquoi il me fuit.

Sollicité jour après jour pour obtenir un rendez-vous, le chef de la garnison est finalement coincé par son hôtesse dans la salle d'armes où il s'entraîne.

— Vous n'avez pas le droit de venir ici ! grogne-t-il d'entrée de jeu.

— Je suis princesse di Morra et j'ai le droit d'être traitée selon mon rang, réplique-t-elle.

Mis au pied du mur, le chevalier accepte de très mauvaise grâce de la recevoir. Il espère être quitte en inventant que le prince a regagné l'Italie d'urgence pour régler quelques problèmes d'argent. Mais donna Stella éclate d'une colère qui se métamorphose très vite en sanglot.

— Je ne vous crois pas ! Tout ce que vous me racontez sur mon époux est faux. Il est ici ! Depuis le début je sais qu'il est ici.

— Et qu'est-ce qui vous fait dire cela ?

— Mon servant a trouvé ses deux chevaux dans une écurie.

— Et après ? On n'est pas marié à des chevaux.

— Dans son cas, oui ! Riccardo a pour ses chevaux autant d'attachement que... (elle hésite)... qu'il en a pour moi.

Le comte de Saint-Sauveur fait quelques pas vers une meurtrière, puis lance derrière son dos :

— Vous l'aurez voulu, suivez-moi !

Là-dessus, il sort de la pièce, dévale l'escalier en colimaçon qui mène à la cour, la traverse puis rejoint entre deux murailles une ruelle bordée de baraquements. Il prend ensuite la direction d'une tour de guet aussi austère que le pays qu'elle domine. Une fois à la poterne, le comte se retourne pour s'assurer qu'il est bien suivi. Il fait passer la princesse devant lui dans l'escalier, comme s'il craignait tout à coup qu'elle ne s'échappe. En haut, une porte basse sur laquelle il frappe de son gantelet clouté trois coups groupés suivis d'un quatrième plus tardif.

— Entre ! fait une voix.

Donna Stella vacille et ce malaise n'est encore rien à côté de ce qui l'attend à l'intérieur de cette chambre où le prince di Morra la reçoit le visage caché d'un tulle, les mains enveloppées de bandelettes.

— Ne le touchez pas ! recommande Saint-Sauveur à la jeune femme qui, dans l'élan de son cœur, s'est jetée aux pieds de son mari.

17

Gilles d'Avalon est heureux dans son moutier. Le travail d'enlumineur et de copiste valorise ses dispositions artistiques et convient bien à son tempérament. Mais ce n'est pas l'essentiel. Le novice est religieux dans l'âme, profondément croyant et foncièrement confiant en la miséricorde de Dieu. Loin des interrogations où s'abîme son père, il a avec la vie et la mort un rapport serein. À la question que pose Aubertin sur les raisons de son départ en croisade, il répond simplement : « La tristesse de Gautier. » Quand Sauvejoie veut savoir combien de Sarrasins il a étripés, il demande pardon au malheureux assommé avec le fourreau de son épée qu'il n'avait même pas pris la peine de dégainer.

— J'aurais eu un bâton de pèlerin, je serais arrivé au même résultat, dit-il.

— Tu aurais eu un bâton, nous n'aurions pas retrouvé ta trace, corrige son père.

Les deux frères de Gilles sont évoqués longuement. Le garçon est sans nouvelles d'eux depuis de longs mois.

— La dernière fois où nous étions réunis, c'était à Ascalon où les hommes de Saladin nous ont faits prisonniers. Sans Gautier qui a négocié notre libération, nous serions morts aujourd'hui.

D'après Gilles, Gautier aurait épousé une Syrienne et serait parti vers le sud pour faire du commerce. Quant à Renaud, il parlait de retourner à Saint-Jean-d'Acre et d'y poursuivre ses activités de forgeron.

— Où qu'il s'arrête, il sera toujours en guerre, résume le jeune moine.

Batailleur dans ses entreprises, Aubertin prend cette réflexion pour son compte.

— L'important est qu'il se trouve de bons ennemis.

Le maître d'œuvre qui sommeille en lui se cache en partie derrière ces mots. Combien de combats n'a-t-il pas menés contre la pierre pour l'assise, l'équilibre, la verticalité et le plan ! Ce sont ces luttes contre la matière mais aussi contre le non-ajustement, l'injustesse ou l'injustice de ce monde et de ses dieux qui ont consolidé Aubertin, l'ont trempé dans le chaudron de la force, l'ont rendu beau d'avoir vaincu ses peurs, souverain de s'être agrandi d'infatigables affrontements et d'inlassables conquêtes d'un empire de montagnes et de géants.

Au moment de se séparer, Gilles offre à son père un parchemin enluminé par son art où il a retranscrit et admirablement illustré l'épisode du buisson ardent qui, comme le Phénix, renaît du feu qui le consume. Viennent ensuite de vrais adieux pour ces hommes qui ne se reverront plus en cette vie.

Les deux voyageurs reprennent le chemin de Jérusalem. Le hasard de la route les conduit aux abords d'une ruine de temple romain. Aubertin s'arrête devant un tronçon effondré de colonne. De teinte ambrée et très fine de grain, la pierre l'inspire.

— Que dirais-tu d'un congé ? demande-t-il à Sauvejoie.

Ravi de cette pause inattendue, le jeune homme abandonne le sculpteur à son ouvrage. Comme les autres fois, le visage d'Ermeline se dévoile sous les coups de ciseau et de massette. La tête est ici légèrement inclinée sur l'épaule et regarde vers le bas. Maternelle, elle respire la douceur et l'attendrissement. Gilles vit dans ce visage qui lui ressemble.

Aubertin hisse alors la statue sur son cheval et revient sur ses pas jusqu'à la montagne sacrée : qu'elle lui fournisse un bon emplacement pour y loger son œuvre. Il grimpe ensuite le versant qui fait face au monastère avec sa pierre sur l'épaule. Plus il monte, plus le fardeau pèse, comme si ce marbre blond se transmutait en or. Épuisé et ruisselant de sueur, il arrive à l'endroit qu'il a choisi, enchâsse comme coin le visage d'Ermeline entre deux rochers, en veillant à ce que son regard embrasse le moutier où s'est retiré son benjamin. Il ferme ensuite de dalles plates la face arrière de la statue pour lui couper toute retraite. Quand il redescend, le ciel gronde et la montagne est fouettée d'éclairs. Lorsqu'il foule à nouveau la plaine, il se sent comme délesté d'une part de lui-même qui le tirait au sol, étrangement léger.

Il y a des moments de l'existence où l'amour et le désespoir sont vin du même tonneau, où le passé resurgit dans le présent pour essayer de se revivre, où la vie et la mort sont parties du même brouet. Dans le ciel sans étoile que sont devenus leurs rêves, le prince di Morra et son épouse s'abandonnent à cette confusion. Le plus éperdu des deux conjoints est bien sûr le chevalier. Avec la mort de son seul enfant, le malade se trouve totalement dépourvu d'espoir face à son propre naufrage. Débordante d'une tendresse qu'elle n'a jamais été en droit d'exprimer véritablement, donna Stella quitte la compagnie de sa suivante pour rejoindre son mari dans la tour de guet et s'employer, au mépris de sa propre santé, à soulager la détresse de ce corps et de cette âme en perdition. La forteresse est sous le choc. Personne ne comprend qu'une femme si divinement belle et saine accepte de s'exposer à ce fruit gâté au risque de se corrompre. Après sa maîtresse, c'est au tour de la dame de compagnie d'importuner de ses supplications Raoul de Saint-Sauveur, afin qu'il sorte de force la princesse de ce mouroir contaminé et l'empêche d'y retourner.

— Cette femme est folle. Qu'elle aille au diable ! réplique sans ménagement le chef du fort.

Si, pour les occupants de la place, la princesse di Morra a déjà perdu la tête en rejoignant son mari lépreux, ils ne trouveraient pas de vocable assez fort pour qualifier l'énormité de sa déraison s'ils apprenaient que, malgré la maladie, elle n'a pas renoncé à son vœu de quitter la Terre Sainte avec dans son ventre la promesse d'une nouvelle naissance.

Non contente de soulager la souffrance de son époux par sa présence et par ses soins, jugeant insuffisants les moments de douceur qu'elle lui procure en chantant et en jouant de la harpe, elle met en œuvre tous les artifices de sa féminité pour réveiller la puissance du prince et l'amener, malgré ses réticences, à lui donner l'amour. Inflexible dans ses décisions et irrésistible de beauté, Stella Pace obtient un soir, avec l'aide d'un peu de vin, que son mari se couche sur le dos et qu'il l'autorise à dénuder son corps pour le laver. Laissant à l'air libre les parties saines et recouvrant plaies et moignons d'étoffes de soie, elle vient s'affourcher nue sur lui et récolter sa semence dans une danse sinueuse rendue plus ondoyante encore par la présence de flambeaux. Ce sabbat de damnés brûlant leur enfer sur terre se renouvellera de mois en mois à chaque pleine lune. Aumône d'amour au goût amer de stérilité, ces rapports désespérés ne sont plus que souffrance et décharges vaines pour le malade.

— Pars tant qu'il est encore temps, supplie-t-il quand il n'est pas en état de colère ou d'abattement. N'attends pas d'être souillée.

Mais elle s'interdit de lâcher le fil ténu qui la relie au destin de son homme, à ses aspirations d'antan. Pour ne pas culbuter du côté des larmes et pour tenir son cap, elle est là qui réveille inlassablement des chansons du fond de sa mémoire dans l'espoir illusoire que le charroi des moments de bonheur ne s'interrompra pas.

Aubertin a le mal du pays. Sa Bourgogne lui manque et il est rattrapé par le démon de la construction comme d'autres peuvent être pris par l'envie de voyager ou de partir en guerre. Peu lui importe qu'il soit engagé comme meneur ou simple œuvrier, que l'édifice soit prestigieux ou modeste, pourvu qu'il y ait des pierres à dresser, du ciel à conquérir. Servi par la chance qui lui a donné la joie de revoir Gilles, il doute, après avoir arpenté sans succès toutes les grandes villes de la côte ouest, d'être mis sur la trace d'un autre de ses enfants.

— Nous piétinons ! enrage-t-il.

Sauvejoie ne se plaint pas de la situation. En homme qui se nourrit de compagnie comme d'autres s'alimentent de pain, il est même heureux de son sort et pas du tout pressé de repartir. Aubertin repasse les événements des derniers mois et se console de l'échec de ses démarches en songeant qu'à aucun moment il n'a été question que l'un de ses garçons soit mort. Il estime venu le temps de quitter cette partie du monde qui n'a répondu que partiellement à ses attentes. Il sait qu'il ne reviendra plus en Terre Sainte mais espère bien que ses fils reprendront dans l'avenir le chemin de la source.

— Un jour ou l'autre, on rentre chez soi, affirme-t-il à Sauvejoie pour se convaincre que des retrouvailles sont toujours possibles.

Aubertin repasse par Jérusalem pour reprendre outils et arrois en dépôt chez les templiers et faire ses adieux à ses anciens compagnons. L'accueil qui lui est fait au domaine des blancs manteaux est à la fois chaleureux et attristé.

— On désespérait de te revoir, lui confie Gilbert Erail. Robert de Sablé est à la mort et te réclame.

Aubertin est touché que le grand maître de l'Ordre l'appelle à son chevet au moment du passage et des comptes à rendre. Il s'étonne de l'élan fraternel avec lequel Guiot de Courtil les reçoit, lui et son fils, dans une accolade chagrinée.

— C'est une bénédiction du ciel que vous soyez là. Il a tant insisté pour vous voir, dit-il au maître d'œuvre.

Une fois quitte de ce moment d'effusion dont il se serait bien passé, Sauvejoie lance un regard à son père dont la mine soucieuse le tarabuste.

— Il s'agit de Chartres ? demande le bâtisseur.

— Il s'agit de l'ouvrage clé, nuance le moine.

De quoi corser l'inquiétude de l'intéressé.

Les yeux enfoncés dans les orbites d'un visage décharné, Robert de Sablé ne brûle plus que par les braises fiévreuses de son regard. Quoique terriblement affaibli, le grand maître s'est fait installer dans un siège à haut dossier pour recevoir son hôte, montrant par là sa volonté de rester homme pétri de dignité et de courage plutôt que moribond qui suscite la pitié. Convertie en chapelle, la chambre est éclairée de chandelles qui ont été disposées sur l'autel et autour de la maquette de la cathédrale conçue par Aubertin, ainsi que d'un candélabre allumé à proximité d'un lutrin sur lequel repose un livre volumineux. Parmi les personnalités présentes se trouvent Jacques de Frahon, Gilbert Erail et, bien sûr, Guiot, l'ami de toujours de Robert de Sablé. Une voix mesurée, à peine audible, s'adresse au maître d'œuvre :

— Les hommes passent mais le Temple demeure. J'abandonne le flambeau à Gilbert Erail qui fut grand maître du Portugal et de Provence avant d'assurer ces trois dernières années la conduite de l'Ordre en Occident. J'ai grande confiance en son jugement, sa détermination tranquille, la force qu'il déploie pour embellir le monde plutôt qu'à entretenir des conflits. Il sera bon successeur, j'en suis convaincu. Si sa page est vierge, ma page est écrite, à l'exception toutefois de la dernière ligne qui est une ultime requête que je voudrais t'adresser, Aubertin, en présence de mes compagnons.

Avant de t'en parler, il est utile que Guiot te donne lecture d'un épisode du premier livre des Rois.

Le moine quitte sa place et s'avance cérémonieux vers la Sainte Bible, s'installe devant le manuscrit préalablement ouvert au bon endroit, jette un rapide coup d'œil du côté de l'assistance avant de se racler la gorge et de lire de sa voix claire et chantante une histoire à propos du prophète Élie qui raconte en substance ceci :

« Sous le règne d'Achab, tous les Israélites furent réunis sur le mont Carmel car le peuple élu avait abandonné les préceptes du Seigneur pour adorer Baal. De tous les prêtres, il ne restait plus qu'Élie à servir Yahvé, les quatre cent cinquante autres ministres du culte s'étant rangés du côté des idoles. Pour rétablir la suprématie du Dieu de ses pères, le prophète proposa aux adorateurs de Baal de dresser un bûcher et d'y placer à son sommet un taureau dépecé en leur interdisant d'y mettre le feu. Élie fit de même, à la différence qu'il plaça autour du lieu du sacrifice douze pierres pour représenter les douze tribus d'Israël, creusa une rigole tout autour de son offrande et fit arroser l'holocauste de douze cruches d'eau. Vint ensuite le moment où les ministres de Baal invoquèrent leur dieu pour qu'il se manifeste en embrasant leur bûcher. Leurs efforts restèrent vains. Élie, à son tour, se mit en prière et le feu du Seigneur tomba sur son autel et consuma l'holocauste, le bois, les pierres et l'eau des cruches. Confondus, les imposteurs furent mis à mort et le peuple revint à Yahvé. »

Après s'être brillamment acquitté de sa lecture, le bénédictin embrasse le Saint Livre et regagne sa place à la droite du grand maître. Un silence recueilli maintient le récit en suspens jusqu'à ce que Robert de Sablé reprenne la parole.

— Qu'ils soient sacrés ou profanes, les livres ne disent pas tout, et cet épisode biblique a préféré trouver son épilogue dans l'exécution des quatre cent cinquante prêtres de Baal plutôt que dans le geste pieux et très quotidien d'une femme du clan des Nathinéens qui emporta dans sa maison un brandon de ce feu divin pour allumer son foyer et placer ainsi sur elle et sur sa famille la protection du Très-Haut. Elle veilla sa vie entière à ce que jamais la flamme ne s'éteigne. Après elle, sa fille fut jour après jour nourricière de cette flambée sacrée jusqu'au temps où les hommes du clan construisirent un sanctuaire au cœur de leur village pour abriter et entretenir le feu d'Élie dont la présence surnaturelle les protégeait des envahisseurs et des convoitises plus efficacement qu'un rempart.

Aujourd'hui, cette flamme issue de Dieu brûle toujours dans le val de Cison, en bordure du mont Carmel. Tout comme Yahvé a montré sa toute-puissance jadis en incendiant le bûcher d'Élie, ainsi le tison récupéré par la Nathinéenne pourrait prendre le chemin de Chartres et embraser de la main de Dieu la cathédrale.

Muet de consternation, Aubertin se fait violence pour taire son ébahissement. Calme en apparence lorsqu'il prend congé du mourant, il explose dès qu'il se retrouve seul à seul avec Guiot :

— C'est toi qui as imaginé ce plan tordu ? demande-t-il en le soulevant de terre par le col.

Afin de ne pas molester davantage le malheureux moine, il quitte le domaine du Temple et s'enfonce dans les rues de Jérusalem pour fatiguer sa rage en marchant.

18

Une tête de lion rugissant s'esquisse sous le taillant du sculpteur. Déjà ébauchée par la nature dans une proéminence rocheuse, la forme n'aura eu besoin que de quelques coups bien appliqués pour prendre figure animale. Aubertin passe de ses outils de frappe directe à ses burins et creuse le front du fauve de ravines profondes, ouvre des yeux de colère, déploie une gueule prête à mordre. Il peste contre cette pierre de Judée, juste bonne à remblayer les chemins.

— Cette matière est morte, elle se décharne sous le ciseau ! fulmine-t-il.

Ses pensées glissent vers Robert de Sablé dont le corps se nécrose mais dont l'esprit reste vif. Animé d'un vœu ultime, d'une pressante supplique à son endroit, cet homme qui l'a adoubé de sa confiance et de son amitié lui inspire de la compassion. S'est-il seulement montré digne de ce présent ? Il ne sait. Ce qu'il découvre aujourd'hui, c'est qu'il est peiné par cette mort imminente, endeuillé par ce départ comme s'il perdait un proche.

L'endroit où le sculpteur s'est replié est rapidement découvert par Gilbert Erail et Guiot de Courtil. L'accueil qu'Aubertin réserve à ses visiteurs est glacial.

— Vous m'avez demandé d'imaginer les plans d'une nouvelle cathédrale pour Chartres et vous attendez à présent de moi que je boute le feu à la bâtisse existante. Mais de quelle engeance êtes-vous ? lance-t-il tout en continuant son travail.

— Ce Feu ne t'appartient pas, coupe le templier. Il procède d'une autre puissance. Il a ses propres règles.

— Un feu est un feu, qu'il vienne d'une pierre frappée sur une autre, qu'il naisse de l'action d'une lentille ou d'un éclair qui s'abat sur un arbre et l'incendie.

Fort de la présence de Gilbert Erail, le moine se mêle d'intervenir :

— Homme de peu de foi ! N'as-tu jamais entendu parler du Feu que vit Moïse dans un buisson ? Les textes disent qu'au lieu de se consumer l'arbuste reverdissait de plus belle.

— Billevesées que tout cela, bougonne le sculpteur, agacé par le prêchi-prêcha du bénédictin.

— Voilà qu'il met en cause les Saintes Écritures, s'exclame, horrifié, l'homme d'Église.

— Tu peux ajouter à cela que je ne crois ni aux miracles, ni au pouvoir des reliques.

— Et la prière ? avance le templier.

Aubertin baisse burin et massette pour lui répondre.

— La prière, c'est différent. Elle est communion des hommes, elle appelle les âmes rejetées à la rescousse des vivants.

— Il ne pense pas ce qu'il dit ! Il blasphème, s'indigne Guiot.

Gilbert Erail, qui s'était assis sur une pierre, se lève et fait quelques pas.

— Je me suis trompé sur ton compte, Aubertin. Je te croyais plus respectueux des choses de la foi.

— Fais-moi l'amitié de m'accepter peu crédule de tous les oripeaux qui entourent nos questionnements.

— Les cathédrales que tu construis font partie de ces oripeaux.

— Non ! Elles font partie de nos questionnements.

Et la discussion de s'arrêter sur un mouvement de dépit du templier. Gilbert Erail fait un signe en direction de Guiot, et tous deux remontent en selle pour regagner Jérusalem.

Aubertin est mécontent de la médiocre façon dont il a répondu à son ami moine et par voie de conséquence au nouveau maître du Temple. Il estime les deux hommes pour leur grandeur d'âme. Il s'en veut d'avoir été cassant, de s'être montré si peu à l'écoute. Il se jure d'être plus conciliant lors d'une prochaine entrevue. Intrigué par l'évocation du buisson ardent, il ressort de son bagage le parchemin que Gilles lui a offert en guise d'adieu. La coïncidence est étonnante et ferait dire à un Guiot qu'il s'agit là d'un signe divin.

La crinière du lion entremêle des ondoyances de rivière. Aubertin s'applique à tresser ces sinuosités, à les ramifier. Ce travail est apaisant et le vide de toute agressivité. Davantage, il lui offre l'occasion de revoir son jugement sur les templiers et leurs scrupules face à la destruction d'un lieu sacré de bâtisseurs. Quelle puissance du monde s'embarrasserait de la qualité d'un feu et de sa provenance pour perpétrer une basse besogne d'incendiaire ? Aucune à sa connaissance. Si le projet de l'Ordre ne lui semble pas totalement incohérent, il aimerait par ailleurs connaître la raison qui pousse Robert de Sablé à s'adresser à lui, maître d'œuvre, pour cette tâche criminelle plutôt qu'à tout autre.

— Je le verrai demain, dit-il en se massant la main gauche que son corps à corps brutal avec le lion de pierre a endolorie.

— Tu as demandé à me voir et je ne suis plus capable de te recevoir autrement qu'en gisant.

D'une extrême faiblesse, Robert de Sablé n'attend pas qu'Aubertin lui pose de questions pour entrer dans le vif du sujet.

— À force de régenter les hommes, on est parfois tenté d'écrire leur histoire à leur place. C'est sans doute ce qui m'est arrivé avec toi.

Puis, se détournant de son propos, il demande :

— As-tu lu le conte du Graal qu'a écrit Chrétien de Troyes dans les dernières années de sa vie ?

— Je n'en ai pas eu l'occasion, mais Guiot m'en a parlé abondamment.

— Ce livre t'éclairerait sur le projet dont je t'ai adoubé.

— Il ne s'agit pas d'une geste de bâtisseurs mais de chevaliers.

— Quelle différence ?

— Je me bats à coups d'outil.

— Eux se battent à coups d'épée.

La main du grand maître tâtonne pour atteindre une sonnette posée près de son flanc. Il s'en saisit et l'agite.

— Je voudrais que Guiot prenne part à notre conversation, ordonne-t-il alors qu'un valet pénètre dans la chambre. Je tiens Guiot pour un ami très important, reprend-il à l'intention du maître d'œuvre. Je l'ai découvert à Mayence lors du sacre de Henri VI. Je l'avais déjà croisé du temps où nous étions l'un et l'autre troubadours mais nous n'avions pas créé de liens à l'époque. Guiot gagne à être connu. C'est un esprit éclairé sur lequel j'ai toujours pu compter dans des moments de décisions difficiles.

Du bruit dans le couloir et la porte s'ouvre sur l'intéressé. S'approchant du mourant sans un regard pour Aubertin, le moine s'enquiert de sa nuit.

— J'ai l'éternité devant moi pour me reposer, coupe Robert de Sablé pour ne pas donner prise à l'apitoiement.

Puis le templier reprend sa réflexion où il l'avait interrompue.

— Comme Chrétien de Troyes avec les personnages de Perceval et de Gauvain, j'ai entrepris de tracer avec votre aide quelques lignes d'une histoire dont aucun de nous ne verra la fin, pour la simple raison que le projet nous dépasse en temps et en puissance. Comme Chrétien avec la quête du Saint-Graal, je ressens la nécessité d'amener le divin sur un plan terrestre, qu'il éclaire nos voies empruntées. J'ai vécu ces dernières années l'égarement d'une croisade affreuse et, en ma qualité de grand maître de l'Ordre, j'ai souffert de voir mes frères délaisser le niveau et l'équerre pour prendre l'épée. Il me fendrait l'âme que les générations futures ne retiennent de nous que quelques exploits militaires ou de sordides intrigues de pouvoir et d'argent et oublient notre vocation première de bâtisseurs.

— Jamais l'Occident n'a ouvert de si grands chantiers ! coupe Aubertin.

— Certes, mais l'architecture templière est trop lente à s'imposer.

— Elle a le vent en poupe.

— La voile n'est pas assez ample pour que le navire traverse les siècles.

Aubertin n'a pas besoin d'explications supplémentaires pour capter la substance de cette image et quitte le chevet du mourant pour se rapprocher de la maquette de Chartres qu'un rayon de soleil printanier abreuve d'une lumière blanche. Ce projet de sa main est-il vraiment la graine fondatrice d'un nouvel élan spirituel et minéral ? Mérite-t-il les vertus de levier qu'on lui prête ? Derrière lui, la voix de Guiot chantonne un refrain qu'il croit reconnaître.

— La cathédrale de Fulbert est aujourd'hui inadaptée, la nef trop petite pour accueillir les pèlerins. Les prébendiers parlent de l'agrandir et nous ont approchés pour obtenir des fonds. Leur idée est de prolonger les transepts dans le style ancien.

— C'est une ineptie ! s'exclame le maître d'œuvre. Ils vont briser l'unité de l'ensemble, rompre l'équilibre.

— Je suis heureux de te l'entendre dire, Aubertin, souffle Robert de Sablé d'une voix qui n'est plus qu'un murmure. On n'a plus le temps d'attendre, il faut prendre les devants, soumettre Chartres au jugement de Dieu. Cette dernière requête de ma vie s'adresse à toi et non à un quelconque incendiaire car il m'importe que ce feu soit porté par quelqu'un qui soit aussi respectable aux yeux des pierres qu'aux yeux des hommes.

Un long silence pèse sur la chambre. Il est troublé par les tintements successifs de cloches en surenchère qui appâtent leurs ouailles comme du pain les moineaux. Les deux galets ont retrouvé leur place dans la main gauche d'Aubertin et protestent d'être les jouets de ses doigts fébriles. Le regard arrêté sur sa cathédrale, le maître d'œuvre mesure la portée d'un engagement qui est trahison de la mémoire des anciens dont il a reçu son art et l'amour de son métier. Il soupire. La requête de Robert de Sablé a non seulement du sens mais elle procède de quelqu'un qui est sans conteste un des meilleurs maîtres que le Temple s'est choisi depuis les origines de l'Ordre. Sensible à l'estime que le mourant lui a toujours témoignée tant comme bâtisseur que comme individu, il résiste à assortir sa parole donnée d'une restriction.

— J'accepte d'être votre relais, dit-il d'une voix sourde. Je porterai le feu jusqu'à Chartres.

Pour se punir de ce méfait, un peu comme un musicien se trancherait une main, Aubertin s'interdit à cette même seconde de jamais revenir sur un chantier de cathédrale comme maître d'œuvre.

Lorsqu'il quitte la chambre où gît Robert de Sablé, Guiot est sur ses talons. Soulagé par la bonne issue de l'entrevue, le moine peine à dissimuler son contentement.

— Quand partons-nous ? demande-t-il comme s'il avait le diable à sa coule.

— On n'est pas pressé que je sache, réplique vivement Aubertin.

— Tu te trompes. Un jour et une heure ont été choisis pour cette mise à feu.

— Et quand est-ce ?

— La nuit du neuf au dix juin de l'an 1194.

— Je finirai par tout savoir, grommelle le maître d'œuvre.

Il fausse alors compagnie au moine et s'isole dans

une partie retranchée du temple de Salomon qui fut l'œuvre d'Hiram, de Soubise et de maître Jacques. Le front collé à l'un des monolithes composant le haut mur, il implore l'âme des bâtisseurs d'intercéder pour lui auprès des pierres. Qu'elles lui accordent leur pardon.

19

Robert de Sablé meurt en mai 1193, le jour de la Pentecôte, laissant davantage le souvenir d'un homme de dialogue que celui d'un homme de guerre. Esprit inspiré, il aura réinsufflé à l'Ordre des projets d'envergure. Certains regretteront en lui le visionnaire, d'autres l'être modéré fidèle à ses amis et à ses convictions. Son décès est suivi de près par celui de Saladin, l'ennemi juré des chrétiens d'Occident. La croisade tourne définitivement au conflit d'intérêts avec, de part et d'autre, des dissensions internes et des règlements de comptes. De retour à Saint-Jean-d'Acre où le Temple a ses quartiers, le nouveau maître, Gilbert Erail, a fort à faire pour empêcher que ce climat de discordes ne contamine l'Ordre. En bon gestionnaire, il accroît la puissance financière de son institution mais laisse au grand maître d'Occident qui lui succède la charge de veiller à la poursuite des chantiers en cours et d'en entreprendre de nouveaux.

Sur un plan plus terre à terre, Aubertin s'attelle à mettre sur pied cette expédition particulière dont il s'est porté garant. Acheminer un feu vivant à l'autre bout de la chrétienté est loin d'être une sinécure. Si miraculeuse que soit cette flamme, elle a besoin de combustible en quantité et de protections contre vents et pluies pour brûler de façon continue durant une année et sur une distance de mille lieues environ. Astucieux bâtisseur, le maître d'œuvre griffonne sur parchemin de nombreux croquis pour élaborer le dispositif qui, à son idée, répond le mieux aux aléas de ce transport délicat. La structure de son appareil est un robuste brancard en cèdre équipé de deux essieux, dont les roues sont amovibles. Le foyer qu'il imagine est savamment compartimenté et conçu de manière à permettre l'alimentation du feu au moyen de matériaux solides ou liquides. Le système n'exclut pas le recours au naphte pour, le cas échéant, pallier des situations extrêmes. Bien qu'il dégage une fumée âcre et prégnante, ce produit offre l'avantage de fournir une flamme tenace, très résistante à l'eau. Pour coiffer l'ensemble, il dessine une hotte à l'apparence d'une maison ou, plus précisément, d'une châsse volumineuse dont un toit à quatre pans vient en surplomb d'un autre évidé en son centre. Les parois verticales, montées sur pivots, peuvent être démontées, rabattues ou entrebâillées pour améliorer la combustion. Aubertin jette son dévolu sur le cuivre pour la partie supérieure de son dispositif alors qu'il choisit la terre réfractaire et le fer pour le foyer proprement dit.

— Il ne serait pas inutile d'aménager une prise d'air par le bas, dit-il à Guiot qui vient se rendre compte de l'avancement du projet.

Absolument imperméable aux problèmes techniques, le moine se contente d'acquiescer avec une moue d'admiration en pressant toutefois le concepteur de passer sans délai à la réalisation de sa machinerie.

— Ça prendra le temps qu'il faudra ! réplique Aubertin avec humeur.

Le moment venu de la mise en œuvre, Sauvejoie se révèle être le plus précieux des collaborateurs. Il met à profit les longues flâneries dans la ville pour mener son père adoptif, comme par enchantement, auprès des artisans dont il a besoin, à savoir charron, forgeron, batteur de cuivre et potier.

— Je serais curieux de savoir qui t'a fourni ces bonnes adresses, l'interroge Aubertin avec une fausse innocence.

Parmi les corps de métier dépêchés pour fabriquer le foyer ambulant, des Syriens, des Juifs, des Phéniciens, mais aussi un colon venu d'Écosse dans la foulée du roi Richard, un ancien croisé qui porte sur le visage et sur le buste des marques de coups et des traces de brûlures. Capturé et soumis à la torture, l'infortuné a été laissé pour mort des suites de sévices commis par ses bourreaux. Muet et sourd d'avoir eu la langue arrachée et les tympans crevés, cette longue carcasse rousse a rempilé côté vacarme en faisant sonner son enclume et parler son marteau. Pour lui indiquer le travail à faire, Aubertin communique par signes et par croquis. Profitant de l'occasion, il dépose à l'atelier quelques pointes de tailleur de pierre qui sont à rebattre. Il repasse le surlendemain pour voir l'évolution des travaux et arrive au moment où le forgeron fait la trempe de ses outils. La manière dont il procède est en tout point similaire à la méthode pratiquée par Renaud, son aîné.

Aussitôt, Aubertin attrape un morceau de craie et écrit sur la table de l'enclume : « Renaud d'Avalon. » L'artisan se penche. Un geste d'impuissance lui signifie qu'il ne sait pas lire. Le maître d'œuvre essuie du plat de la main le nom qu'il vient d'inscrire et dessine la marque par laquelle son fils signait ses pièces. L'ancien croisé lui prend la craie des mains et trace à côté du sigle une ligne horizontale qu'il croise d'une ligne verticale. Le regard que les deux hommes s'échangent ensuite est sans équivoque.

Bouleversé, Aubertin sort de l'atelier et cherche Sauvejoie.

— Renaud est mort ! lui lance-t-il sans ambages.

Comme si le malheur venait de se produire, le jeune homme se laisse choir sur un muret de briques et fond en larmes.

Une fois encore, le cœur meurtri du sculpteur réclame une pierre pour lui confier sa douleur et ses questionnements. La roche qu'il choisit pour cette confrontation est une meule brisée qui a été vidée d'un moulin à grain. D'une dureté terrible, elle pétille d'étincelles et sent le soufre quand il la frappe. Il y travaille deux visages accolés et casse plusieurs pointes dans ce combat. Aussi dure est la matière, aussi paisible est l'expression de l'homme et de la femme qui, au fil des jours, s'en dégage.

Au bout du travail, Ermeline se rappelle à lui pour le rassurer : « Il est de mon côté à présent, je m'en charge. »

Deux semaines plus tard, Aubertin réapparaît, fait le point, donne ses ordres comme s'il avait quitté l'endroit la veille.

— Il me faut six mules en plus de nos chevaux, commande-t-il à Guiot. Six jarres d'huile, autant de naphte, vingt-quatre pains de cire, deux cents lampes et des mèches en suffisance, le poids d'un homme en charbon de bois, des hottes pour les bûches...

— Pour quand tout cela ? hasarde le moine qui se sent tout à coup fautif d'avoir rongé son frein en attendant le retour du maître d'œuvre.

— Le temps d'assembler notre foyer de campagne.

— Ce qui veut dire ?

— Nous partons dans trois jours.

Auvents rabattus, le fourneau ambulant quitte Jérusalem à l'état de chariot pour une première étape devant le mener au val de Cison qui se situe à proximité du mont Carmel. C'est là que se consume le Feu de Dieu ou, pour Aubertin, un feu reconnu comme tel. En effet, malgré toute la considération qu'il a pour les initiateurs du projet, le maître d'œuvre n'arrive pas à croire qu'une flamme livrée à la vigilance des humains n'ait connu aucune défaillance en vingt siècles.

Résolu à ne pas semer le doute chez ses compagnons, il endosse son rôle de porteur de flambeau en simple exécutant d'un travail auquel il s'est engagé et ne s'autorise de questions que sur les aspects pratiques afférents à sa mission.

— Cela m'étonnerait que les Nathinéens nous fassent don d'un tel trésor, lance-t-il à Guiot pour connaître les modalités de la négociation.

— J'ai l'or qu'il faut pour conclure le marché, répond à voix basse le bénédictin tandis qu'il secoue une bourse sonore enfouie sous sa coule. Je compte leur proposer vingt besants.

— C'est payer bien cher un feu qui peut s'éteindre sur un caprice des éléments ou une distraction de notre part.

Le moine se signe et soupire.

— Ne parlons pas de malheur, ajoute-t-il d'un air compassé.

Plus apparentée, par souci de discrétion, à un convoi de marchands qu'à un détachement militaire, la petite troupe que constituent les trois hommes et leurs servants ne s'aventure sur les routes que si elles sont sûres ou, en cas de danger latent, si elles sont empruntées par des voyageurs pouvant leur assurer protection. C'est ainsi qu'Aubertin demandera l'assistance de chevaliers de l'ordre de Malte en route vers Saint-Jean-d'Acre pour traverser sans encombre ce pays déchiré par la haine et assoiffé de vengeance.

Le charroi et ses gens atteignent le val de Cison au bout de quelques jours sans avoir été inquiétés. Loin des pistes et des turpitudes du monde, le village de Guébaël, avec ses cultures déployées, ses animaux domestiques en liberté, ses maisons fleuries implantées à l'extérieur de l'enceinte, semble ignorer complètement que des envahisseurs croisés écument ce pays depuis un siècle et que la violence fait loi dans cette région d'Orient. Tours de guet vides ou reconverties en silos à grains, remparts utilisés de part et d'autre comme supports d'appentis et d'étables, portes laissées sans surveillance, Guébaël vit dans l'insouciance. Avares de leur paix et de leur douceur de vie, les villageois font aux voyageurs un accueil très réservé, presque hostile. Mines revêches, visages suspicieux, les habitants n'aiment pas trop les étrangers, qui sont priés d'établir leur campement en dehors de la cité. Porteurs d'une recommandation du Temple, Aubertin et Guiot sont introduits dans l'enceinte par quatre hommes en armes et sont escortés jusqu'à une place qu'écrase une massive synagogue de pierre.

— Il est là ! murmure le bénédictin à l'oreille de son compagnon en pointant du doigt la construction.

La bâtisse est plus proche de la forteresse que d'un lieu de prière et d'enseignement. Elle ressemble à un bloc plein détaché d'une carrière. Dans ses profondeurs, une chambre souterraine éclairée depuis deux millénaires par un trésor immatériel de la plus haute valeur : le feu de Yahvé. Aubertin laisse opérer Guiot qui parle couramment l'hébreu.

— La personne avec qui nous devons négocier s'appelle Hacupha. Il est grand prêtre en même temps que chef du village, précise le moine.

Les deux voyageurs sont conduits dans l'antichambre d'une maison cossue faisant face au sanctuaire, où un homme petit et rondouillard ne tarde pas à les rejoindre. Cachant un menton charnu sous une barbe larvaire, le religieux ne semble qu'à moitié heureux de cette visite.

— Je me nomme Hacupha. C'est moi qui ai la garde de la Flamme Sainte.

— Nous venons...

— Je suis au courant, dit-il sans laisser à Guiot le temps de formuler sa demande. Vos frères templiers sont passés ici avant vous et m'ont prévenu.

Sans autre formalité, il invite les deux hommes à le suivre jusqu'à l'endroit où brûle le Feu d'Élie. En chemin, il se retourne vers eux :

— Notre Flamme est Une et ce que je vous concède ici est une immense faveur.

La synagogue est fermée d'une porte d'airain que Hacupha frappe à trois reprises de la crosse de son bâton.

Deux prêtres en habits d'apparat reçoivent les visiteurs et descendent avec eux les larges marches qui mènent au Foyer Sacré. En bas, des gardiens veillent dans un recueillement absolu sur un feu brûlant dans une vasque de bronze. À l'arrière, un autel surmonté d'un bas-relief qui illustre l'histoire d'Élie chatoie dans la lumière.

Interdit, Aubertin regarde une flamme qui ressemble à toutes les autres. Rien, ni dans son éclat, ni dans sa chaleur qui la distingue d'un feu ménager. Il secoue la tête avec incrédulité.

De retour sur la place, il écoute d'une oreille distraite Hacupha lui expliquer avec force détails le procédé mis en place pour alimenter en permanence le foyer par vases communicants. Le grand prêtre installe ses hôtes sur sa terrasse pour négocier l'affaire. À l'annonce du prix de vingt besants que lui propose Guiot, il lève les bras au ciel et hurle son indignation. Il en attendait le double. Le moine, qui est le dernier des hommes à qui confier une tractation, a la tonsure luisante de sueur.

— Mais vous voulez nous mettre à sec ! se lamente-t-il, alors qu'il dégouline.

Le maître d'œuvre, que ces comptes de publicains indisposent, sort ses galets de sa besace et les entrechoque. Guiot résiste comme il peut jusqu'à ce que le prix se fixe entre les deux propositions.

— D'accord pour trente besants et c'est un cadeau, geint Hacupha.

Dans son coin, Aubertin, écœuré par ce marchandage, pense aux trente deniers donnés à Judas pour sa trahison.

20

Jamais feu n'a fait l'objet de plus d'égards. Cueilli comme un fruit d'or d'un pommier de paradis, il est conduit en grande pompe par douze officiants en habits de culte jusqu'à ce fourneau ambulant où il est installé dans un bercement de chants et de prières. Guiot, qui n'est pas remis de ses émotions de la veille, déborde de précautions pour la Flamme Sainte qui lui est remise. On lui confierait un enfant prématuré qu'il ne serait pas moins fébrile.

— Nous tenons un sarment du buisson divin, confie-t-il avec exaltation à Sauvejoie, plus tenté de rire que de partir dans un transport mystique.

Toujours à rouler ses galets dans sa main gauche, Aubertin affiche sa mine bourrue des mauvais jours à la perspective de donner une année de sa vie à un feu dont le cœur ne peut cesser de battre sous peine de voir le souffle divin qui l'anime retourner au néant.

— Ce projet est insensé, marmonne-t-il pour lui-même.

Plus sombre encore que le maître d'œuvre, Hacupha a la conscience chargée d'avoir, par esprit de lucre, monnayé une semence du feu divin.

— Aucun rabbin avant toi n'a divisé notre talisman,

lui reproche un ancien alors que les voyageurs se mettent en route.

Aubertin, à qui n'échappe pas ce vent d'insatisfaction qui secoue le village, presse son monde à quitter au plus vite le val de Cison avant que la communauté ne revienne sur son marché et ne rattrape le convoi pour reprendre son bien. Une fois hors de vue, il saute de cheval et, prenant une lampe à huile, l'allume à la Flamme.

— Tu te méfies ? questionne Guiot.

— Je prends les devants !

Là-dessus, il escalade un flanc rocheux jusqu'à ce qu'il trouve un endroit abrité où nicher sa veilleuse. Besogne faite, il remonte en selle et rejoint ses compagnons.

Conscient de la précarité de sa manœuvre face à une opération qui viserait à récupérer le Feu et l'éteindre, Aubertin prend la décision de dévier vers l'est pour remonter ensuite sur Damas afin de brouiller les pistes d'éventuels poursuivants. Cette ruse, sans doute inutile, libère la troupe de l'inquiétude d'être rappelée à la table des négociations, voire spoliée par les villageois mécontents.

Les semaines qui suivent le départ de Guébaël se déroulent sans tracas majeur, ce qui permet à Guiot d'affirmer l'authenticité de la Flamme et de clamer haut et fort que, si une main de Dieu est restée sur son lieu d'attache, l'autre a pris sans conteste la protection du convoi. Ces déclarations exaltées n'empêchent pas le maître d'œuvre de choisir chaque jour une bonne cache et d'y loger une lampe à huile pour pallier l'éventualité d'une avarie qui surviendrait au foyer ambulant.

— Tu comptes baliser ainsi notre route jusqu'à Chartres ? s'inquiète le moine qui, sur les deux cents lampes demandées, n'en a fourni que le quart par souci d'économie.

— Je ne veux pas d'une mésaventure qui nous obligerait à rebrousser chemin.

Guiot hausse les épaules.

— Que veux-tu qu'il nous arrive ? Dieu nous protège.

L'attitude du bénédictin exaspère Aubertin qui trouve déjà son rôle assez pénible pour ne pas endurer en plus des propos de bigot.

— Nous aurions dû prendre la voie des mers, remonter par nef jusque Venise plutôt que de suivre ces pistes terrestres à dos de cheval, se lamente le moine un jour de chaleur accablante.

— Pour que nous soyons contraints à faire demi-tour dès la première tempête ? Non merci, messire ! intervient Sauvejoie, qui aime les ports autant qu'il craint le large.

— Quel homme es-tu, misérable, pour douter ainsi de la toute-puissance de Dieu ?

Aubertin, qui enrage déjà des détours qui lui sont imposés pour regagner sa Bourgogne, vole au secours de son pupille :

— La toute-puissance de Dieu n'a rien à faire avec tout cela ! Et fiche-nous la paix, Guiot, sans quoi je te l'enfouis sous dix poignées de sable, ta Flamme surnaturelle, et nous en reparlerons après de ses propriétés miraculeuses.

Pour réponse, le bénédictin prend un air de pucelle déflorée et, du bout des lèvres, paraphrase les Saintes Écritures.

— Pardonnez-leur, Seigneur, car ils ne savent pas ce qu'ils disent.

Déterminé à ramener au bercail ces brebis perdues, Guiot décide, en bon stratège de la conversion, de ne plus s'attaquer aux deux incrédules en même temps mais de diviser le problème et d'entreprendre d'abord le fils pour s'occuper ensuite du père. D'un naturel avenant, Sauvejoie prête une oreille vaguement attentive aux propos du moine dont la voix musicale le berce plus qu'elle ne le captive.

— Nous aurions pu prendre la mer. Dieu ne reste-t-il pas maître des éléments ? N'a-t-il pas ouvert les flots pour permettre au peuple élu d'Israël de regagner la Terre Promise ? Derrière l'eau qui se fige, la nuit qui tombe en plein jour, le voile du temple qui se déchire...

L'énoncé des cent miracles indubitables s'arrête tout net sur l'apparition, au beau milieu de l'étendue aride du désert, d'un personnage famélique, halluciné, dans lequel le moine croit d'abord reconnaître saint Jean-Baptiste.

Vaguement croisé, vaguement pèlerin, un pauvre fol, un lambeau d'homme aussi dépenaillé de corps que de vêtures a surgi de nulle part et pousse de petits cris qui pourraient être des jappements. Une voix l'appelle pour lui donner un quignon de pain et une bolée d'eau mais il s'échappe pour réapparaître plus loin. Aubertin descend de cheval et risque quelques pas en direction du miséreux qui s'enfuit à nouveau. Devant l'échec de sa tentative, il pose en évidence sur un rocher de quoi calmer faim et soif puis laisse le champ libre et reprend la tête du convoi. Le repas de fortune est rapidement subtilisé et engouffré. Le fol s'inscrit dans le sillage du convoi à la distance apeurée d'un jet de pierre, s'esquive en fin d'après-midi pour resurgir en soirée dans les parages du campement.

— Apporte-lui sa pitance, demande Aubertin à Sauvejoie.

Commission faite, l'ombre appâtée se profile dans l'obscurité naissante. Elle est d'une maigreur terrifiante. Le temps d'embarquer les victuailles et elle se replie à bonne distance des voyageurs pour devenir quelque part roche ou racine.

Le convoi fait étape à Antioche afin de se ravitailler, une occasion attendue par Sauvejoie pour renouer avec le bouillonnement indiscipliné des villes et la vie des quartiers nocturnes. Chargé par Aubertin de rapporter des lampes à huile pour la mise en sécurité journalière d'une fraction de leur feu ambulant, il a vite fait de s'acquitter de sa corvée en achetant pour un prix dérisoire toute sa production de loupiotes à un potier. L'affaire mérite bien une petite récompense et notre homme s'égare dans les endroits où l'on joue, où l'on ripaille, où l'on aime à la sauvette. La chance n'a pas envie de lâcher le garçon qui arrondit honteusement sa bourse dans une partie de dés. Quelques tournées pour ristourner la dîme de son gain et Sauvejoie regagne le campement le cœur alerte, quelque peu étourdi de la bonne fortune qui lui a souri avec tant de prodigalité. Le sac qui contient les lampes lui scie l'épaule et il se ménage des arrêts qu'il consacre autant à se reposer qu'à palper l'escarcelle dodue qui lui pend à la taille. Alors qu'il cherche à retrouver son chemin dans un enchevêtrement de ruelles, son regard est attiré par une ombre qui semble inscrite dans sa foulée. Soudain inquiet, il presse le pas, tourne à gauche, à droite pour échapper à son poursuivant, se défait de son fardeau qu'il dissimule en hâte parmi les matériaux d'une maison en construction et repart en marchant à l'envers, à l'endroit, allant d'un renfoncement à un autre. Souffle court, il se fait violence pour surmonter une peur qui le paralyse. La main à sa dague, il s'apprête à traverser un vaste espace éclairé par la lune quand un gourdin le frappe sur la nuque et l'étend par terre. Bien que sonné, Sauvejoie se rétablit promptement. Un coup de genou l'atteint à l'estomac et il retombe. Un pied lancé à toute force s'abat sur son visage. Il perd un instant connaissance mais revient à lui sur le bruit d'un long coutelas dont la lame glisse dans sa boucle. Par instinct de survie, il se ramasse, esquive une première estocade puis, attrapant le bras de son agresseur, le tire vers lui en même temps qu'il le poignarde. Quelques soubresauts et l'homme qui s'est écrasé sur son corps n'est plus qu'une masse flasque qui se vide de son sang. Sauvejoie s'est à peine dégagé de ce morbide et poisseux enlacement qu'il est pris du besoin de vomir. Il tremble. Incapable tout d'abord de se remettre debout, il reste agenouillé devant sa victime, incrédule d'avoir ôté la vie d'un homme, fût-ce dans un geste défensif. Il se relève avec lourdeur, s'éloigne en titubant puis se met à courir pour déserter ce lieu funeste. Il bute, trébuche, heurte les obstacles, cherche en aveugle la lueur consolatrice du campement. Le chagrin le submerge lorsqu'il aperçoit au loin le feu patriarcal blotti dans sa logette de cuivre. Inquiet de l'absence prolongée de son pupille, Aubertin est assis contre le tronc d'un arbre et, les yeux grands ouverts, suit pensivement les mouvements de la flamme.

— C'est toi ? hasarde-t-il lorsqu'un bruit le sort de sa rêverie.

Quelques pas en sa direction et Sauvejoie entre dans la clarté, le visage tuméfié, le bliaud rougi de sang.

— Je ne voulais pas tuer ! dit-il dans un sanglot.

Les mains d'Aubertin se tendent et lui offrent refuge contre son cœur, ce cœur mille fois éprouvé de sculpteur qui cogne de tendresse avec la force d'un maillet sur la pierre. Doux est l'étau de ces bras puissants qui étreignent. Aimante est la voix rugueuse qui se tourmente.

— Tu n'as rien, petit ?

Soudain, le fol sort de la nuit et prend place dans la clarté de la Flamme Sainte. Il pousse d'étranges plaintes de tristesse et d'effroi. Ses longs doigts accusent son émotion dans de simiesques contorsions de phalanges. Son visage passe par toutes les métamorphoses. Il est tour à tour hilare, éploré, terrorisé, suppliant. Il est surtout jeune et cette jeunesse bouleverse Aubertin qui suit le manège du dément par-dessus l'épaule de son fils en pleurs contre sa poitrine.

— Pauvre bonhomme, marmonne-t-il. Qu'est-ce qu'ils t'ont fait ?

Le fol reprend en langue d'oc :

— Pauvre bonhomme, pauvre bonhomme... bonhomme !

Fort de son audace, il regagne dans les ténèbres son gîte nocturne qui n'est plus éloigné du campement que d'un demi-jet de pierre.

Le Feu se déhanche sur un coup de vent, déplaçant

des ombres. Sauvejoie se détache et marche vers le point d'eau en se dévêtant.

Aubertin reporte ses yeux sur la flamme sacrée et fraternise avec elle. Sans plus se poser la question de son caractère divin, il aime cette simple idée qu'elle perdure, qu'elle ait besoin de lui, qu'elle soit un enfant de plus qui lui est confié, un enfant fragile d'un souffle ou d'une pluie. Il se sent relié à elle par tous ces feux qui se consument en son cœur, se renourrissent journellement dans l'amitié ou l'amour, dans sa passion pour les métiers de pierre. Il pense à ce fils violenté qu'il aurait pu perdre cette nuit, comme il a perdu Renaud ou Ermeline. Dans sa largesse d'âme, il ajoute le fol au nombre des étoiles chères qui constellent sa vie.

21

Pour reprendre son avancée, le convoi attend le retour de Sauvejoie, parti à la fraîche récupérer sa moisson de lampes. Incapable de se souvenir du chemin emprunté la veille pour revenir au campement, il sillonne la ville fortifiée jusqu'à ce qu'une énorme et macabre tache noire sur le sol le conduise au chantier où il a dissimulé son sac. L'œil droit à peine entrouvert et la lèvre tuméfiée, il a rabattu sa capuche en peau de cerf sur la tête pour passer inaperçu. Son fardeau sur l'épaule, il évite de retourner par l'endroit où il a été agressé. Dans une rue, des pleurs et des cris à rendre l'âme et, sur le seuil d'une modeste maison, une vieille femme et ses deux filles, hirsutes et enfarinées de poussière de s'être roulées sur le sol, conjuguent leurs désespoirs. Sans chercher à savoir s'il est la cause de ce malheur, Sauvejoie fuit misérablement. Plus loin, il vomit sa bile contre le mur d'enceinte. S'il le pouvait, il se vomirait tout entier tant il se sent sale, veule, souillé jusqu'aux os.

Comment font ceux qui tuent sans s'émouvoir, déchirent d'un simple coup de lame claire le délicat tissage d'une vie avec ses entrecroisements tendres, ses complicités heureuses ou douloureuses ? Sauvejoie ploie davantage sous la tristesse que sous sa charge de loupiotes en terre cuite. Il revient au camp toute gaieté éteinte et inquiet de ce goût de vivre qu'il ne ressent plus.

— Je n'ai vu ni un visage, ni un regard. Juste une ombre, du sang, des femmes en pleurs, confie-t-il à Guiot qui, attentif à sa peine, a rapproché sa monture de la sienne.

En contrepoint de la complicité rugueuse et charnelle d'Aubertin, le moine possède la clé des mots qui délivrent et les dispense. Le mur entre les deux hommes est battu en brèche par ces échanges. La vieille honte qui voilait leur relation reçoit là son coup de grâce.

Le convoi emprunte les pistes des pèlerins, des soldats, des marchands et s'inscrit dans une succession d'étapes que les siècles ont ajustées pour ne pas forcer l'allure d'un marcheur tranquille. Équipée de chevaux et de mules, la troupe remonte vers Constantinople à son rythme. Les longs moments de répit après chaque journée de voyage sont bienvenus pour Guiot qui revient à l'écriture et, plus précisément, à son vieux rêve de poursuivre les aventures épiques de Perceval et de Gauvain, initiées par Chrétien de Troyes.

Son récit, resté embryonnaire pendant des mois, prend miraculeusement son envol avec les tribulations du chevalier Baudrimont et de son écuyer Gerlache. Émaillé de hauts faits d'armes, de passions dévorantes et de prodiges plus étourdissants les uns que les autres, le roman raconte comment le héros arrache à l'enfer sept âmes vouées à l'éternité des flammes, sept femmes entachées d'un péché majeur. Grâce aux propriétés magiques du glaive de Feu qui expulsa Adam et Ève de l'Éden, il parvient par mille ruses à tromper le Malin.

Plus veuf que jamais, Aubertin envisage toutes les roches qu'il croise en chemin, rôde à l'écart des pistes et dans les parages des relais pour déceler une pierre qui serait porteuse de nouvelles d'Ermeline et de son au-delà. Les semaines se suivent, répétitives, sans qu'aucun signe témoigne de sa présence.

Une fin d'après-midi où il patrouille à une lieue du caravansérail qui les héberge, il découvre sur le sommet d'une colline boisée la pierre qu'il cherchait. Profondément enracinée dans le sol, elle émerge comme le tronc ébranché d'un arbre centenaire. Mieux, elle se hisse au-dessus des feuillages pour voir le soleil se coucher à l'horizon. Aubertin descend de cheval et grimpe jusqu'au rocher qu'il parcourt de ses mains épaisses pour en lire les bosses et les aspérités.

— Tu feras l'affaire ! s'exclame-t-il.

Il revient ensuite jusqu'au campement.

— J'ai un travail à faire là-haut. Continuez le voyage sans moi, je vous rejoindrai, dit-il à Guiot.

Le moine, qui est en verve littéraire, suggère à son compagnon de faire une pause dans le voyage.

— Nous avons de l'avance et il me brûle de noircir quelques pages de mon épopée.

La forme famélique qui les talonne depuis près d'un mois comme un chien apeuré a faim et laisse entendre ses gémissements.

— En voilà un à qui cet arrêt ne fera pas de tort, renchérit le sculpteur.

Assis côte à côte, les deux hommes regardent en

silence les simagrées du fol. Cela fait des jours et des jours qu'ils tentent d'apprivoiser le malheureux, s'inquiètent de le voir trébucher de fatigue ou se déchirer aux ronces sur les bas-côtés de la piste, des semaines qu'ils attendent le moment où, vaincu par l'épuisement, l'homme ne se relèvera plus.

— Il est bien parti pour aller jusqu'au bout de ses forces, observe Guiot.

— On n'a pas le droit de le laisser courir derrière nous comme ça !

— Que veux-tu faire ? Le capturer ? Le ramener ? Cet homme n'a plus de nom, plus d'histoire, plus de famille.

— Il n'en reste pas moins qu'il est enfant de nos pays.

Guiot interrompt la réflexion de façon très bénédictine en assurant le miséreux de ses prières.

— C'est toi le chef de l'expédition. Fais selon ton cœur, conclut-il, soulageant ainsi sa conscience du problème.

Cet arrêt de quelques jours se révèle salutaire pour nombre des membres de la troupe. Elle permet à deux des accompagnants de se soigner, le premier d'une toux crachotante et le second d'une blessure reçue à l'aine quelques mois plus tôt lors d'une échauffourée. Sauvejoie, dont le cheval boite d'avoir perdu un fer, profite de l'occasion pour le remettre à neuf sur ses sabots. Il part ensuite avec trois compagnons pour une chasse au javelot et à l'arc dans les terres environnantes. Il a besoin de se dépenser.

Pendant ce temps, Aubertin se consacre à sa pierre.

Il aime l'idée qu'elle soit debout depuis des siècles, voire des millénaires. Malgré l'incommodité du travail, il la sculpte sans la coucher ni la retourner, et cherche, outre la ressemblance avec le modèle, à restituer sa taille. Il ressent une grande émotion à ciseler le visage d'Ermeline à hauteur de sa poitrine, là où elle se logeait quand il l'entourait de ses bras. Il dégage ses épaules et revit étreintes d'adieux ou de retrouvailles, accolades joyeuses ou consolatrices. Il choisit pour la belle défunte une tenue festive, y dissimule avec habileté quelques défauts intrinsèques au rocher qu'il taille. Ainsi une faille qui vient s'inscrire dans un pli de la robe et une concrétion qu'il transforme en ornement.

Inséparable d'Aubertin durant cette période, le fol suit le façonnement de la statue sans se départir d'un air béat. S'il demeure loin du sculpteur au début du travail, il réduit la distance de jour en jour, au fur et à mesure que la taille passe du dégrossissage au peaufinage.

Alternant jappements et petits cris de surprise ou d'admiration, il se défait de sa peur et entre en connivence avec Aubertin au point d'accepter, quand la sculpture commence à vivre, du pain ou du lard de la main du maître d'œuvre. Sous l'apparence famélique du fol, un visage racé et des mains que n'ont pas épaissies des ouvrages lourds. Les yeux, d'un brun intense, brillent par éclairs de la lumière qui les habitait.

La statue en pied qui représente Ermeline en pleine jeunesse est souple de vie. Son genou légèrement fléchi et le positionnement de ses bras lui donnent l'élan de quelqu'un qui amorce un pas. Pour accentuer cette impression de mobilité, le sculpteur a dénoué ses cheveux et leur a ménagé du volume à l'arrière. Le visage est un subtil mélange de détermination et de douceur. Aubertin se recule pour juger de l'œuvre. Il est satisfait.

— Je me sens moins seul, dit-il.

Qu'elle soit regardée de face, de profil ou de dos, l'épouse se déplace avec la légèreté d'un souffle de vent sur ce chemin qui la rappelle en Occident.

Pendant que l'artiste examine son œuvre sous tous les angles, le fol s'approche de la statue, tend une main timide pour lui caresser le visage. Il s'agenouille devant elle, l'entoure de ses bras puis pose délicatement sa tête de côté contre le ventre de la femme.

— Donna Pace..., articule-t-il.

Le sculpteur laisse tomber sa massette de stupéfaction.

— Stella Pace ?

Pour lui répondre, l'acquiescement fragmenté d'un rire puis, à nouveau, l'étreinte.

Aubertin rassemble ses outils et se retire sans bruit pour laisser l'enfant perdu à cet asile de pierre qui l'apaise et le materne.

De retour au caravansérail, il va à la Flamme Sainte, s'assure qu'on l'a bien réalimentée de bois et en prélève une pointe au bout d'une lampe, un cérémonial devenu journalier. Il enfouit ensuite la veilleuse dans un mur en ruine, la camoufle d'une pierre plate. Après quoi il rejoint ses compagnons autour d'un feu d'hommes avec la satisfaction d'une belle besogne accomplie. Il fait froid et sec. Le chemin conduit des pèlerins jusqu'au relais.

À la nuit tombée, arrive une caravane de chameliers. Sauvejoie s'est trouvé de la compagnie auprès d'un groupe d'hospitaliers de Saint-Jean avec lesquels il se déchaîne dans une bruyante partie d'osselets. Aubertin sort son jeu d'échecs et joue contre lui-même. Il se met mat et se demande s'il est vainqueur ou vaincu avant de se détourner de l'échiquier. Il vient un temps où toute conquête devient sans objet, où les jours sont, sur le métier d'un tisserand, de simples fils de trame qui s'ajoutent les uns aux autres pour terminer l'étoffe grise de la vie.

— De quoi dois-je me plaindre ? N'ai-je pas été heureux ?

Des écheveaux bleus, dorés ou rouges passent devant ses yeux. Ils ont pour noms enfance, jeunesse, passions, ils le ramènent à l'époque pourtant difficile où tout était à construire. Ainsi lui revient l'image d'une mère simple et bonne, choyée au départ et que la vie allait mener d'appauvrissement en appauvrissement. « Ça te rend plus précieux », disait-elle à chaque dépouillement, plutôt que de s'apitoyer sur son sort. Il était tout pour elle. Ses souvenirs l'invitent moins loin : une fête, un dimanche il y a vingt ans. Il trône en prince au milieu de cette belle tablée issue d'Ermeline et de leur amour. Le bonheur était indestructible alors. Et pourtant...

Les couleurs ont passé si vite. Elles ont connu un premier estompage avec les exigences de son métier, les frasques des fils et leur fuite. Elles se sont cruellement affadies avec le départ de l'aimée. Vide et seul ce soir-là plus que tous les autres soirs du voyage, Aubertin prend à partie la Flamme patriarcale qui, de sa logette, lui tend une oreille de lumière.

— Vient le temps où l'on n'est plus attendu, plus désiré. Vient le jour où l'homme brûle ses dernières braises sans avoir plus personne avec qui partager de chaleur. Je vais sur ma fin, rumine-t-il en refermant son regard sur ses mains énormes, en boule sur ses cuisses comme deux oursons qui sommeillent.

La gauche est mal en point. Les mains d'un sculpteur ne sont pas à égalité. Il y a, d'un côté, celle qui frappe, de l'autre, celle qui conduit le coup et parfois l'encaisse. Malgré les années de pratique, Aubertin s'est donné durant son dernier travail quelques vigoureux coups de maillet sur les articulations inférieures de l'index et du pouce. Il porte son poing blessé à sa bouche, lèche sa plaie à la féline en maugréant.

— Avant, je pouvais tailler des semaines entières sans me faire la moindre égratignure.

Ermeline adorait ces mains. Elle disait même en plaisantant qu'elle avait été conquise par elles et s'en était trouvée quitte pour prendre le reste. Elle les aimait rêches comme l'écorce d'un jeune chêne, enveloppantes. Il n'y avait pas nid plus protecteur, plus consolateur, plus tendre à ce qu'elle disait. Elle en choisissait une au moment de s'endormir pour la tirer sur elle, s'en ceignait. Elle leur ménageait des voyages de caresse dont elles ressortaient étourdies, ivres de félicité, incrédules.

Aubertin monnayerait d'années une simple nuit de retrouvailles avec l'épouse. Remordre aux mille saveurs du fruit mais aussi goûter aux multiples inflexions d'une voix tour à tour quémandeuse, enjôleuse, ensorceleuse, un filet irremplaçable de voix, déchirante dans ses complaintes, irrésistible dans ses appels à aimer, exquise dans l'expression de la joie ou le jaillissement d'un rire.

— Vous étiez bonnes amoureuses, dit-il à ses mains.

Immobiles de fatigue, elles s'assoupissent d'avoir émietté un rocher robuste et fier. Elles se replient pour rêver de vallonnements : bombé d'un front, lissé d'une nuque, courbure d'épaule. Bonnes pattes, elles enferment des doigts qui ont eu leur part de mignoteries d'avoir été happés, lapés, mordillés et qui en réponse n'ont jamais manqué d'être fourreau, chauffoir ou cajoloir pour l'aimée.

La tête chenue d'Aubertin bascule lentement sur sa poitrine. Le sommeil le prend dans ses bras lascifs. Ermeline chemine sous la lune et lui dit : « Laisse là ton désir, tu vois bien que je marche. »

Et le sculpteur soupire d'être interdit de rejoindre cette âme désirée juchée dans les plus fines branches d'un arbre trop haut.

22

Les yeux d'Aubertin s'ouvrent sur une lueur ! Le feu a pris dans une aile du caravansérail et transforme la bâtisse en lanterne géante. Le dormeur se redresse d'un bloc et appelle à l'aide. Des portes s'ouvrent. Hommes et animaux déferlent dans la cour dans un tapage de cris, de hennissements et de bêlements. La panique est de courte durée : des hommes remontent des seaux du point d'eau et d'autres, plus intrépides, pénètrent dans le brasier munis de fourches. Pour éviter que le feu ne se propage au corps de logis, Aubertin s'arme de sa lance de carrier et désosse une construction légère qui relie les deux bâtiments. Il est rejoint par quelques volontaires parmi lesquels Sauvejoie. Il faudra toute la nuit pour circonscrire l'incendie et avoir la certitude qu'il ne renaîtra plus d'un brandon mal éteint. Au lever du jour, face à l'image désolante du caravansérail en ruine, chacun évalue ses dommages. L'un a perdu une partie de son chargement, l'autre souffre de brûlures, un troisième a laissé des moutons dans le désastre. Quant au tenancier, il passe de la frayeur à la colère et veut châtier le coupable. Un climat de représailles s'installe et se concentre sur le fol qu'une femme a aperçu près du vieux mur avec une lampe à huile. Marbré de sueur et de cendres, le maître d'œuvre s'insurge.

— Le feu a pris de l'intérieur. Vous avez vu cet enfant. Il fuit dès qu'un humain s'approche de lui à moins d'une portée d'arbalète.

— Il a pu jeter une torche par une meurtrière.

Pris sous les cris de hargne d'une meute déchaînée, Aubertin ne parvient plus à se faire entendre. Il se tourne alors vers Sauvejoie.

— Il faut le tirer de là, lui glisse-t-il en aparté.

Une chasse à l'homme ne tarde pas à s'organiser. Un mouvement de tenailles se resserre autour du fol. Celui-ci est attrapé, battu, ligoté et traîné sur les lieux de son méfait. Pétri de peur et d'incompréhension, le malheureux pousse de pitoyables cris d'oiseau. Quand le tenancier surgit de sa maison avec une corde, le sang du maître d'œuvre ne fait qu'un tour. Plus question de discuter. Il fonce sur lui et l'assomme d'un coup de poing. Il malmène de la même façon deux contradicteurs qui ont la mauvaise idée de s'en prendre à lui. La bagarre devient générale avec l'entrée dans la mêlée des servants du convoi.

Sauvejoie profite de la cohue pour trancher les liens qui immobilisent le fol. Après un moment d'hésitation, le malheureux disparaît dans la nature. Épuisés par la lutte qu'ils ont menée toute la nuit contre le feu, les occupants du caravansérail finissent par se calmer.

Indésirable, le convoi paie sa note et vide les lieux. Si Aubertin est soulagé de la faillite de l'expédition punitive menée contre le fol, il n'en reste pas moins affecté de ne plus le voir réapparaître.

Au bout de quelques heures passées à scruter les parages, il pousse sa monture vers Guiot.

— Prends la tête ! Je pars à sa recherche.

La réaction du moine ne se fait pas attendre.

— Cela n'a aucun sens ! Cet homme est perdu. Tu le sais bien. Il est entre les mains de Dieu. C'est prétention de ta part de vouloir infléchir sur son destin. Et puis, que feras-tu de lui une fois au pays ? Est-ce que tu as pensé à cela ? Tu es fou, Aubertin, de t'encombrer de ce fardeau.

— Dans ce cas, nous sommes tous fous ! rugit le maître d'œuvre. À commencer par toi avec ton Feu et ses propriétés divines. On l'a vu à l'œuvre ce Feu d'Élie que tu vénères comme une relique. Il nous a valu un incendie très ordinaire avec des flammes très ordinaires, des brûlures très ordinaires. Alors, restons-en là ! Toi avec tes croyances imbéciles, moi avec ma compassion stupide. Salut ! Je serai de retour dans deux ou trois jours tout au plus, ajoute-t-il en tournant bride.

Sauvejoie rejoint son père qui remonte le convoi. Contrairement à Guiot, il se contente de prendre sa suite sans poser de question.

Blessé dans l'âme par la réaction blasphématoire de son compagnon, le moine repart, les larmes aux yeux, en serrant contre son cœur la dent certifiée véritable de Joseph d'Arimathie, présent de l'abbé de Cluny.

— Prémunissez-nous des impies ! soupire-t-il à son Dieu alors qu'Aubertin n'est plus là pour secouer ses convictions.

Les deux dissidents retrouvent la marcheuse de pierre à la tombée de la nuit. Les traits du maître d'œuvre se relâchent lorsqu'il découvre la lampe à huile allumée devant la statue.

— Il a dormi sous sa protection, dit-il à Sauvejoie, étonné par la présence d'une veilleuse à cet endroit.

— Tu crois qu'il se trouve dans les parages ?

— Je suis prêt à parier qu'il nous regarde, sourit-il.

Sur ces entrefaites, ils mettent pied à terre et installent leur campement à quelques toises de la sculpture. Aubertin se couche nonchalamment sur le côté et observe le visage d'Ermeline qui s'anime à la lueur de la flamme. Regagné par l'insouciance, Sauvejoie ramasse en sifflotant du bois mort pour faire un feu. Spontanément, il se dirige vers la lampe pour allumer une poignée de brindilles.

— Ne prends pas le feu ici ! commande son père.

— Mais je croyais... ?

— Pas ce soir !

Sans insister, Sauvejoie sort de sa besace sa pierre ainsi que son cordon d'étoupe et lance sa flambée. Il réchauffe ensuite un plat de lentilles, sort un vieux reste de pain et du vin coupé d'eau. Aubertin dispose à proximité nourriture et boisson pour le fol. Sûr de son fait, il dit à son pupille avant de s'endormir :

— Nous rejoindrons les autres avec lui après-demain.

Si, comme le maître d'œuvre l'avait prévu, le repas a bien été avalé et si le fol pointe bien sa face timorée ce matin-là, il n'est, en revanche, pas disposé à emboîter le pas des deux hommes. Qui plus est, il les invite à le suivre dans la direction opposée par une débauche de grimaces et de petits cris. Il se montre tellement insistant que les voyageurs cèdent à son caprice pour une première étape. Appelés à chevaucher une seconde journée en sens inverse du convoi, ils hésitent. Le fol se jette alors par terre, leur indique la piste avec tant d'obstination qu'ils repartent dans sa foulée. Renvoyé à plus loin le lendemain, Aubertin décide d'arrêter le jeu et de reprendre la direction de Constantinople. Les cris du malheureux augmentent en puissance et en désarroi au fur et à mesure qu'ils s'éloignent. Comme ils ne peuvent se résoudre à abandonner le miséreux, ils l'accompagnent une nouvelle fois dans l'espoir, cette fois, d'arriver au bout de leur peine.

Mais le même manège se répète le matin suivant. À bout de patience, les voyageurs tournent bride. Le fol se met alors à courir devant les chevaux pour les arrêter, à s'accrocher aux rênes, allant jusqu'à retenir par la queue le roussin du sculpteur pour qu'il s'immobilise.

— Mais que diable veux-tu nous montrer ? s'énerve Aubertin.

— Do... donna..., balbutie le fol au prix d'un immense effort.

— Donna Pace ?

Les deux mots sont salués par un surcroît d'agitation.

— Qu'est-ce qu'on fait ? demande le maître d'œuvre à Sauvejoie, qui n'en croit pas ses oreilles d'entendre évoquer la princesse di Morra dont il avait presque oublié l'existence.

— Au point où nous en sommes, rendons-lui visite, suggère le garçon.

Le chemin rebroussé est long de quatre jours encore. Il finit par mener les trois hommes en la forteresse de Hisham Gil'arad, jusqu'aux écuries du château où un palefrenier gratifie le fol d'un accueil hargneux :

— Je t'avais pourtant dit de ne plus remettre les pieds ici !

L'homme marche vers les deux cavaliers d'un pas alerte, leur offre ses services, complimente Sauvejoie pour l'excellence de sa monture dont il caresse le chanfrein sans que l'effleure l'idée que le loqueteux qu'il a rudoyé ait un quelconque rapport avec les voyageurs. Au petit doigt du rustaud, la présence incongrue d'un anneau d'or fin relevé d'un rubis.

— Va-t'en ! s'exclame le valet vers qui le pauvre diable revient avec ses sollicitations.

Le fol demeure insistant et se fait repousser d'une bourrade.

— Tu ne vas pas recommencer ! Si on les laisse faire, ils vous collent après comme des mouches, se justifie le palefrenier auprès des deux cavaliers.

— Donna... Donna..., insiste le malheureux en tendant une main quémandeuse.

— On dirait qu'il vous réclame quelque chose ! intervient Aubertin.

Le valet fait l'étonné, en même temps qu'il replie ses doigts dans les plis de son surcot.

— Il veut son anneau, risque le maître d'œuvre.

Le personnage se décompose.

— Je voudrais bien mais il est bloqué à l'articulation et je ne peux plus l'enlever, dit-il plaintivement.

Face au regard écrasant d'Aubertin, il éprouve le besoin d'ajouter :

— Je ne suis pas un voleur ! Un rien ivrogne, je veux bien l'admettre, mais pas voleur.

— Ce bijou appartient à la princesse di Morra, déclare le maître d'œuvre d'un ton qui se durcit.

Le différend attire les trois hommes à l'écurie. Terrorisé, le valet demande à s'asseoir. Il est en nage malgré le froid. Deux tabourets sont tirés des parages d'une table crasseuse pour faire cercle autour de lui et lui couper en même temps toute retraite. Sauvejoie est invité à fermer la porte pour tenir momentanément le fol en dehors du débat.

— Je n'ai rien pris à la princesse, je vous le jure ! Elle n'a jamais eu à se plaindre de moi. Ni son époux, d'ailleurs. J'avais ses chevaux en charge, deux pur-sang, un alezan brûlé et un arabe blanc comme neige. Des bêtes magnifiques, les plus belles du fort. Il serait encore là qu'il vanterait mon travail. Ce n'est pas ma faute s'il a voulu partir. C'était la nuit de la Saint-Jean. Je m'en souviens très bien. Pour l'occasion, on avait reçu un tonneau de vin pour la garnison. Nous l'avons mis en perce. Le majordome avait dépêché des filles pour la fête. Il était passé minuit quand Berthelot m'a glissé à l'oreille que le prince di Morra était descendu dans les écuries auprès de ses chevaux. J'ai d'abord cru à une farce. Cela faisait plus d'un an qu'il n'était plus sorti de sa tour. Faut dire qu'avec sa maladie il était préférable pour tous qu'il reste enfermé. Berthelot a bien essayé de m'entraîner jusque-là pour que je voie son visage ou du moins ce qu'il en restait, mais j'étais tellement soûl que je n'ai pas réussi à me mettre debout. Le prince a quitté le fort dans la nuit sans que personne y prenne garde. Plus tard, on a vu donna Stella tourner dans la fête. Elle cherchait une selle pour sa monture et espérait l'assistance de l'un ou l'autre soldat pour ramener son mari au fort. Elle est revenue seule le lendemain et nous avons eu un peu honte de ne pas avoir répondu à son appel. Vers midi, le fou a surgi au comble de l'effroi. Il courait de l'un à l'autre en grimaçant et en poussant des cris de chiot qu'on noie. Il a fait des pieds et des mains pour qu'on le suive. Dans son désespoir, le prince di Morra s'en était pris à ses chevaux et les avait décapités. Pensez, dit-il en se triturant le petit doigt avec véhémence pour le libérer de la bague, de si beaux chevaux !

— Cela veut-il dire qu'on ne l'a pas retrouvé ? demande Sauvejoie.

— Pas à ce jour ! Ni lui ni elle ! Partis tous les deux !

Le palefrenier recourt à sa salive pour retirer l'anneau. Il s'acharne.

— J'arriverai bien à l'enlever.

Soulagé de n'avoir encaissé ni tonnerre ni foudre, notre homme reprend vie et, dans un accès de contrition, reprend son récit :

— Le fou a reçu ce présent de la princesse quand elle a quitté le fort le lendemain du drame. Il jouait sans cesse avec ce bijou. Berthelot lui a donné un lacet de cuir pour qu'il le passe autour de son cou de peur qu'il ne le perde. Cet idiot n'a rien voulu entendre et a fini par l'égarer. On a cherché partout avec Berthelot. J'ai finalement retrouvé l'anneau dans la paille et j'ai cru malin de le passer à mon doigt. Plus moyen ensuite de l'enlever. Le bougre est alors devenu enragé, il s'est jeté sur moi et m'a frappé. J'ai pris la mouche et... je l'ai rossé. Je n'étais pas seul ! Berthelot a bien bourré aussi.

— Ça y est ! s'exclame-t-il en remettant sans résistance la bague à Aubertin.

Et Sauvejoie de lâcher dans un soupir :

— Nous n'avons quand même pas fait toute cette route pour cet anneau ?

— Non ! Nous avons fait ce chemin pour rendre visite à la princesse di Morra, réplique le maître d'œuvre. C'est toi-même qui l'as proposé.

23

Ingrat, le fol disparaît, laissant Sauvejoie ployer sous le joug de ce voyage à reculons qui les distance du convoi de trois jours pour un jour d'éloignement.

— Ils auront passé Constantinople quand nous les rejoindrons, évalue-t-il amèrement.

Pour la première fois de son existence, le garçon se départit de son extraordinaire docilité pour poser sur les actes de son père un œil critique. Déjà échaudé par cette interminable course derrière le fol pour la restitution d'un anneau, il ne peut comprendre cette descente dans les enfers des vallées de lépreux et des ladreries où l'entraîne Aubertin. La réaction de son tuteur dépasse son entendement. Qu'est-ce qui pousse ce maître d'œuvre apprécié des personnages les plus influents de son temps à s'enfoncer dans la déliquescence humaine avec les derniers perdus de la terre ? Si lui, Sauvejoie, prenait le même cap, n'abandonnerait-il pas son corps aux souillons, aux indésirables et aux vieilles femmes malades ? Le jeune homme regarde ce dos massif qui l'entraîne d'une dérive à une autre. Il souffre de voir ce bâtisseur de renom, ce sculpteur incomparable perdre son précieux temps à ramasser tous les chiens perdus sur la route. Il y a des gens qui n'ont d'autre vocation que de s'occuper du fardeau de détresse qui précipite les humains vers les bas-fonds de l'existence. Auprès d'eux, des hommes construisent, érigent, élèvent dans les étoiles des rêves de pierre et de lumière. Aubertin est de la seconde famille, plus rare, plus menacée d'extinction, et se doit d'y rester. Sur la route, on entend un bruit de crécelle. Alors que tout un chacun fait un détour quand pareille infection se déplace sur les routes, le maître d'œuvre, lui, va au-devant des lépreux.

— Je cherche le prince di Morra. Il est atteint par le mal, interroge-t-il sans relâche.

Au bout d'une journée de questionnements, un moignon de main entortillé de bandelettes lui indique le chemin à suivre. Un trou qui devrait être une bouche lui répond dans sa langue :

— Tu le trouveras dans le vallon de Jahfed, enfoui sous quelques pieds de terre grasse.

Si la vallée où repose l'infortuné chevalier n'a pas la magnificence du mausolée qui abrite à Ferrare l'auguste lignée des di Morra, elle est en revanche paisible à souhait pour accueillir en ses coteaux des âmes adoucies d'avoir été libérées de la gangrène de leur corps. L'herbe est si verte et si grasse en cet endroit qu'on la croirait enrichie des meilleurs engrais et abreuvée des meilleures sources du pays.

Aubertin s'oriente du côté des tombes nouvellement creusées. Le prince est bien là sous une butte fraîchement fleurie de lys des champs. Son écu et son épée posent sur deux bois croisés. Au mitan de ceux-ci, le délicat lacis d'un nom écrit à l'encre noire.

— Cet homme mérite une pierre ! décrète-t-il.

Et les deux voyageurs d'acheminer sur le lieu un roc

massif, compact, un angle de forteresse comme devait l'être le croisé du temps de sa splendeur. Le sculpteur a vite fait de reproduire le blason du prince en tirant parti d'un renflement de la pierre et de tailler en creux une croix pattée. Il épannelle son fond avec sa boucharde et son burin large, puis inscrit profondément, pour en marquer les siècles, le nom du chevalier.

La stèle est mise en place. Aubertin demeure seul pour une dernière retouche lorsqu'une voix qu'il reconnaît entre toutes le hèle avec autorité :

— Que faites-vous sur la tombe de mon mari !

Le maître d'œuvre pose son outil, se redresse puis se tourne vers l'endroit d'où est venue l'exclamation.

Donna Stella est accompagnée de son vieux serviteur et dévale la pente avec précipitation, toute à l'angoisse que le rôdeur ne s'éclipse avec les armes de son chevalier. Quand elle arrive à moins de dix toises d'Aubertin, elle s'arrête, relève avec grâce la capuche de son manteau.

— Messire ! lâche-t-elle dans un souffle.

De quelques pas mesurés, la jeune femme s'approche de la sépulture et fait face au sculpteur. En elle, une formidable envie de pleurer qu'elle combat en serrant les poings sous sa cape. Dans un frémissement inaudible, elle s'excuse ou elle remercie ou, peut-être encore prononce-t-elle muettement son prénom qui resurgit de sa mémoire. Aubertin la couvre de toute la force tendre de ses yeux pincés de rides et lui sourit. Au-delà de l'accueil et de la compassion, ce regard l'aime. Elle en est émue et, allumée de larmes, se détourne pour refermer sur elle un chagrin que nappent mille sanglots répandus. Avant toute parole, le maître d'œuvre offre sa main pour une caresse frôlée, un effleurement.

— Je suis venu vous chercher, dit-il plus tard.

Elle n'est pas étonnée. Mieux, elle acquiesce sobrement comme pour lui dire qu'elle l'attendait.

Il est des beautés que la douleur ravage, il en est d'autres qu'elle sublime. Stella Pace rayonne de l'éclat sans pareil des astres qui jettent leurs derniers scintillements. Absente du monde des vivants auquel elle ne semble plus appartenir, elle se laisse tirer par ces deux revenants hors des ténèbres qui la tenaient captive, hors de ce cul-de-basse-fosse où il lui avait pris la folie de se terrer. Du maigre bagage emporté avec elle d'Italie, il ne reste presque plus rien : une monture, la charrette légère et ce vieux cocher attaché à sa maîtresse comme un mage à son étoile. La dame de compagnie de la princesse a regagné son pays sous la tutelle du servant d'armes. Elle souffrait trop de voir réduits en cendres les derniers tisons d'un bonheur qui l'avait comblée jadis.

— C'est moi qui ai voulu qu'elle parte, dira plus tard la princesse. Qu'elle parte avant le pourrissement.

Sauvejoie se joint à son père pour vider l'abri modeste où le lépreux se replia pour mourir. La pièce, restée en l'état, témoigne des derniers instants de la vie du couple. Ils brûlent meubles, paillasses et vêtements pour ne conserver que des objets que le mal n'a pu corrompre. La harpe, victime d'une colère du chevalier, a vu ses cordes tranchées. La muette échappe au feu purificateur et regagne sa boîte pour être emportée.

À l'heure de reprendre la route, Aubertin se tourne vers la princesse :

— Nous trouverons un fripier. Il vous faut des habits sains.

Stella hausse les épaules dans un mouvement d'indifférence qui n'échappe pas au maître d'œuvre. Il ne sait comment interpréter cette façon désinvolte de répondre à sa proposition et s'en trouve affecté.

Le petit détachement tente sans succès de mettre les bouchées doubles pour regagner du terrain. Le vieux cocher freine l'allure. Pour tenter d'accélérer la cadence, le jeune homme prend les rênes de la carriole, ce qui permettra à José de dormir tout son soûl au côté de sa bienveillante maîtresse.

Dès la première occasion, la princesse fait le deuil des vêtements qu'elle porte au grand bonheur d'un fripier juif, établi sur le chemin. Sauvejoie, qui a les yeux partout sauf en poche, trouve le moyen d'observer la belle dans ses essayages.

— La princesse porte les marques du mal, confie-t-il un peu plus tard à Aubertin.

— Où cela ?

— Dans le rebond de la hanche. Sur le côté droit.

Cette nouvelle accable le sculpteur. Ce corps était une pierre sans défaut et voilà qu'il accuse une faille, un limé, une noirure. L'artiste est bouleversé par cet acte de vandalisme divin donnant à penser que Dieu est ennemi de la tendresse et du dévouement. Dans une rage d'homme juste, d'homme de pierre mesurant ses coups, il Lui en veut d'être jaloux des belles âmes qui lui font un brin de conduite.

« Qui blesse la matière insulte la Création ! » Quel est l'apprenti tailleur qui n'a pas entendu ce précepte de la bouche du maître d'œuvre lorsque, coupable de négligence ou simplement maladroit, il abîmait un bloc.

La piste défile, monotone. Elle tempère les pensées ombrageuses d'Aubertin, l'invite à méditer sur ce chemin qu'il a emprunté à la suite du Feu Sacré et qui, par le truchement d'un fol et d'interminables détours, l'a conduit à retrouver la princesse di Morra. Le maître d'œuvre s'interroge sur la dérive qui, d'une flamme vulnérable, l'a mené au basculement d'une étoile. Il constate l'extrême fragilité de ces deux mondes aux confins l'un de l'autre et appelle sa force à la rescousse.

Stella Pace est sortie de sa carriole et marche un moment dans la foulée des chevaux. La route est irrégulière et cela faisait vingt fois que la tête fatiguée du vieux José chavirait sur son épaule, se redressait, s'excusait pour se rendormir de plus belle et retomber sur elle un peu plus tard. Forçant le train, elle peine pour ne pas freiner la cadence.

— Vous devriez monter ma jument, suggère Sauvejoie de sa place de cocher. Elle n'est pas farouche.

Pour une raison mystérieuse, Stella n'accepte pas d'emblée la proposition du jeune homme. « Elle s'impose une pénitence », imagine Aubertin en la voyant ainsi à bout de souffle. L'insistance et la légèreté du garçon ont raison des réticences de la princesse qui finit par mettre le pied à l'étrier après avoir revêtu une tenue ample comme en portent les Sarrasines. Superbe sur ce cheval noir argent dont la beauté aurait excité la convoitise de son mari, elle offre aux deux hommes le spectacle d'une cavalière experte autant que gracieuse.

— Je ne sais des deux robes celle qui vous habille le mieux, complimente Sauvejoie en galant averti.

Annonciateur de lumière, le sourire qui lui répond est pris par Aubertin comme une manne céleste. Au fond de son cœur, il sait gré à son pupille de distraire et d'ébrécher de son insouciance heureuse la gravité d'un visage qui par moments se referme comme la visière d'un heaume sur la tragédie de sa vie. Entre ce jour où donna Stella embarquait pour la Terre Sainte pour rejoindre son mari et aujourd'hui, où tout espoir l'a quittée, il s'est passé non dix mois mais dix ans. La voyageuse que l'on sentait encore proche de l'enfance lors de son départ s'est convertie en femme pleinement mûrie par toutes les épreuves endurées. « Hier encore, je l'aurais sculptée dans l'albâtre, songe Aubertin. À présent j'opterais plutôt pour un marbre cendré. » La peau de la princesse di Morra a beau être d'ambre clair, elle ne cesse de ramener le maître d'œuvre vers le gris, couleur de mort, de le replonger dans l'opacité de cette maladie insidieuse qui, deux années plus tôt, détruisait jour après jour, irréversiblement, le doux corps de son épouse.

Très différente d'Ermeline, façonnée de terre et de sources rocheuses, Stella rayonne d'une beauté qui flambe. Éblouissante, elle attise le sculpteur, capte ses regards. Aubertin lutte contre cette attirance irrépressible qui égratigne la fidélité sans faille dont il a adoubé son premier amour. Éperdu, il accuse ses mains et la passion qu'il a pour les formes et le mouvement d'être responsables de ces écarts de pensées.

Stella Pace chevauche en tête du détachement alors qu'elle ne sait pas où elle va. Elle ne peut faire autrement qu'être proue, se placer à la pointe de la lance, en première ligne. Mais se jeter dans le vide, n'est-ce pas aussi prendre les devants ?

Le maître d'œuvre admire ce courage même s'il est le fruit de la résignation. Comme pour Ermeline, il rêve d'un destin qui rendrait hommage à cet être d'exception et lâcherait prise. La jeune femme recherche en lui la compagnie d'un père, d'un frère ou d'un ami. Aubertin s'en tient à son rôle même si parfois, dans des instants plus forts de connivence, il est tenté de l'outrepasser. Par moments aussi, il lui semble qu'elle le fuit comme elle fuit la vie. Loin de l'indifférer, pareille constatation le chavire.

24

Les voyageurs intensifient la cadence pour rattraper le convoi.

— Si nous couvrons deux étapes en une, nous rejoindrons Guiot avant Constantinople, hasarde Aubertin, qui se sent de plus en plus coupable du détour dont il est la cause et de la charge de cocher qu'il impose à son pupille depuis des semaines.

— Pour autant qu'il n'ait pas gagné un port et pris le large, ironise Sauvejoie en s'étirant de fatigue. Il aime tellement la mer.

Cet échange se déroule dans le caravansérail de Rabh'akar au terme d'une chevauchée harassante.

Stella Pace a montré peu d'entrain dans la journée et se retranche pour la nuit sans demander son reste en gratifiant les deux hommes d'un pâle sourire. Il passe par l'esprit du maître d'œuvre qu'elle pourrait être malade et il s'en inquiète. Quant à José, il n'a pas vu le temps passer d'avoir dormi son soûl. Soudain en éveil, il se rend utile en s'occupant des chevaux.

Dans la vaste cour, la rumeur caravanière se mêle à un remue-ménage animalier. Des feux s'allument çà et là sous la voûte étoilée et rassemblent les hommes par appartenance. Le verbe haut d'un charlatan qui vante quelques potions miracles de sa composition domine le brouhaha. Le personnage a au moins le talent d'ameuter son monde et de capter l'intérêt. Point besoin de lui apprendre comment convertir en écus sonnants herbes, breuvages et pommades ! Aubertin a le cœur à flâner et se distrait en regardant l'énergumène à l'œuvre. Bien décidé à ne pas se laisser posséder par le baratineur comme la plupart des badauds présents, il ne s'en trouve pas moins à deux doigts de faire les frais d'un baume sans équivalent pour soigner les douleurs articulaires et d'une poudre blanche infaillible contre les maux de tête. À la fin de son exhibition, le camelot vient s'asseoir spontanément à côté du tailleur de pierre en qui il a l'heureuse surprise de retrouver un natif de Bourgogne comme lui.

Petit homme sans distinction et sans charme, le charlatan compense habilement le manque de générosité de la nature à son endroit par la mise en forme très élaborée d'une paire de moustaches ainsi que par le port ostentatoire de vêtements extravagants et d'ornements d'apparat.

— Maigre journée ! dit-il, dépité, pour engager la conversation.

— Tous les gens sont bien portants. Doit-on s'en plaindre ? plaisante Aubertin.

— Il n'en reste pas moins que cela fait deux mécontents dans l'affaire.

— Et quels sont-ils ?

— Le guérisseur privé de la pratique de son art et...

— ... et sa bourse, complète le maître d'œuvre.

— Et sa bourse ! Parfaitement, messire ! Il n'y a quand même pas de honte à gagner sa vie ?

— Il y en a peut-être à abuser de la crédulité des gens.

— Vous êtes tous les mêmes ! s'excite le petit bonhomme. À discréditer notre savoir, à douter de médications qui sont le fruit d'années de recherches et d'expériences.

— Permets-moi de douter de l'efficacité de cette mixture que tu as vendue à trois pauvres chameliers en leur promettant la repousse de leurs dents.

— J'ai fait cela ? s'exclame le charlatan en roulant des yeux, faussement surpris.

Pour réponse, un sourire en coin d'Aubertin.

— D'accord ! reconnaît le pendard. J'y ai été un peu fort, mais seront-ils plus malheureux pour autant à rêver, ne fût-ce qu'un soir, de bonnes viandes à déchiqueter ou de fruits bien fermes à croquer ? Tout bourguignon que vous soyez, ce ne sera pas à vous que je vendrai quelque chose, conclut-il dans un rire jovial.

— Qui sait ! lance avec affabilité le maître d'œuvre avant de se lever pour se confier au remède le plus réparateur que la nature offre à l'homme fatigué : une nuit de sommeil.

Comme ils suivent la même route, Aubertin retrouve le charlatan le lendemain au relais suivant.

— Toujours pas besoin de mes services ? lance-t-il en guise de salut.

Visiblement embarrassé d'avoir été pris en défaut, le personnage cherche à donner un autre tour à l'entretien de la veille.

— J'ai soigné aujourd'hui les yeux purulents d'une femme, explique-t-il. Je possède une bonne pommade pour cela. Le mal était si avancé qu'elle n'y voyait plus goutte et avait besoin de quelqu'un pour la guider.

— Et comment va-t-elle ? demande Aubertin.

— Il est encore trop tôt pour noter une amélioration, mais, d'ici quelques jours... Le tout est d'avoir confiance.

— C'est cela : avoir confiance, reprend le maître d'œuvre avec une pointe d'acidité dans la voix.

La troisième rencontre des deux Bourguignons tourne à l'avantage du bonimenteur grâce aux élans de gratitude de la femme soignée l'avant-veille pour son mal d'yeux.

— J'arrive à présent à distinguer les formes ! s'exclame-t-elle.

Fort de cette victoire, notre homme entretient Aubertin toute la soirée de ses exploits de guérisseur et déborde avec outrecuidance sur la vision qu'il a de son art.

— On ne devient pas guérisseur, on naît guérisseur ! proclame-t-il avec emphase. Avant d'être un métier, cette pratique est d'abord un don qui vient du ciel, comme d'avoir des dispositions pour le chant ou la comédie. Dans ma famille, ma mère, ma grand-mère ont toujours exercé cet art avec succès, sans avoir rien appris des savants ou des livres. C'est d'elles que je tiens par voie de sang mon talent de rendre la santé aux gens. Elles m'ont légué en héritage pléthore de recettes éprouvées qui couvrent une bonne partie des maux pouvant affecter les hommes. À leur suite, j'ai réparé quantité de membres brisés, je suis venu à bout de maladies de peau ou d'infections qu'on disait inguérissables, j'ai triomphé de toux incurables, de désordres intestinaux pathétiques, de troubles respiratoires définitifs..., dit-il en reprenant son baratin de charlatan.

— Et la lèpre ? l'interrompt Aubertin.

L'homme rit de l'ignorance de son compagnon.

— On ne guérit pas la lèpre. On peut cependant éviter qu'elle se propage, retarder son évolution.

— Dis-m'en plus, guérisseur !

Et l'homme de l'art de détailler, avec un grain de mystère dans le regard, les formules et les ingrédients qui entrent dans la composition d'un cataplasme brûlant qu'il faut appliquer sur les taches et les endroits du corps devenus insensibles.

— Mais pourquoi cette question ? demande-t-il soudain, au milieu de son exposé.

— Pour savoir !... Non, corrige Aubertin. Pour espérer.

Comme si le destin avait décidé de ne plus les séparer, le maître d'œuvre a recours aux services de son compère bourguignon le lendemain pendant le trajet. Pris d'un accès de somnolence alors qu'il avait repris les rênes de la carriole, le vieux José a chuté de sa banquette et s'est cassé l'avant-bras. La présence du guérisseur dans les parages tombe à point pour soulager la souffrance de l'infortuné cocher et le remettre sur la voie de la guérison par la confection d'une attelle. Aubertin regarde œuvrer le rebouteux avec attention et respect. Il salue d'une moue admirative son savoir-faire comme il l'a toujours fait lorsqu'un artisan de ses chantiers s'acquittait d'une besogne avec adresse, dans la bonne intelligence de son métier. Un regard de Stella le débusque. Désemparée au moment de l'accident, la jeune femme éprouve le besoin de lui dire :

— José est dévoué à notre famille depuis cinquante ans. J'y suis très attachée.

Le maître d'œuvre accueille la confidence. Elle glisse un fil d'or dans cette broderie précieuse qui recouvre petit à petit son cœur et fait un point de chaque coup d'œil échangé, de chaque pensée tendre qu'il a pour elle, de chaque partage, si ténu soit-il, qui se noue au quotidien sur un geste ou une parole d'elle. Gratifié d'un sourire, il se sent comme remercié d'un prodige qu'il aurait fait à son insu et s'en replie épanoui.

Au bout de sept lieues d'une piste ardue, le petit détachement arrive, Stella en tête, dans un hameau regroupant frileusement ses maisons autour d'une église rustique. Une heureuse nouvelle attend les voyageurs avec la découverte sur la place du foyer ambulant. Soigneusement remisé dans un coin, il consume le temps sans impatience comme un feu qui aurait l'éternité devant lui.

Si les servants de la Flamme Sainte ne tardent pas à se manifester, il faudra un moment avant que ne surgisse Guiot. Notre moine est absorbé dans l'écriture de son épopée chevaleresque et livre bataille à des Sarrasins imaginaires dans l'annexe de la cure où il a élu domicile. À l'annonce du retour d'Aubertin et de son fils, il se montre d'abord soulagé de les savoir en vie puis, changeant d'humeur, il range ses feuilles à la hâte pour bondir à la rencontre du maître d'œuvre avec l'intention de le blâmer d'avoir quitté le convoi pour deux mois alors qu'il avait annoncé une escapade de deux jours. Quand il apparaît sur l'esplanade, barbu, hurlupé et maculé d'encre des doigts à l'embout du nez, il s'attend à tout sauf à revoir la princesse di Morra en compagnie d'Aubertin. Ne sachant plus, de l'admonestation ou de l'élan amical, quelle attitude adopter, il domestique sa tonsure d'une main fébrile, et détorsade sa coule pour retrouver un semblant de dignité.

— Vous ici ? lâche-t-il platement, là où il aurait pu entrer en matière sur un trait d'esprit subtil ou sur une phrase latine bien sentie.

La honte de se sentir pouilleux et malodorant en si gracieuse présence enlève au moine les dernières velléités de réprimande. Guiot renoue avec Aubertin et son pupille en gardant ses distances et en leur faisant le récit succinct de son voyage.

— Le chariot s'est renversé dans une rivière en crue et nous avons eu recours à une veilleuse pour rallumer le feu.

La perte d'une roue dans l'aventure a immobilisé le convoi pendant trois semaines, le temps pour un charron indolent de réparer l'engin. Dans le lot des péripéties qu'a traversées l'expédition, une nouvelle de taille : le fol qu'Aubertin est parti rechercher sur la piste d'Antioche a refait surface.

— Trois jours qu'il nous guette, suit nos faits et gestes... Il reste méfiant, ajoute-t-il. Il se tient à vingt toises au moins de toute âme qui vive. Il est à bout de forces.

Aubertin observe Stella Pace du coin de l'œil, capte son anxiété à la façon dont elle regarde alentour en se mordant la lèvre pour voir si l'intéressé n'est pas là qui épie.

— Il doit être affamé ! dit-elle.

— Il fait partie de ces oiseaux à qui le ciel prodigue sa nourriture et, à défaut, notre seigneurie, rassure le moine.

La princesse s'éloigne de quelques pas et pointe son doigt sur le lointain :

— N'est-ce pas lui qu'on aperçoit là-bas ?

Alors que Guiot, en myope, écarquille les yeux pour distinguer entre chien et loup ce qui pourrait ressembler à une forme humaine, Stella s'élance d'un coup d'aile à sa rencontre. Sautillant sur place en jappant et en claquant des mains, le fol la laisse approcher. Quand elle arrive à cinq à six toises de lui, il se retire à reculons. L'avancée reprend avec plus de retenue, quelques pas sont gagnés par la jeune femme sur le fossé qui les sépare. De proche en proche, la moitié de la distance est parcourue, puis la moitié de l'autre moitié et, ainsi de suite, jusqu'au point où un contact devient possible. Le fol cesse alors ses piaillements et s'accroupit en se couvrant la tête des deux mains, comme s'il craignait d'être battu. La princesse lui adresse la parole et il semble à Aubertin, qui l'a suivie avec une bolée de fèves, qu'elle chantonne. Stella laisse entre elle et le fol une aune d'espace infranchi et attend immobile que les mains du garçon découvrent son visage et qu'un regard s'échange entre eux.

Elle rejoint ensuite le maître d'œuvre au moment où il dépose la nourriture sur une pierre plate.

— Vous avez vu ce qu'ils lui ont fait ? confie-t-elle, libérant son émotion.

Comme il ne sait que répondre, il la laisse poursuivre.

— Avez-vous vu son visage ?

— Je ne lui connais que ces yeux-là, éperdus, abandonnés, marqués du sceau de la terreur.

En disant cela, Aubertin pense aux longues journées qui se sont écoulées et à ces courts moments où Stella lui ouvrit spontanément son cœur. S'il respecte l'élan de fidélité qui retient l'épouse dans le territoire céleste où l'âme de son prince a gagné son domicile d'éternité, il n'en reste pas moins sensible chaque fois qu'elle éprouve le besoin de partager avec lui un peu de ses craintes et de ses souffrances. Marchant à son côté jusqu'au campement où les attendent ses compagnons, un savoureux sentiment de proximité le gagne, auquel s'ajoute un mâle contentement de se promener en si gracieuse compagnie.

Une préoccupation se rappelle pourtant à lui avec l'arrivée du guérisseur et son installation sur la place. Notre homme bat le rappel comme cloches annonçant l'office et s'apprête à vendre ses potions de charlatan à grand renfort de vocalises.

La soirée se prolonge autour de Guiot et de sa geste, elle fait le détour par la petite annexe de la cure où il a planté son écritoire.

À l'heure de se replier pour la nuit, Aubertin se recueille dans la petite église sans prétention que bâtirent par le passé des pénitents en route pour Jérusalem. La construction est ajourée de fenêtres minuscules et couverte de bas en haut de peintures murales qui racontent la vie de la Vierge. Dans un chœur circulaire, un autel sobre surplombé d'un crucifix accueille la lumière ondoyante d'une lampe à huile. « C'est là que ce malin de Guiot a eu la bonne idée de dissimuler son Feu », pense le maître d'œuvre.

Mû par l'envie subite de déposer lui aussi une veilleuse à cet endroit et d'y joindre un vœu, voire une prière à Notre-Dame, il prépare son offrande qu'il ira placer à la nuit tombée sous le carré de fresque où la Vierge est confiée à saint Jean. Il implore Marie à genoux et lui demande une fois encore l'impossible, comme jadis quand il la suppliait de desserrer sur Ermeline l'étau de la mort.

Dehors, le charlatan a interrompu son boniment et dort d'un sommeil de nanti plus que de juste. Dernier compère à qui se fier, notre homme est au centre du plan insensé imaginé par Aubertin : une gageure !

25

— J'ai à vous parler, princesse ! C'est important !

Arrivé au hameau de Fayamir un samedi, Aubertin profite de la trêve du dimanche pour entretenir Stella Pace de son projet. Intriguée par l'expression soucieuse de son interlocuteur, elle lui propose de l'accompagner sur un petit sentier qui mène à un point haut d'où l'on peut voir le pays sur plusieurs lieues à la ronde. Une fois au sommet, le maître d'œuvre n'y va pas par quatre chemins.

— Je sais que vous portez sur vous les marques de la maladie et que, tôt ou tard, elle aura raison de vous.

La réaction de la jeune femme est immédiate : un mouvement d'indignation, presque une colère, à laquelle fait suite l'effondrement d'un être brisé.

Remué à cœur par cette peine qu'il inflige mais qu'il croit pourtant salutaire pour arriver à ses fins, le bâtisseur appelle les mots à l'aide et, en leur absence, recourt à l'éloquence d'un geste qui puisse la consoler et l'assurer de son soutien. C'est à sa main protectrice, cette solide main porteuse de maillet, enfonceuse de lances et d'aiguilles dans le giron blanc des carrières de Bourgogne qu'il s'en remet. C'est elle qui, d'un revers, détache une larme de la joue dorée de Stella et qui, côté paume, ouvre à son visage un nid de caresse et de chaleur. Captive de cette onction, la femme abandonne sa douleur à cet homme rude et pierreux, ce torrent de galets, ce frère qui est enfant de montagne par la force et berceau sablonneux de rivière par la tendresse. Dès le moment où il la touche, elle pense : « Si Dieu a des mains, elles doivent ressembler à celles-là. » Et versant dans ce creuset sa tête lourde de cent chagrins, elle s'en remet à la miséricorde de ce colosse qui la dévore de ses yeux attendris et lui offre ses épaules pour porter la charge avec elle.

— Je suis perdue, dit-elle. Aidez-moi !

Lui entend « Aimez-moi ! », ce qui l'étonne car il ne voit pas comment il pourrait ne pas l'aimer. Arrachée à vif de son cœur trois années plus tôt avec l'intrusion de la mort, sa tendresse est arbre à replanter qui affiche son droit à réclamer terre et pluie. « Je suis abondance de sang et de sève, je ne peux que me répandre, me verser. » Du verbe aimer, il revient alors au mot aider :

— Je ferai tout pour vous secourir, mais je ne pourrai y parvenir sans vous.

Stella Pace le fixe sans ciller, puis acquiesce. À ce moment précis, il lui apparaît avec clarté que cet homme, dans sa maturité, sa sagesse, sa détermination tranquille, est adoubé par le ciel pour la tirer de ce puits de détresse où le destin l'a cruellement poussée. Forte de cette lumière et de cette autorité qui l'étreint, elle répond simplement :

— Je suis courageuse.

Aubertin redevient masse et roc pour lui parler de la médication d'un guérisseur ambulant nommé Acelot, qui peut retarder la progression de la lèpre. Il s'agit d'une pâte terreuse qui tient ses vertus de ses composantes mais aussi du feu. Elle doit s'appliquer incandescente sur les parties contaminées du corps pour nécroser le mal. Stella Pace le suit docilement dans l'explication du supplice qui s'annonce et cette voix sourde qui devrait réveiller sa peur la place devant une évidence : « J'ai cherché cet homme toute ma vie. C'est vers lui que je marche. »

Elle opine de la tête en signe d'accord et dit sans s'en rendre compte les mots qui engagent l'amour :

— Je vous suivrai jusqu'au bout. Je vous le promets.

Une fois de plus Guiot a d'excellentes raisons d'être maussade. On le renvoie de Charybde en Scylla et il est bon une fois de plus pour repartir seul avec son chariot et son Feu. Rasé de trop près par un mauvais barbier qui lui a tailladé copieusement les joues et le cou, récuré jusqu'au bout des ongles, tonsuré de neuf, il se réjouissait de reprendre sa place de confident auprès de la princesse di Morra quand Aubertin lui a fait part de sa décision.

— Le convoi va sur sa lancée. Je ne vois pas ce que ma présence a d'indispensable.

Si le moine se soumet à cette nouvelle dérobade, il demeure néanmoins interloqué d'apprendre qu'elle implique Stella Pace, et non Sauvejoie. Il marque d'ailleurs sa surprise par une contraction spasmodique qui exprime autant sa contrariété que son incompréhension et doit se faire violence pour ne pas poser de questions. En proie aux imaginations les plus suspicieuses sur les manigances du maître d'œuvre, il n'attend pas d'avoir parcouru une lieue pour se rapprocher de Sauvejoie dans l'espoir d'en savoir plus. En vain.

Le convoi parti, Aubertin rejoint le guérisseur dans une pièce meublée qu'il a louée à prix d'or à un villageois pour y pratiquer l'opération. Les préparatifs sont entrecoupés de récriminations contre le propriétaire du réduit :

— Deux besants pour cette bauge ! C'est du vol pur et simple, grommelle l'intarissable charlatan alors qu'il ne s'agit même pas de sa bourse et qu'il ne s'est jamais privé de saigner son monde.

Le maître d'œuvre est soucieux car il perçoit l'inquiétude derrière les ressentiments de son compagnon. Pour combattre cette impression, il se rend utile en assistant Acelot dans l'élaboration d'un cataplasme qui, au fur et à mesure de son avancement, lui paraît être le fruit d'une improvisation fantaisiste.

— Où sont tes formules ? demande-t-il, anxieux.

— Là-dedans, répond l'homme en pointant du doigt sa caboche.

De moins en moins rassuré, Aubertin joue les marmitons dans ce cérémonial biscornu où une denrée qui manque est remplacée par une autre, où une substance vient se rajouter pour ses qualités olfactives plutôt que, semble-t-il, curatives.

— Un peu de lavande ne fera pas de tort.

Alors qu'il est dépêché par le guérisseur pour prendre de poussiéreuses compresses dans la carriole et rapporter de l'eau dans une cuvelle, le maître d'œuvre surprend Stella en conversation légère avec des enfants du village et cette image, sans qu'il sache pourquoi, tempère ses appréhensions. Dans la pièce, Acelot s'affaire à broyer, malaxer, pilonner ses ingrédients. Il œuvre en baratinant, jusqu'à obtention d'une pâte onctueuse et nauséabonde dont il mesure la viscosité en y plongeant la lame d'un couteau.

— Nous y sommes ! décrète-t-il en regardant filer la matière. Allume le foyer à présent.

Aubertin sort sa pierre à feu et son cordon d'étoupe. Après quelques étincelles, il se ravise.

— Attends-moi, je vais chercher ce qu'il faut.

Quelques instants plus tard, il revient avec la lampe qu'il a placée la veille au pied de la Vierge et de saint Jean.

Une flambée bien nourrie de bois dur a vite fait d'envahir l'âtre et d'éclairer la pièce. Acelot accroche à la crémaillère le petit chaudron qui contient sa mixture tandis qu'Aubertin invite Stella à s'allonger sur la table et à dénuder la région atteinte par la maladie. Pudique, la jeune femme s'ingénie à ne dévoiler que la partie contaminée. Le maître d'œuvre se détourne par délicatesse et revient au feu qu'il recharge.

— Prends cette cuiller et mélange. Il me faut partout la même chaleur, commande le guérisseur.

Pendant que l'assistant s'applique à homogénéiser la préparation, le petit homme s'approche de la tache de lèpre pour en délimiter les contours. Il taille ensuite une pièce dans la fourrure d'un rat de manière à ce qu'elle couvre sans déborder la région malade. Une odeur de soufre envahit la pièce et l'air devient irrespirable. La masse terreuse devient lave torride. Le charlatan passe de la malade au foyer où il immerge la peau dans le chaudron en bredouillant des paroles incantatoires. Quand l'emplâtre est assez caramélisé à son goût, il ordonne :

— Tiens-la ! Qu'elle ne bouge pas !

Immobilisée par les bras puissants du sculpteur, statufiée sous leur emprise, donna Stella voit arriver sur elle une langue bouillante et molle de la taille d'une main. Le baume est appliqué sur sa hanche gauche à l'endroit précis du mal et éveille une douleur qui traverse les chairs et pénètre les os. La jeune femme libère un cri, puis tombe sans connaissance.

— Voilà ! dit simplement Acelot.

Aubertin maintient un long moment le corps pantelant de la princesse avant de lâcher prise. Il se replie comme un étrangleur avant de réagir en revenant à la belle évanouie avec une cuvelle d'eau fraîche et une compresse. Pendant qu'il éponge le front en sueur de Stella, le guérisseur décolle son cataplasme et regarde satisfait la brûlure sanguinolente qui remplace à présent la tache roussâtre du mal.

— J'ai fait ma besogne au mieux, conclut-il. À la nature de faire la sienne !

Le sculpteur regarde d'un œil attristé la fameuse besogne. Quel saccage, quelle atteinte sacrilège à la perfection de cette créature harmonieuse. Tandis que son compagnon panse la plaie, il reste immobile à prier le ciel que le prix pour vivre soit payé avec cette mutilation. Un gémissement annonce le réveil de la jeune femme. Il guette ses yeux qui s'entrouvrent pour leur sourire. Fors sa tendresse, il ne dispose pas d'autre remède.

La princesse di Morra reste alitée quelques jours, le temps pour sa blessure de prendre le chemin de la guérison. Surveillée de près par Acelot, la brûlure circonscrit un relief sauvage et irrégulier qui injurie de ses tons brun rougeâtre les plages douces et claires qui le bordent. Aubertin pense à ses sculptures en cours où des fragments de pierre brute côtoient les formes achevées d'un corps, d'un bras, d'un visage. Impuissant à diriger la nature dans ses œuvres réparatrices, il n'en a pas moins remis à sa même place la lampe qu'il avait empruntée dans la petite église, non sans lui avoir rempli le ventre d'une nouvelle provision d'huile et l'avoir équipée d'une mèche neuve. Il aime l'idée qu'une flamme luit pour une femme dont le prénom, étoile de paix, est devenu inextinguible en son cœur. Homme peu loquace quand il n'est pas investi dans l'action, Aubertin rend à Stella de longues visites silencieuses. Assoiffé d'elle, il regrette de ne pas avoir l'aisance d'un Guiot, son érudition, sa faconde. Il se pose comme bloc devant la couche de la jeune femme et se chauffe le cœur à sa simple présence en malaxant deux galets délicatement sonores. Et cela lui suffit. La princesse di Morra est intimidée autant que saisie de vertige par le tournant imprévu que prend sa vie et parle peu elle aussi. Fragile comme cheveux de glace au sortir de cet hiver de l'âme qu'elle a traversé la dernière année, elle se garde d'évoquer un passé fait de froideur et de frissonnements.

— J'ai l'impression de vivre un nouveau printemps, une nouvelle naissance, lui dit-elle. C'est comme si j'avais tout oublié : l'usage de la parole, le chemin à prendre, les visages d'hier... Je n'ai plus rien. Je ne suis plus rien ! Si vide, si seule, si perdue. Pardonnez-moi !

Aubertin hausse les épaules en signe de dénégation et la regarde avec complicité. Si Guiot parlait par sa bouche, il répondrait : « J'étais un arbre d'amour coupé à la racine. Je n'espérais plus reverdir. Je vois aujourd'hui les moignons tortueux de ma souche rejeter des rameaux verts. »

26

Guiot de Courtil est anéanti, incrédule. Pour la seconde fois depuis le début de son itinérance, la Flamme a fait des siennes. Sans explication aucune et sans avoir donné de signe avant-coureur de défaillance, elle s'est proprement éteinte, envolée, réduite en fumée.

— Je ne comprends pas, ne cesse de répéter le pauvre moine à ses compagnons qui, de leur côté, sont plus surpris de l'état d'effondrement du bénédictin que de la petite tracasserie domestique survenue.

Guiot met ce coup du sort sur le dos de l'impiété des convoyeurs. Il bat aussi sa coulpe pour les heures passées à rédiger des récits de bravoure plutôt qu'à prier. Puis il part nerveusement vers la cachette où il a dissimulé le jour d'avant sa lampe à huile. L'horreur monte d'un cran lorsqu'il découvre que sa veilleuse est morte elle aussi.

— Dieu nous punit ! Nous n'avons pas été dignes de son présent. Il nous ôte la garde de son Feu, se lamente-t-il.

Plus terre à terre, Sauvejoie inspecte de près la cavité, palpe le bas de la niche pour en ramener des doigts humides. Il montre sa main au moine et lui lance avec ironie :

— J'imagine mal Dieu recourir à de l'eau pour éteindre une flammèche. En revanche, il y a des fols qui n'aiment pas qu'on les prenne pour des incendiaires.

Le sang de Guiot ne fait qu'un tour. Il fulmine. Ses yeux cherchent au loin le coupable.

— Le scélérat ! marmonne-t-il.

Les poings au ciel, il hurle de dépit :

— Disparais, suppôt de Satan ! Sale bête grimaçante ! Chien pouilleux !

Sans réponse, si ce n'est un chatouillis de vent dans les branchages, il emprunte une voie plus chrétienne pour conspuer le malfaisant, tombe à genoux en joignant les mains pour que le Seigneur, dans sa grande bonté, débarrasse définitivement la terre de cette teigne qui entrave l'expédition et les oblige une nouvelle fois à rebrousser chemin.

Au campement, les hommes se montrent peu tendres pour le protégé d'Aubertin. L'occasion leur est offerte d'exprimer leur hargne :

— Il faut mettre ce dément hors d'état de nuire.

— On devrait lui tendre un piège et lui régler son compte !

Sa colère retombée, Guiot est noué d'inquiétude. Le fol a pu éventer d'autres caches et réduire à l'obscurité d'autres lampes. Sauvejoie, que préoccupe la même pensée, est appelé à la rescousse. Il est vital pour l'expédition de regagner sans tarder le relais qu'ils ont quitté la veille. Le jeune homme selle les chevaux sans entrain pendant que le moine donne ses instructions aux servants du convoi. Une fois en route, le garçon laisse éclater sa déconvenue :

— Messire Guiot, se plaint-il, contentons-nous d'un

autre feu. Aucun parmi nous n'est capable de faire la différence.

Vilipendé et traité de mécréant dans toutes les langues pratiquées par l'érudit, Sauvejoie fait le deuil d'une récrimination qu'il estimait pourtant bien légitime. Les deux hommes regagnent l'étape précédente en fin d'après-midi et découvrent ce qu'ils redoutaient : là aussi la veilleuse est éteinte !

Guiot reste prostré tandis que son compagnon, affolé par un voyage qui les ramènerait à leur point d'origine, trépigne sur sa monture dans l'attente de repartir. C'est éreintés, affamés et courbatus que les cavaliers parviennent à la nuit noire au relais suivant. Désespérés, ils constatent que, de nouveau, le fol est intervenu pour empêcher la propagation d'un nouvel incendie.

— Il nous faut continuer, articule le moine d'une voix blanche.

— Prenons quelques heures pour nous reposer, messire Guiot, implore Sauvejoie. Nous sommes épuisés et nos chevaux sont fourbus.

Le moine évalue les probabilités d'arriver à temps pour cueillir la flamme suivante avant qu'elle ne s'évanouisse. Ce recours est pour lui le dernier. Il se mord les doigts de ne pas avoir écouté Aubertin qui recommandait de remplir chaque récipient à ras bord, maudit sa nature radine qui l'a toujours poussé à économiser l'huile.

— Il nous reste une seule chance : une veilleuse que j'ai allumée à l'insu de tous dans un élan d'adoration pour Jésus, notre Seigneur. Elle brûle dans le tronc évidé d'un vieil olivier, à proximité d'une croix de pierre. Si nous quittons maintenant, nous serons sur place avant midi.

— Nos montures n'iront pas jusque-là.

La réponse tombe comme un tranchant de hache.

— Alors nous marcherons !

À bout de forces, les voyageurs repartent comme deux vieillards en tirant leurs montures par la bride. L'après-midi est bien entamée quand ils arrivent au lieu dit. La lampe est bien dans l'arbre mais, de loin, paraît éteinte. Ils s'approchent plus près et leurs visages s'éclairent d'espoir. À la pointe de la mèche subsiste, minuscule, une flamme à l'agonie, une petite flammèche de rien du tout, à quelques instants de disparaître. Sauvejoie l'approche avec la retenue d'un chat qui guette un oiseau tandis que Guiot, moins circonspect, sort sa tresse d'étoupe avec fébrilité de sa besace et fonce vers la veilleuse pour en recueillir le dernier éclat. À court d'haleine, il se penche pour récupérer le Feu lorsque, stupidement, d'un soupir malheureux, il éteint la lampe à huile. La déconfiture des deux hommes est à la mesure de la fatigue qui les harasse et de la faim qui les tenaille.

Sauvejoie devient comme fou et sort de sa réserve pour hurler sa colère. Pis, il empoigne le maladroit, le jette à terre et passe sa rage en le frappant de ses poings. Déjà terrassé par sa bévue, le moine ne fait aucun effort pour se protéger, ni pour se défendre. Quand il voit du sang envahir le visage de Guiot, le garçon se calme. Il s'éloigne alors pour se mettre en boule et pleurer. Au bout d'un moment, inquiet de voir que le moine ne bouge plus, il se relève, court vers lui et le secoue. Il part ensuite jusqu'aux montures pour rapporter une gourde en peau de chèvre, asperge sa victime, emploie le scapulaire du bénédictin qu'il a rossé pour lui tamponner la face. Le martyr reprend ses esprits à l'heure où il donnerait tout pour en être quitte.

— Quel idiot je suis ! déplore-t-il.

À ses yeux, la mission qui lui a été confiée a lamentablement échoué. Le Feu ne sera pas à Chartres le neuf juin, comme initialement prévu.

— Nous n'avons plus qu'à informer les autres du désastre !

— Pas maintenant, commande Sauvejoie que la perspective de repartir sur-le-champ met en proie à un nouveau sursaut d'exaspération.

— Non ! D'ici un jour ou deux quand nous aurons repris des forces !

La plaie de Stella Pace est saine et la rapidité avec laquelle les chairs se reconstituent émerveille Acelot. Fort de cette plume qu'il peut mettre à son chapeau, il se rengorge :

— Nous assistons ici à une grande victoire de la médecine. S'il nous faut admettre que le sujet traité est de belle et bonne composition, nous devons rester vigilants car il n'est pas rare en notre métier de voir son beau travail détruit par quelque infection sournoise qui trouve son terrain là où le corps est le plus affaibli.

À l'entendre, on le croirait grand médecin à la cour d'un monarque.

Aubertin est écartelé entre le temps nécessaire à la convalescence de la princesse et l'impatience qu'il a de rattraper au plus vite le convoi. Il recherche une solution médiane qui permettrait à la convalescente de faire la route en restant alitée. La jeune femme à qui il en parle suggère simplement de marcher à côté des montures.

— Je ne me vois pas chevaucher pour l'instant mais je n'éprouve aucune gêne à rester debout et à me déplacer.

Acelot pousse les hauts cris. Il estime qu'une forte fatigue sera dommageable au rétablissement de sa patiente et propose de lui aménager une couchette dans sa charrette bâchée au milieu de son fatras d'herbes, de poudres et de lotions :

— Vous aurez pour vous toutes les odeurs médicinales de la Création. Ça ne peut vous faire que du bien, décrète-t-il de toute la hauteur de son savoir.

Une fois en route, il faut à Stella Pace quelques heures d'adaptation pour s'habituer à cette tambouille olfactive à laquelle s'ajoutent des relents nauséabonds émanant des effets peu propres du guérisseur. De quoi regretter sa proposition de marcher en bord de piste sous l'aile protectrice d'Aubertin, une aile dont elle apprécie l'envergure autant que la douceur, une aile où la solitude de son cœur rêve aujourd'hui de se lover. « La vie est possible là-bas », pense-t-elle. Et, renaissant comme bourgeon sur une branche morte, elle est frôlée par la joie et s'étonne de s'entendre chantonner du bout des lèvres.

Soumis au rythme et aux cahotements de la charrette autant qu'aux escapades imprévisibles du charlatan sans cesse à l'affût d'une plante à cueillir pour la pratique de son art et aussi, Dieu lui pardonne, pour la prospérité de son commerce, les voyageurs sont dans l'incapacité de cheminer plus vite que le convoi en charge de la Flamme Sainte.

Par une belle journée de soleil, Acelot propose une

halte sur un plateau planté d'oliviers qui ouvre l'espace sur un horizon majestueux. Stella Pace descend de l'habitacle et réajuste ses vêtements, dénoue sa chevelure et la peigne avant de risquer quelques pas fragiles en direction d'une croix de pierre d'où Aubertin l'observe avec délices.

Habituée pourtant à éveiller désir ou admiration dans les yeux des hommes, elle reste formidablement intimidée quand son protecteur la regarde. La beauté robuste du sculpteur l'attire et elle se surprend à rêver d'étreinte et d'abandon. Cette envie qui l'aiguillonne à l'heure où elle se trouve encore au guet de cet amour ajoute à son charme.

Aubertin l'accueille près de lui d'un sourire et s'inquiète de son état. Quelques mots sont échangés sur la splendeur du site, la torsion élégante d'un olivier en contrebas, la clémence du temps. La jeune femme pense à cette profusion de choses qu'elle espère un jour partager avec lui. Comment ne pas être conquise par ce formidable allié qui efface d'un clignement de paupière toute peine endurée, comment résister à cet homme qui n'a peur d'aucun combat, même avec l'impossible ? Ce jour-là, sous la croix de pierre, Stella Pace glisse sa main dans la sienne, signifie ainsi : « Je guérirai, Aubertin. Je guérirai pour toi parce que je t'aime, parce que dans ta solide carcasse il y a aussi un abîme que je peux combler, une place que je voudrais prendre, parce que... » Le sculpteur la reçoit et porte à ses lèvres ce présent qui lui est offert pour l'embrasser religieusement.

À quelques pas de là, le charlatan a trouvé la veilleuse. Il la ramasse et la range dans sa carriole.

— On peut toujours avoir besoin d'une bonne lampe !

Il aperçoit son compère bourguignon en situation rapprochée avec sa patiente et marmonne pour lui-même :

— Pour guérir les contagions du cœur, la médecine a le temps pour remède.

Là-dessus, il débouche avec les dents un flacon entamé de vin puis, sur un vœu, le vide jusqu'à la dernière goutte comme on tord une serpillière.

— Pour guérir de la solitude, dit-il en retenant un rot en passe de s'exprimer, la médecine s'en remet au jus de la treille.

27

L'histoire du jour est marquée du sceau de la surprise. Après avoir été engrangement de tendresse pour Aubertin, elle s'achève en fin d'étape sur des retrouvailles inattendues avec un Guiot tuméfié et abattu et un Sauvejoie totalement effondré.

— Il nous est arrivé une catastrophe, débite le moine en préambule à un récit larmoyant et monocorde qui partira des facéties du fol pour conclure sur l'extinction accidentelle de la dernière Flamme.

D'humeur taquine, le maître d'œuvre attend la conclusion de cette déplorable aventure pour reprocher au bénédictin son manque de confiance en la nuée des saints qui le protègent ainsi qu'en la dent de Joseph d'Arimathie que lui a remise l'abbé de Cluny.

— Ton Feu brûle encore à trois endroits au moins, finit-il par dire. Dans la synagogue des Nathinéens, dans la petite église du hameau de Fayamir d'où nous venons et, plus près encore, dans une lanterne que j'ai accrochée à la carriole du guérisseur ambulant qui nous accompagne.

Comme l'apôtre Thomas, notre homme demande à voir pour croire. Cabossé et sujet à caution, le réceptacle où se consume la flamme prétendument Sainte paraît suspecte aux yeux de Guiot.

— Tu es bien sûr que..., hasarde-t-il avec une moue qui, sur sa lèvre gonflée, lui donne un air niais.

Aubertin hausse les épaules.

— Je ne l'ai pas surveillée toute la journée et ne puis donc t'assurer que personne n'est venu subtiliser le Feu pour en mettre un autre : un démon fourchu, par exemple.

Le moine fixe la chandelle avec une méfiance accrue.

— Je préfère reprendre la flamme dans l'église plutôt qu'à cette lanterne, décide-t-il, au bout d'un moment.

Le maître d'œuvre lève les bras au ciel.

— C'est ridicule !

— Peut-être ! Mais j'ai un doute.

— Ne compte pas sur moi pour aller la chercher, réplique Aubertin avec humeur.

— J'irai moi-même. Si je pars maintenant avec un cheval frais, je serai au hameau demain dans l'après-midi.

— Tu es une sacrée bourrique, Guiot !

Vexé de n'avoir pas été cru, Aubertin tourne les talons pour vaquer à ses occupations.

— Je te remercie pour le crédit que tu accordes à mes paroles ! lance-t-il en s'éloignant.

Arrosé par une rivière, l'endroit où les voyageurs font escale est un nid de verdure qui doit ressembler au paradis à la belle saison. Stella retrouve un air de son pays dans cet environnement. Ramenée à ses souvenirs d'enfance, elle flâne en solitaire. Quelques brillances de ce bonheur d'alors reviennent auréoler un visage qui s'illumine de vie et d'espérance. La mort retire enfin ses ombres, lâche prise sur son corps autant que sur son cœur.

Disposant son étal non loin d'elle, le guérisseur redevient charlatan, vendeur de rêves et de potions de petites vertus. Après un long examen de la blessure de la jeune femme, quelques instants plus tôt, il s'est montré une nouvelle fois stupéfait de la manière spectaculaire dont les peaux se régénéraient.

— Je ne vois plus trace du mal nulle part, constate-t-il, rassurant.

Stella se met pieds nus et relève le bas de sa robe pour marcher en amont dans la fraîcheur du courant. Elle file un temps béni qui s'intensifie avec l'arrivée en douce d'Aubertin. Tendant une main pour qu'il l'aide à aborder la rive, elle estompe de deux pas gracieusement incertains la contrariété de son compagnon. La trêve n'est que passagère et elle le questionne sur ce qui le préoccupe. Le maître d'œuvre en vient alors à parler du Feu de Yahvé qu'il est chargé avec Guiot de rapporter en Occident et que le moine est parti rechercher au hameau de Fayamir. En mal de confidences, il partage son secret et n'épargne aucun détail sur les tenants et aboutissants de cette mission dans laquelle il s'est impliqué un peu malgré lui. Au grand étonnement d'Aubertin, donna Stella est transportée par cette visée de haut vol qui touche de si près pour elle à l'essence même de chaque vie.

— Moi aussi, j'étais un feu en souffrance. Puis un souffle est venu pour ranimer une dernière braise qui s'éteignait...

Elle reprend la main du sculpteur comme un bien conquis et l'invite à marcher à son côté sur la rive. Elle parle de l'éphémère : des fleurs et de leur fugacité, des saisons qui passent, des nuages. Il parle des pierres et de leur résistance au temps. Elle croit au paradis, à la paix des âmes, aux célestes retrouvailles avec les êtres aimés. Il lui oppose sa vision des esprits que la pierre retient prisonniers.

— Les morts nous abandonnent si on ne les appelle pas. Ils se retirent si on ne les fait pas revivre, dit-il.

— Nos morts se meuvent derrière notre épaule, nous guident et nous protègent. Je suis sûre que ce sont eux qui nous ont mis sur les pas l'un de l'autre, prétend-elle.

Il lui sourit pour ne pas la contredire. Stella Pace se place devant lui et l'appelle des lèvres et du regard pour qu'il l'embrasse. L'homme hésite puis courbe la nuque pour cueillir les yeux fermés ce baiser qui lui est offert. La bouche qui le reçoit est pulpeuse et tendre. La salive en est délicieusement tiède comme sève de bouleau aux premiers jours de soleil. L'air manque à Aubertin quand sa puissance se réveille et, avec elle, le souvenir encore vivace des longues années d'intimité qu'il a partagées avec Ermeline.

Stella Pace ressent son trouble et aussi sa volonté momentanée d'en rester là.

— N'allons pas trop vite, murmure-t-elle pour libérer son cœur. Avançons pas après pas sans rien écraser dans les semis de nos vies. Construisons sans défaire et soyons en paix.

L'homme lui sait gré de cette invitation au repli qui est respect de ses sentiments passés et d'engagements qu'il n'a pas reniés. Saisi par la beauté de ses traits, il la regarde avec gratitude.

— J'ai besoin d'une pierre pour interroger un visage, dit-il. Les outils sont mon langage. Ce sont eux qui m'apportent les réponses que je cherche.

Stella Pace n'a pas lâché la main d'Aubertin. Elle descend avec lui la rivière jusqu'au gué. Sauvejoie est là qui prodigue des soins à sa monture. Malmenée ces derniers jours, son impétueuse jument mérite bien qu'on bouchonne sa robe cendrée et qu'on démêle sa crinière. Les promeneurs remontent ensuite jusqu'à l'auberge. Ils sont rejoints par le jeune homme dont la coutumière désinvolture s'est muée, avec la fatigue et les épreuves, en une expression d'amertume que l'absorption d'un plein pichet de rouge ne dissipera pas.

— Vivement Constantinople ! lance son père sur une dernière rasade.

— Vivement Constantinople qu'on fasse la fête ! renchérit Acelot qui les a rejoints.

Guiot resurgit le surlendemain dans la soirée avec son feu prétendu véritable. Il est peu fier d'avoir mis en doute la parole de son compagnon et ne se fait pas prier pour gagner son alcôve et s'effondrer d'épuisement sur sa couche. Aubertin abandonne le moine entre les bras réparateurs d'un sommeil acquis au prix d'efforts totalement vains. Une fois la Flamme à l'abri, il descend une nouvelle fois jusqu'à la rivière pour passer les derniers moments du jour en compagnie de Stella Pace. Alanguie sur un flanc rocheux, elle l'attend. Elle a apporté dans un panier quelques fruits secs et des galettes de céréales et a disposé deux gobelets pour boire une eau mentholée avec lui. Le sculpteur secoue ses vêtements avant de s'asseoir près d'elle. Il a taillé au couteau un bloc de tuf, originaire de Cappadoce, et se trouve peu satisfait du résultat obtenu. La sculpture interrogée était comme la pierre, friable et sans consistance. À son amie qui demande à voir le travail, il répond :

— Rien d'intéressant ! J'ai hésité entre vos deux visages ! Je demeure entre deux rives.

Stella se détourne et pleure d'être arrêtée par cette rivale de cendre dont il parle sans cesse comme d'un amour irremplaçable. Elle se sent indigne soudain, entachée de s'être résignée à un père autoritaire qui l'a mariée de force à un époux lointain et humiliant qui la prenait plus qu'il ne l'aimait.

Désolé de cette peine qu'il a provoquée malgré lui, Aubertin l'entoure de son bras et l'assure de sa tendresse.

— Je voudrais entendre que l'âme des morts n'est pas envieuse, dit-il.

— Il n'y a pas de jalousie du côté des âmes.

— Mais il y a de l'attention, de la prévenance. Ce sont vos propres paroles !

— Les âmes du paradis sont bonnes, rétorque la jeune femme. Elles conservent les qualités des hommes. Que feraient-elles de leurs défauts ? On peut difficilement être avare là-haut puisque les biens ne sont pas de l'autre monde.

— On peut être avare de tendresse, de compassion...

Prenant le sujet par un autre angle, elle demande :

— Vous croyez que l'âme d'Ermeline me jalouse ?

— De son vivant elle n'aimait pas que d'autres femmes m'approchent de trop près.

— Je veux croire qu'elle est heureuse de ce qui nous arrive, dit-elle dans un nouveau sursaut de larmes. Elle est heureuse parce que l'amour n'est pas mort en vous à cause d'elle, parce qu'elle ne sera jamais privée de ce que vous me donnerez, parce que l'océan d'un cœur comme le vôtre est assez vaste pour emporter deux nefs dans la tourmente de ses flots.

La voix de Stella fuit comme un écho. La rivière, de son côté, s'évertue à chasser toute pensée rebelle. Elle est invite à l'apaisement et appelle la main d'Aubertin à ruisseler dans le courant soyeux des cheveux de la femme jusqu'à la nuque douce. La renversant sur le dos, il s'étend près d'elle puis revient tel un faune se placer dans le champ de son regard. Merveille que ces yeux qui attisent leur brillance pour implorer l'amour. Dans un rapproché des corps, deux bouches avides se poursuivent comme des ablettes derrière un bout de pain.

L'étape du lendemain suscite de grands questionnements dans le chef de Guiot.

— À l'heure qu'il est, nous devrions longer le Danube, fait remarquer le moine.

Loin de battre sa coulpe, Aubertin qui se sait responsable des retards accumulés se montre moins pessimiste.

— Si nous gardons la cadence, nous pouvons encore arriver dans les délais.

— Pour autant qu'il n'y ait pas de nouvelles embûches qui nous clouent sur place ou nous ramènent en arrière, nuance le bénédictin.

— Dans un cas comme dans l'autre nous serons en retard. Quelle importance ?

— On avait une si belle avance, déplore-t-il pour ne pas aborder avec son compagnon le problème de l'échéance de l'expédition.

Le relief est accidenté et les irrégularités de la piste obligent Stella Pace à quitter la charrette d'Acelot pour marcher au rythme des chevaux. Au bout d'un moment, Guiot demande à Aubertin :

— Pourquoi ne monte-t-elle pas son cheval ? Elle s'épuise à trotter de la sorte.

Comme il n'obtient pas de réponse, il pousse sa monture vers elle :

— Je vais lui parler. Ce n'est pas raisonnable.

— Reste où tu es ! Elle sait ce qu'elle fait.

— Elle n'est pas malade ? s'enquiert le moine, soudain inquiet.

— Elle est blessée.

— Comment cela ?

Aubertin ne peut plus éluder la question. Il lui parle du mal dont la princesse était atteinte et contre lequel ils se sont battus. Guiot se ferme. Manifestant d'abord son scepticisme quant à l'efficacité du traitement, il se laisse rapidement gagner par la panique.

— Il faut la tenir à l'écart, la mettre en quarantaine ! Je préviendrai tout le monde. Chacun doit savoir le risque qu'il court.

— Tu ne préviendras personne ! s'écrie Aubertin. Sans quoi je quitte le convoi avec elle !

— Tu n'as pas le droit de mettre la vie de nos gens en danger.

— Cette femme a été soignée. La maladie a été

combattue en profondeur. Elle n'offre à ce jour aucune marque de récidive.

— Tu sais comme moi qu'il n'est pas de remède efficace contre la lèpre.

— Celui-ci pourrait l'être.

— Et pourquoi celui-ci plus qu'un autre ?

— Le Feu Sacré est entré dans la composition.

28

Au bout de deux jours de chevauchée, les voyageurs rejoignent les servants de l'expédition ainsi que le précieux chariot. Leur arrivée au caravansérail est ponctuée par une explosion d'indignation qui ne tarde pas à tourner, pour Aubertin autant que pour Stella, en un éclat de colère. Ainsi, pendant l'absence de Guiot et de Sauvejoie, les hommes du convoi n'ont rien trouvé de mieux à faire que de tendre un piège au fol en rallumant le foyer destiné à la Flamme Sainte pour qu'il se manifeste. La ruse sera payante. Le pauvre dément surgira de nuit avec une calebasse remplie d'eau et verra s'abattre sur lui filets et coups de bâton. Non content de le rosser, ses agresseurs l'immobiliseront dans un carcan de fortune fait de deux jougs accolés pour l'attacher ensuite à un anneau scellé dans un mur.

À bout de forces, le malheureux meurt à petit feu sous l'œil indifférent de ses justiciers. Il est rapidement désentravé et amené jusqu'à la charrette d'Acelot tandis qu'Aubertin déverse sa rage sur les fauteurs. Le guérisseur installe le moribond sous un appentis qu'il ferme de son chariot et lui dispense les premiers soins tandis que Stella humecte les lèvres du blessé avec un chiffon. Le visage est méconnaissable et la langue est si gonflée que le petit homme doit recourir à une paille pour administrer au malheureux de l'eau coupée d'un peu de vin. Il écrase ensuite à l'aide d'un pilon une pâtée plus nutritive qu'il mettra un temps infini à lui faire ingérer.

— Ce n'est pas demain qu'il recommencera à trotter, dit-il en attirant d'un regard l'attention du maître d'œuvre sur une jambe sortie de son axe.

La jeune femme, qui résistait rageusement aux assauts de sa peine, fond en larmes et se retire en hâte.

Elle est rattrapée par Aubertin qui, à la surprise générale, n'hésite pas à l'entourer de ses bras pour l'attirer à l'écart et la consoler.

— Vous croyez qu'il va vivre ? questionne-t-elle.

— Est-ce vivre que d'errer sans tête et estropié en ne recueillant des hommes que des coups ? dit-il avec amertume.

— Mon mari l'a ramassé à Saint-Jean-d'Acre, raconte-t-elle au bout d'un long silence. Il était de ceux à qui le roi Richard a ordonné l'exécution des deux mille sept cents prisonniers de l'armée de Saladin.

Aubertin imagine avec horreur le cauchemar du garçon, de l'âge de son plus jeune fils, contraint par la décision d'un chef de guerre à tuer des gens sans défense.

— Riccardo n'a jamais compris pourquoi il s'est attaché à lui. Je pense, pour ma part, que c'est à cause de ses chevaux et plus précisément d'un cheval clair qui le fascinait. Je me souviens qu'il s'en occupait merveilleusement. Il paraît même que la parole lui revenait quand il était auprès de lui. Enfin, quelques mots. C'est un des palefreniers qui me l'a prétendu. Il m'a aussi appris qu'il s'appelait Eloy.

En mal de compagnie, Acelot rejoint le couple de sa démarche bonhomme.

— Ils n'y ont pas été de main morte, dit-il en faisant craquer les articulations de ses doigts. J'ai réussi à lui faire ingurgiter ma bouillie, poursuit-il comme il n'obtient pas de réaction. Avec la quantité de *papaver somniferum* que j'y ai mise, il est parti pour de beaux rêves.

Le jour décline et la place se vide. Il règne une odeur d'aliments grillés, de feu de bois, d'épices. La Flamme Sainte a regagné sa logette. Du côté des servants du convoi, ni rire, ni éclats de voix. L'heure est à la honte.

Le guérisseur retourne à son patient en soupirant. Lui aussi traîne son histoire, avec ses parties claires et ses parties sombres. Combien de fois n'a-t-il pas été malmené, molesté, roué de coups pour quelque traitement douteux ou inefficace ! La vie est cruelle pour ceux qui sortent des sentiers battus. Aujourd'hui, son désir est de se ranger, de dételer ses mules une fois pour toutes et d'ouvrir à Constantinople une boutique où il vendrait d'authentiques remèdes et dispenserait ses soins et ses médications en véritable homme de l'art jusqu'à l'extinction de sa vie. Il prendrait du temps pour étudier et, qui sait, peut-être se trouverait-il une compagne. L'amour peut survenir à tout âge. Pour preuve, son compère bourguignon, qui n'est plus un puceau, a bien conquis le cœur d'une créature délicieuse. Le guérisseur n'en demande pas tant. Une petite femme ronde, affectueuse, un peu plus jeune que lui, suffirait à le combler. Un berger passe sur son nuage de laine. Acelot sort de son rêve vaporeux. Accélérant la cadence, il s'exclame pour lui-même :

— Ce n'est pas tout mais je ne suis pas au bout de mes peines !

Le petit homme prépare son matériel et revient à son patient. Le moment est venu de remettre la jambe en place et de l'immobiliser dans une attelle. Une nouvelle fois, il fait appel à Aubertin pour l'assister dans ce travail. Débarrassé de ses vêtements, le malheureux est lavé avant l'intervention. Son corps est un désastre de coups, de piqûres d'insectes, d'écorchures. D'une maigreur effrayante, son torse détaille toutes ses côtes.

— Il y a eu de la casse là aussi, dit le guérisseur en montrant la poitrine du fol.

Il le retourne avec ménagement pour un examen approfondi et en profite pour brûler quelques parasites établis clandestinement çà et là.

— Pauvres humains que nous sommes ! À l'abandon, nous ne valons pas un sou.

Il achève ses soins en musant et, dans le respect d'un rituel devenu immuable, envoie à l'adresse de son compagnon sa formule libératoire :

— J'ai fait ma besogne au mieux. À la nature de faire la sienne.

Puis, revenant à des préoccupations plus terre à terre, il déclare en se lavant les mains :

— J'ai une faim de loup. J'avalerais un mouton entier.

Aubertin, affamé lui aussi, propose à Stella de les accompagner.

— Je n'ai besoin de rien maintenant, dit-elle. Une manière de manifester son souhait de rester au chevet du blessé.

Les deux hommes ne tardent pas à revenir avec du vin, du pain, des dattes et une pièce d'agneau. Ils surgissent bruyamment et sont invités à faire silence. Le fol délire, prononce des mots sans queue ni tête mais aussi des bribes de phrases qui ne sont pas dénuées de sens : « Si tu montes Besant, enlève tes éperons ! » « ... mal à la tête. » « J'ai peur du sang... »

— Il n'y a pas de sang ici ! rassure doucement donna Stella. Nous te voulons du bien.

Elle gagne sa confiance et risque :

— Rappelle-moi ton nom !

— Eloy.

— Nous veillons sur toi, Eloy. Riccardo veille sur toi. Stella, Aubertin... Besant...

— Pas mon père !

— Ton père aussi veille sur toi.

— Pas mon père. Mon père est fâché.

Pris d'un sanglot, le fol répète *ad libitum* :

— J'ai peur du sang.

— N'aie pas peur, je suis là, dit-elle, maternelle, en posant un baiser sur son front.

Elle lui prend la main et attend qu'il se calme. Au bout de quelques instants, viennent les mots « soif » et « faim ». Acelot ressort son pilon qu'il nettoie d'un revers de manche. La langue a dégonflé et la nourriture trouve plus facilement son chemin. Aubertin est touché au cœur par ce moment de tendresse et d'aménité. D'une voix émue, il s'offre à veiller le fol avec Stella pour la nuit qui s'annonce. Il ne tarde pas à la veiller, elle, quand, vaincue par la fatigue, elle vient chercher le sommeil contre son épaule. Autour du cou maigre d'Eloy, un anneau enfilé dans un lacet de cuir enclôt d'or fin le cercle de plus en plus soudé de leur amour.

De bonne composition, Acelot accepte sans rechigner la proposition de son compère bourguignon de prendre à son bord le fol dans sa charrette bâchée.

— Un malade est un malade, reconnaît-il avec, dans le fond de l'œil, une pointe de regret d'être privé du doux privilège de convoyer sa patiente de charme.

Stella, de son côté, prend les rênes de la légère carriole avec laquelle elle embarquait à Pescara une année plus tôt. À l'inverse du temps où le vieux José menait les chevaux, c'est à la princesse qu'il incombe à présent d'être cochère de son cocher. De plus en plus chancelante, la santé du vieux serviteur décline de semaine en semaine. En mal de son pays, de Martha, son épouse, de ses trois filles, il pleure souvent en silence à l'idée qu'il va mourir sans un adieu, loin de ceux qu'il aime.

— J'aurais pu lui épargner ce chagrin, confie la jeune femme à son compagnon. Il est de mon devoir de le ramener chez lui.

Le cœur d'Aubertin se serre à la perspective d'une séparation, fût-elle momentanée.

— Je serai très seul sans vous, livre-t-il.

La princesse craint d'ébranler une décision qui lui coûte et ne lui rend pas la monnaie de sa tristesse.

Quelques pistes bien nivelées le long de l'eau permettent aux chariots de ne pas encaisser trop durement les irrégularités du terrain : une aubaine pour les moins vaillants de la troupe. Encore délicate, la plaie que la jeune femme porte à son flanc est surveillée non sans fierté par Acelot, qui voit dans cette rémission une consécration sans précédent de son art de guérir.

De son côté, Aubertin estime que le rétablissement de Stella tient à sa formidable volonté de vivre et, peut-être aussi, à cette force d'amour qui les porte l'un vers l'autre. Guiot, pour sa part, pense dur comme silex que Dieu, et Dieu seul, est derrière ce prodige.

— Le Tout-Puissant a voulu par ce signe nous prouver l'authenticité de son Feu, dit-il à son compagnon.

— C'est une possibilité ! concède le maître d'œuvre, trop heureux d'entendre le moine reconnaître la défaite d'un mal qu'il prétendait incurable.

— Ce n'est pas une possibilité, c'est une certitude ! réplique Guiot, de toute la hauteur de sa foi.

29

Constantinople la magnifique, l'inespérée. Posée sur cette feuille d'argent qu'est le Bosphore, la ville surgit comme un mirage au bout de la piste. Une glissade de barges amène les voyageurs dans cette cité fastueuse qui fait commerce de la plus grande variété de biens que les hommes puissent s'offrir en ce bas monde. Dans le port, on trouve à quai ou en échoppes tout ce qu'il faut pour bâtir ou décorer maisons et palais, ce qui existe en denrées et boissons pour assouvir toutes les formes de gourmandises, ainsi qu'une diversité hallucinante d'étoffes, de vêtements et de parures provenant des quatre coins de la terre. Ouverte à toutes races et à toutes cultures, Constantinople figure parmi les rares endroits où on est chez soi et ailleurs en même temps.

Sauvejoie jubile, le guérisseur touche à sa Terre Promise, l'oasis de ses vieux jours, Guiot pénètre au cœur de Babylone, un lieu de perdition à fuir au plus vite. Quant à Aubertin, il aborde la ville avec morosité et indifférence.

— Il y a tout ici pour réjouir un bâtisseur, s'étonne Acelot.

Le maître d'œuvre se force à sourire pour masquer

la peine qui le ronge. Sur le bac qui les menait à la cité, Stella l'a informé de sa décision de regagner l'Italie par voie de mer pour reconduire parmi les siens son fidèle cocher. Jamais il n'aurait imaginé que ce projet de départ l'atteindrait aussi profondément. Il reçoit l'assistance spontanée de Sauvejoie afin de rechercher un bateau en partance pour l'Italie. À deux, ils ont vite fait de repérer une nef en passe d'appareiller pour Venise. D'un naturel avenant, le nautonier fixe son prix pour la traversée et propose de lui-même une escale à Ancône.

— Nous avons de la marchandise à décharger à Thessalonique et à Athènes. Si le ciel est avec nous, nous serons à destination au milieu du printemps.

Aubertin est laissé par son pupille et regagne l'auberge où le convoi a trouvé refuge grâce aux bons soins d'une communauté de bénédictins implantée à Constantinople. La rue monte et le sculpteur regarde davantage ses pieds que les échoppes alentour. Il rumine la séparation qui se prépare et le temps effroyablement long qu'elle durera. Son attention est toutefois attirée par un artisan qui torsade du boyau de mouton sur le pas de sa porte à côté d'une vielle à roue. Lorsqu'il accoste l'homme pour lui demander s'il est luthier, celui-ci hoche la tête.

— Combien demanderais-tu pour remettre des cordes sur une harpe ? s'enquiert le maître d'œuvre.

— Tout dépend du nombre et de la longueur, répond le personnage sans arrêter pour autant sa besogne.

— La totalité ! Cela doit faire une trentaine.

— Sans voir l'instrument, je ne peux rien dire.

— Je vais le chercher.

Retrouvant soudain son pas décidé, Aubertin gagne la carriole où est remisée la boîte et en sort la harpe qui pleure ses cordes sectionnées pour l'apporter au luthier. L'artisan examine en expert le magnifique instrument.

— Quel saccage ! s'exclame-t-il.

Ses doléances faites, il donne son prix et invite son chaland à repasser dans le courant de l'après-midi du lendemain.

Le jour qui précède l'embarquement de donna Stella laisse du temps au couple pour flâner du côté des souks. Si son rude compagnon ne parvient pas à se montrer loquace, la jeune femme cache tout aussi mal son désappointement en forçant la note. Alors qu'ils passent devant la boutique du luthier, Aubertin avoue sans façons :

— Je me suis autorisé à remettre des cordes sur votre harpe. Elle peut se révéler de bonne compagnie durant le voyage.

L'artisan qui a reconnu la voix du maître d'œuvre apparaît sur le seuil et l'invite à entrer avec son amie.

— Elle sonne magnifiquement, dit-il, mais tient mal l'accord. Il faut attendre que le boyau se donne.

Stella s'agenouille devant l'instrument, l'attire sur son épaule pour faire tinter quelques notes.

— Elle est un peu fausse, en effet.

Le facteur d'instruments tend à la musicienne une clé de buis pour qu'elle rectifie la hauteur des tons. Musicien lui-même avant que d'être luthier, il est curieux d'entendre comment sa visiteuse se défend. Le sculpteur tire sous lui un tabouret et regarde avec ravissement cet enlacement exquis des courbures de la harpe et du corps souple qui l'étreint. Les sons fluctuent et s'harmonisent. La grâce surgit sous le délié des doigts de Stella. L'instant est aérien, magique, irréel : un ruissellement d'eau claire qui, au lieu de dévaler le lit pierreux d'un torrent, escalade montagne et glacier pour rejoindre les paradis d'altitude où cheminent les âmes et les anges. Ce moment d'envol se brise sec sur un silence, un sanglot, deux bras qui s'affalent de part et d'autre de l'instrument.

— Je ne peux pas ! murmure t-elle. Je ne peux plus.

— Je n'ai pas voulu cela ! s'exclame Aubertin, désolé.

Il la prend contre lui et l'entraîne dans la rue. Le luthier ne comprend rien à ce qui se passe et interroge son chaland du regard. À son air, le maître d'œuvre laisse voir que le moment est mal choisi pour parler affaires et qu'il repassera plus tard. Il revient ensuite à elle pour s'excuser de sa maladresse.

— Je ne pensais pas vous blesser, je voulais juste vous laisser une marque...

Il hésite sur le mot à avancer et alors qu'il pense « amour », sa bouche se dérobe pour prononcer le mot « amitié ».

— Je n'accepte venant de vous que des marques d'amour.

— Nous reverrons-nous ? demande-t-il en serrant la jeune femme contre son cœur.

— Ça dépend de Lui !

— Et si ça dépendait de vous ?

— Je vous reviendrais, répond-elle avec un sourire.

— Vous croyez ?

— Je n'ai pas d'autre chemin !

La soirée qui précède le départ de Stella et du vieux José pour leur pays natal est perturbée par les tourments de Guiot. Il attend Aubertin de pied ferme à l'auberge car il veut discuter avec lui.

— Ça ne peut attendre demain ? soupire le maître d'œuvre qui n'a d'autre envie que de se consacrer à son amie.

— C'est urgent ! se contente-t-il de dire.

Poussé par les bénédictins avec lesquels il s'est entretenu du problème, le moine a pris la grande décision de se séparer du fol. Il a d'ailleurs passé accord avec des religieuses qui se sont donné pour mission de recueillir les déshérités et les miséreux de la terre.

— Il sera mieux là-bas et puis cela nous évitera des problèmes. Eloy est imprévisible. Nous en avons eu la preuve à maintes reprises. Sans compter que, dans son état actuel, il est un fardeau pour le convoi...

La réponse tombe comme un poing sur une table.

— Aussi longtemps que je serai chef de cette expédition, il voyagera avec nous !

Mais Guiot ne l'entend pas de cette façon.

— J'en ai assez d'être soumis à ton bon vouloir. Tes foucades répétées nous ont fait perdre de précieux mois. Tu pousses tout le monde à bout. Même ton fils qui t'était si proche s'est distancé de toi...

— Prends la tête du convoi ! gronde Aubertin. Je me remettrai dans les rangs. Cela dit, tu ne m'empêcheras pas d'aller le chemin que me dicte mon cœur.

Une fois de plus, Guiot capitule. Il pleurerait son dépit. On arrive à la mauvaise saison et la partie la plus ardue du voyage est à venir avec le passage des montagnes. Si l'hiver est rude, l'expédition peut oublier son projet de rallier Chartres pour la nuit du neuf au dix juin 1194.

Aubertin a regagné sa chambrette après une dernière soirée passée avec Stella. Lui reviennent en mémoire les reproches faits par Guiot et particulièrement ce qu'il a insinué à propos de son fils dont il est sans nouvelles depuis deux jours. Impossible de dormir avec cette inquiétude qui s'ajoute à la charge suffisamment lourde de sa séparation prochaine. Si l'imminence du départ de Stella l'incite à mesurer la profondeur de son attachement, elle lui fait aussi regretter de n'avoir pas été plus entreprenant.

— J'ai fait tout cela pour toi, dit-il à l'épouse. Pour ta mémoire, de peur d'offenser ton âme qui n'a jamais fait le deuil de son passage sur terre et de la perte inacceptable du privilège de vivre, d'aimer et d'être aimée.

Il est tard et les esprits semblent avoir déserté la terre quand un bruit insolite met ses sens en éveil.

— C'est toi ? demande-t-il, croyant avoir affaire à son sacripant de fils qui revient de sa fugue.

— C'est moi, fait une voix de soie.

Une ombre se dévêt près de lui puis se glisse nue à son flanc, blottissant son corps contre le sien jusqu'à ce qu'il lui offre ses bras, qu'il la coiffe de ses mains. Il est si fort, si pleinement homme et, pourtant, il hésite. Pour coucher ce premier barrage, la femme embrasse son visage, son front, sa bouche, taquine sa langue avec la sienne tandis que ses doigts, agilement, s'infiltrent sous la chemise de l'homme pour partir à la rencontre du martèlement d'une poitrine noueuse et velue. Mais il résiste encore. Alors, elle s'agenouille sur lui en l'effleurant à peine. Un vertige de lune par la meurtrière, quelques reptations suffisent à verser le second barrage. Les mains du sculpteur deviennent alors ivres de toucher, avides de parcourir courbes, creux et rebonds. Des épaules, une nuque, un dos s'abandonnent avec volupté au lissage rugueux de ses paumes. Mais Aubertin se bride et, pour culbuter le troisième barrage, elle le débarrasse de son vêtement, menotte ses forts poignets pour une escalade allant de son ventre à ses seins, une désescalade vers les régions ombrées qui abritent le désir. Au bout du parcours, deux phalanges débusquent une source.

— Envahis-moi ! Verse en moi ta semence.

Le quatrième barrage s'effondre. Le fleuve bouillonne. Stella part en aveugle à la rencontre du membre de l'homme. Il est comme lui, sculpté dans la matière brute. Ses mains n'en croient pas leur caresse en même temps que son corps s'effraie qu'il ne le déchire. L'amour submerge tout, efface les rives, inonde la plaine. La puissance d'Aubertin entre en elle, ouvre ses chairs mais elle ne souffre pas et s'en étonne. Il l'entend gémir.

— Tu as mal ? s'inquiète-t-il.

Pour réponse, elle s'emballe, se cabre, explose par le dedans en bâillonnant ses cris tandis qu'Aubertin se décharge comme on se vide de son sang d'avoir été frappé au cœur d'un coup de lance.

Il n'y a plus à perte d'horizon que l'immensité étale d'une mer infinie, une vasque pleine, une coupe remplie à ras bord. La paix s'installe un temps avant l'arrivée d'une nouvelle houle, d'un nouveau débordement.

Ramené entre ses berges, le fleuve redevient tumulte, déferlement, tourbillons de sens, noyade d'amour d'où les amants resurgissent pour replonger plus tard avec la même soif.

30

La nef qui emporte Stella et son cocher lève l'ancre sous un ciel déchiqueté de nuages en débandade. Sur le quai, non loin d'Aubertin qui n'est pas encore sorti du remous de ses aventures nocturnes, Acelot et Guiot. Le premier est épanoui car il est sur la piste de l'officine de ses rêves par le biais de connaissances qu'il a retrouvées. Quant au second, il croule de fatigue d'avoir biné du soir au petit matin le terrain caillouteux de ses contrariétés. Si le guérisseur perd la patiente qui l'a consacré dans son art, le moine reste sur la nostalgie de n'avoir pu reconquérir cette place inoubliée de confident qu'il tint un an plus tôt auprès de la princesse. Enfermée dans le carcan de sa passion, cette amie raffinée l'a évincé pour la compagnie d'un homme abrupt et taiseux, plus apte à lire dans les pierres que dans les livres savants.

— Comme quoi l'étoile de l'un peut éteindre l'étoile de l'autre ! lâche-t-il au compère Acelot avec un fifrelin d'amertume dans la voix.

Mal armé pour comprendre la réflexion qui lui est faite, ce dernier la reprend à son compte en la modifiant quelque peu.

— Comme vous dites, messire Guiot, une étoile peut en cacher une autre.

L'étoile dont les yeux brillent sur la tourelle de cette nef en partance ne voit personne fors son homme qui cueille d'elle les dernières étincelles de tendresse comme on enlève à l'arbre ses derniers fruits. Aubertin la ressent sauvage encore de leurs accouplements, et ne dégrise pas de ce pacte charnel qu'il a noué avec elle. Le bâtiment est hâlé hors du port et prend le large. Le vide de l'absence s'ouvre avec le déploiement de la voile et son enlisement dans la mer.

Guiot, qui se tient derrière le maître d'œuvre, l'oblige à reprendre pied du côté des tracas. Remontant le quai, Aubertin prête une oreille distraite aux doléances du bénédictin sur la fugue prolongée de Sauvejoie.

— Dommage qu'il n'ait pas été là pour l'embarquement, se contente-t-il de dire. Stella a toujours apprécié mon garçon.

Le convoi du Feu reprend la route le lendemain sous la pression du moine qui ne démord pas d'arriver à temps et heure. Aubertin lâche du lest après sa conversation houleuse avec son compagnon et se garde de différer le départ sous prétexte que son fils n'a toujours pas réapparu.

— Il est bon cavalier. Il nous rejoindra sur la piste, lâche-t-il avec une fausse désinvolture.

Guiot engrange cette victoire qui augure d'autres concessions de la part du maître d'œuvre. Il ne tarde pas à déchanter. Le tailleur de pierre a hérité la charrette de donna Stella pour rapatrier le fol en son pays et y a fait charger un bloc d'un gris léger de perle et d'un grain extrêmement fin qui pèse à vue de nez le poids de deux hommes.

— Que comptes-tu faire avec ce caillou ? se lamente le moine.

— Le sculpter, pardieu !

— Mais nous n'avons plus de temps à perdre !

— J'en suis conscient ! C'est pourquoi je ne travaillerai que le soir.

— Après la route ?

— Après la route !

Et le sculpteur d'ajouter, bougon :

— Je ne t'empêche pas de prier après ta journée, ni d'écrire ton roman quand l'envie te chante.

En contrepoint des imprévus qui le rongent d'angoisse, le bénédictin connaît une consolation en l'adjonction au convoi d'un régulier issu de l'abbaye qui les hébergea. Appelé à regagner sa maison mère en Champagne, le frère Germain tombe du ciel à un moment où Guiot n'en finit plus de broyer du noir. De santé fragile, cet homme d'une quarantaine d'années est un être affable et cultivé. Bouclé de gris et joufflu comme Éole, ce compagnon providentiel relève de sa docte présence le niveau tant intellectuel que spirituel d'une expédition composée de gens à la conversation parcimonieuse quand elle n'est pas bassement terre à terre.

Grand spécialiste des œuvres d'Héraclite et de Platon, le frère Germain se nourrit de pensées qui sont le sujet d'infatigables échanges avec Guiot. Ensemble, les deux confrères donnent à cette quête du Feu Suprême le caractère sacré qui lui faisait défaut depuis son départ. La dissimulation d'une veilleuse à chaque fin d'étape devient un véritable cérémonial assorti de prières et de chants. Le dispositif à roues amovibles imaginé par Aubertin pour transporter la Flamme Sainte ne s'appelle plus « chariot » ni « brancard » mais « Reliquaire Ardent », en référence au buisson du même nom.

Quant aux vertus miraculeuses de la Foudre Divine qui s'est abattue sur le bûcher d'Élie, elles se révèlent innombrables autant qu'indubitables pour ces deux moines en fringale de prodiges. La raison de cette surenchère n'est pas à chercher bien loin. Elle prend racine dans leur foi communicative ainsi que dans le roman que rédige Guiot autour du chevalier Baudrimont et de son écuyer Gerlache, lequel rebondit à chaque page ou presque sur les propriétés surnaturelles du glaive de Feu qui chassa Adam et Ève du paradis terrestre et qu'un ange a confié au redresseur de torts. Lecteur autant qu'auditeur privilégié de la geste de l'ancien troubadour, le frère Germain avale comme pain bénit la manne inépuisable des miracles issus de l'imagination fertile de son compagnon. Foin d'affabulations ! La guérison inexplicable de la princesse di Morra que des témoins dignes de foi n'ont pas mise en doute est une preuve irréfutable qui tolère bien quelques inventions.

Si le nouveau venu est promu par Guiot au grade de superviseur dans l'élaboration du chef-d'œuvre en cours, Aubertin, au dire de l'auteur, donne ses traits à Baudrimont soi-même dans l'épopée. Des différences appréciables séparent néanmoins le sujet du modèle. Le preux chevalier est jeune et fringant. Il ne s'embarrasse pas de passer ses ennemis au fil ardent de sa légendaire épée. Il est surtout nanti d'une foi extraordinaire qui lui donne le pouvoir d'imposer sa justice sur les versants de la vie et de la mort.

Aubertin a droit à la lecture par l'écrivain de quelques passages majeurs de ce récit. Il suivra les péripéties qui conduisent le héros jusqu'aux enfers d'où il soustraira à la grillade éternelle un septuor de belles damnées ayant éveillé sa compassion et, un peu aussi, son désir. S'il apprécie l'impeccable diction de l'ancien trouvère et sa voix chantonnante fort agréable à l'oreille, il prise moins l'histoire qui est d'une bigoterie affligeante et d'une cruauté abominable. Quand Baudrimont décapite, ce ne sont pas moins de cent têtes qui roulent dans la poussière. Il s'étonne, en revanche, de découvrir chez le pieux Guiot des scènes d'alcôve épicées et, sur le plan des mœurs, quelques déviations qui font un fameux pied de nez à l'habit qu'il porte. Frère Germain, dont l'esprit de tolérance est sans bornes, réagit à ces extraits en disparaissant sous sa coule.

Une âme moins naïve que celle du maître d'œuvre se poserait quelques questions. Mais Aubertin reste cet être pur, aux prises avec lui-même, en haine de ce qui opacifie la clarté de ses sentiments.

— Mes outils me donnent une réponse franche. Je les aime pour cela, se plaît-il à dire. La pierre, elle non plus, ne triche pas.

Cela fait bientôt un mois que le sculpteur décharge sa pierre après chaque étape pour en poursuivre le façonnage. Quelles que soient les difficultés rencontrées sur le parcours ou la fatigue endossée, il reprend jour après jour ses ciseaux pour un nouveau corps à corps avec elle. Plus qu'il ne taille, il bataille. Ses mains le trahissent sans cesse. Elles l'entraînent d'aval en amont, d'un visage à l'autre. Pis, une confusion s'installe dans son esprit entre les traits d'Ermeline et ceux de Stella, un glissement s'opère presque malgré lui de l'une à l'autre, la morte cédant le pas à la vivante.

— Je n'arrive plus à te retrouver, dit-il à son caillou en présence du fol qui, attaché à ses pas comme l'empreinte d'une semelle, ne perd rien de son travail.

Le froid que redoutait Guiot tombe sur les voyageurs en février au moment où ils atteignent le Danube. Quelques chutes de neige entravent l'avancée du convoi sans toutefois en arrêter la progression. Aubertin se mure dans des pensées grises et attend une accalmie pour reprendre sa sculpture. Il traverse une période de grande solitude intérieure et songe souvent à Sauvejoie qui a choisi de ne plus le suivre. « Je l'ai poussé à bout, se reproche-t-il. J'ai déconstruit sa gaieté pierre par pierre sans m'en apercevoir. » Il se demande s'il le reverra un jour comme il se demande si Stella lui reviendra. De retour à son pays, elle s'expose à l'emprise d'un clan puissant qui mettra tout en œuvre pour la retenir.

Libéré de son attelle, le fol, qui réapprend à marcher, offre un spectacle désolant. Pas question pour le malheureux de s'éloigner à plus de deux toises de la charrette bâchée dont Aubertin tient les rênes depuis Constantinople. Le danger est partout en la présence, devant comme derrière, de ceux qui l'ont torturé. Sans cesse à regarder en jappant si un coup ne va pas s'abattre sur lui, il est plus que jamais agglutiné à son protecteur. D'une patience sans bornes, le maître d'œuvre se soumet à ses élans d'affection qui l'assaillent à longueur d'étape. Il ne désespère pas qu'Eloy s'affranchisse de ses peurs et engrange comme une victoire chaque signe qui témoigne d'une amélioration de son état.

Cette première offensive hivernale est de courte durée et la neige regagne vite le sommet des montagnes. Le sculpteur revient à sa pierre dont la réponse est restée en suspens. Il appelle à l'aide ses outils, comme baguette de sourcier pour faire jaillir cette vérité enfouie dans les grains impalpables de sa roche gris nuage. Le fol se pose en second regard sur l'œuvre d'Aubertin. Curieusement, le maître d'œuvre attend autant qu'il redoute son jugement. N'est-il pas l'émissaire de Stella ? Sans lui, il ne serait jamais remonté jusqu'à elle. Le fol avance vers la statue de son pas boitillant et exprime d'une grimace un sentiment d'insatisfaction. Il y a dans l'ébauche quelque chose de trouble, de dédoublé qui gêne l'œil. Le sculpteur pose sa main à plat sur la partie droite du visage, cligne les paupières. Il cherche le chemin qu'il a perdu ou qui devient croisée où deux amours rivalisent. Stella Pace hante Aubertin. Elle n'a pas déserté sa caresse et il la sent frémir quand il apprécie du bout des phalanges le lissé de la pierre, quand il mesure la grâce d'une courbe. Sa voix ne le quitte pas non plus : elle chante clairement dans l'acier de ses ciseaux là où celle d'Ermeline devient incertaine.

— Quel sang bat dans cette sculpture ? demande-t-il au frère Germain qui manifeste de l'intérêt pour son travail.

— Le tien, Aubertin.

La pierre peut alors s'ouvrir, lui parler. « Tu n'es pas à la croisée de deux chemins mais de deux torrents pavés de galets qui sont d'eau claire. Regarde en aval, tu ne verras plus qu'un courant d'amour à la dimension de ton cœur. »

Lorsqu'il met la dernière main à son œuvre, il pleut à verse.

« J'étais caillou massif, tu me fais visage pour que je me baigne de pluie, pour que j'offre mes formes à la lumière et à ta caresse rugueuse. Je suis front, pose ta bouche sur mon front. Je suis lèvres, embrasse-moi. Indivise, je suis ta force d'aimer. Fais-la régner comme tu commandes tes chantiers, conduis-la en chef de guerre, en bâtisseur d'empire, en conquérant. »

Le fol s'est rapproché. Ses longs doigts s'entremêlent, puis s'alignent. Ses mains se contorsionnent, caressent ses flancs, se joignent et se disjoignent. La pluie glacée qui s'abat sur lui accentue sa maigreur. Avec ses cheveux mouillés et sa barbe qui dégouline, son visage est une lame. Riant aux nuages, il se déshabille sous l'averse qui redouble. Il est de peau et d'os près de la statue, se baigne avec elle et s'amuse de leurs ablutions. Aubertin enlève sa pèlerine et traverse ce déluge glacé pour en couvrir Eloy. Il est submergé d'amour pour cette femme-fontaine qu'il a enfantée. Il lui a déjà réservé une place de choix pour une éternité de ruisselance : un rebond de cascade.

31

L'homme est commerçant mais pas de la laide race qui n'a de mire que l'argent acquis par voie de finauderie ou de profits abusifs pratiqués sur le dos d'autrui. Il est marchand au sens noble, fier de la qualité de ses produits et heureux de contenter ses chalands en modérant ses prix. Jeune, solidement charpenté, il dépasse d'une tête le commun des mortels. Son visage est avenant, éclairé d'un sourire qui tient moins d'un reliquat d'enfance que de l'exercice de plaire et peut-être aussi de séduire. Mais n'est-il pas impérieux de se montrer sous son meilleur jour quand on traite affaire ?

Comme beaucoup d'Occidentaux établis dans les pays du Levant, le gaillard fut d'abord envahisseur avant de conquérir une jolie place sous le soleil d'Alexandrie dans le domaine des teintures et des pigments colorés. Qu'il s'agisse d'encres, d'émaux à cuire, de peinture à l'eau, à l'huile ou à l'œuf, il n'est pas une substance dont il ne connaisse l'origine et, en cas de pénurie, qu'il ne puisse fournir. Habillé à l'orientale, notre colon de fraîche date s'est parfaitement intégré à sa terre d'élection. Il parle la langue indigène avec intonations et gestes *ad hoc*, il a assimilé culture et art de vivre des gens du cru, et s'est rallié à leurs us et coutumes. Eh oui ! Le marchand, de chrétien qu'il était, s'est converti à l'islam et se trouve aujourd'hui être l'époux de deux jeunes beautés aux yeux noirs dont l'une a hérité de parents syriens un teint de lait et l'autre le cuivre de l'alliance d'un berger nubien avec une Carthaginoise.

La belle métisse, qui est près d'enfanter, pousse de petits cris aigus chaque fois que le chariot rencontre une fondrière sur la piste.

— Nous serons à Constantinople à la nouvelle lune, dit le marchand.

— De quelle année ? plaisante la compagne à peau blanche pour provoquer l'hilarité de la future mère.

Voilà bientôt quatre mois que le marchand, ses épouses et leurs deux fillettes ont quitté Alexandrie avec l'intention de poursuivre leurs activités dans ce nœud d'échanges qui porte les rêves de prospérité et de bonheur d'un grand nombre de commerçants établis sur les pourtours de la Méditerranée.

— Nous aurons une vaste demeure avec un jardin fleuri et des plans d'eau.

Cette promesse de vent allège pour quelques tours de roues la chape d'un périple interminable.

Les enfants deviennent difficiles et les voyageurs empruntent le premier chemin de traverse venu pour faire une halte dans un endroit retranché. Spacieux, le lourd et rustique chariot, qui transporte cette famille en transhumance avec tous ses biens, recèle, outre des pigments coûteux, une véritable fortune en pierres précieuses qui sont éparpillées de tous côtés : dans un montant, entre deux planches, dans la doublure d'un vêtement, le bourrage d'un coussin... D'humeur joyeuse, le marchand commence à souffler. Il a connu ces derniers mois de terribles moments d'angoisse. Il s'est vu à plusieurs reprises en danger de tout perdre. La traversée de la Terre Sainte reste le point noir du voyage. Pas un jour sans croiser des hommes sur pied de guerre. Non loin de Césarée, il s'est retrouvé avec les siens au beau milieu d'une bataille et ne s'explique toujours pas comment il en a réchappé. À Tarse, le caravansérail où ils devaient passer la nuit fut mis à sac le jour précédant leur arrivée par une bande de pillards sanguinaires. Sans trop savoir s'il doit remercier Dieu ou Allah de l'avoir préservé du malheur, notre homme bénit le ciel de ses faveurs.

Le colon immobilise son chariot, descend de sa banquette puis prête une main secourable à ses femmes et à sa progéniture pour quitter l'habitacle. À peine à terre, les enfants courent en direction des deux lévriers blancs qu'ils ont pris avec eux d'Égypte, et se livrent au jeu sous l'œil attendri de leurs mères. Après avoir vérifié son attelage, flatté la croupe de ses chevaux, le voyageur revient vers ses chiens avec une écuelle d'eau claire, puis emporte soudain ses fillettes réjouies dans un tourbillon effréné.

La joie envahit la colline comme rosée d'automne. Le marchand est heureux de vivre et espère bien conserver cette fois ce privilège rudement acquis. Condamné à fuir l'Occident pour un coup de poing mortel assené dans un mouvement de colère, notre homme s'est laissé entraîner dans une croisade qui, loin d'alléger son remords, a chargé sa conscience jusqu'à l'écœurement de faits de barbarie auxquels il a été contraint de prendre part. Bien que révolue aujourd'hui, cette période est restée douloureuse tout comme est demeuré sensible son départ précipité de Paris qui l'éloigna d'un père et d'une mère qu'il adorait.

Il fait froid et les voyageurs ne tardent pas à se remettre en route. Plutôt que de retourner sur ses pas pour rattraper la piste qui mène au caravansérail, le marchand préfère aller de l'avant. Il est sûr de son fait.

— Nous retrouverons le chemin plus loin, affirme-t-il.

Le terrain est escarpé, les paysages superbes. Mytra, la Syrienne, a rejoint son époux sur la banquette. D'une nature rieuse, elle s'amuse de tout. Çà et là, des roches émergent du sol comme si leur apparition était le résultat de graines plantées en terre. En haut d'une colline boisée, non loin de l'endroit où le sentier rallie la piste, une haute pierre a pris forme humaine sous les ciseaux d'un sculpteur.

— Regarde ! On dirait une femme, s'étonne l'épouse.

— C'est Marie, la mère des chrétiens. Elle doit être l'œuvre d'un pèlerin ou d'un repentant qui est passé par ici, dit le marchand.

— Je veux voir !

La leste Mytra saute du chariot en marche et grimpe avec les chiens jusqu'à la statue. D'en haut, elle insiste auprès de son époux pour qu'il la rejoigne. L'homme tire sur ses rênes et met pied à terre. Une voix plaintive sort du chariot et demande ce qui se passe.

— On en a pour un instant puis on repart, annonce-t-il.

Quelques enjambées et il arrive au monument. La Vierge représentée est altière et marche. Curieusement, elle ne porte pas de voile et ne tient pas d'enfant. Son regard, perdu dans le lointain, embrasse le couchant :

une invite à regagner le pays. Le voyageur ralentit le pas, accuse un temps d'absence.

— Mère ! murmure-t-il dans sa langue natale.

Sans plus écouter Mytra qui veut connaître le sens de ses paroles, le colon met un genou en terre pour ramasser quelques gravats qui jonchent le sol. Les marques d'outil sont fraîches. Elles n'ont pas encore été altérées par le temps. Il relève la tête pour dévisager la statue et redevient homme de Franconie, enfant de Bourgogne, fils issu de l'amour d'Ermeline et d'Aubertin d'Avalon. Gautier sent sa poitrine se soulever. Des larmes lui remontent du cœur et envahissent son visage. Il se revoit à Vézelay avec ses frères. Le comte d'Arcy s'est juré de le faire pendre pour le meurtre de son fils. Le personnage est un haut magistrat de Paris. Il a des appuis partout. Si le drame survenu a déjà ébranlé les parents de l'assassin, la décision de suivre Philippe Auguste en croisade sera ressentie par sa mère comme un coup du sort plus effroyable encore. Plus modéré, son père ne s'opposera pas au choix de ses garçons, estimant sans doute qu'il s'agissait là de la moins mauvaise solution. Gautier a gardé en mémoire la dernière image paternelle : un visage rocheux, muré dans une peine sourde, des mâchoires serrées à se rompre qui se retenaient de tonner : « La seule conquête des armes est la haine. »

L'arrivée de Gautier et de sa famille dans un caravansérail partiellement calciné dont on achève en hâte la reconstruction ne fait qu'épaissir le mystère du passage de son père dans le pays. L'enquête qu'il mène auprès des usagers du lieu lui apprend qu'un dément est à l'origine de l'incendie et que cet homme accompagnait un convoi tout aussi fou qui escortait un chariot où brûlait une simple flamme. À la question de savoir qui était en charge de l'expédition, la réponse vient du tenancier du domaine qui montre son nez dévié de son axe :

— Le forcené qui m'a fait cela ! s'exclame-t-il, vindicatif.

Ayant affaire à une oreille compatissante, notre homme ne se fait pas prier pour donner une version des faits qui accable « ce taureau furieux » qui l'a empêché de faire la loi chez lui. Les confidences du quidam tournent court sur un irrépressible fou rire de son interlocuteur qui sera mis sur le dos de la fatigue pour ne pas offenser son hôte. Le méfait est signé.

Gautier est content d'être à l'étape suivante pour connaître la suite des péripéties paternelles mais n'entend plus parler ni de son père, ni de son frère adoptif.

— Nous avons bien eu chez nous un convoi escortant un feu mais il était mené par un moine, l'informe une des femmes attachées au domaine.

Le voyageur ne comprend plus rien. Au relais suivant, même réponse.

— Ils ne se sont quand même pas volatilisés ? lance-t-il soucieux à Mytra.

— Tu voudrais les revoir ?

Gautier réfléchit puis, tirant à lui son épouse, lui dit en l'embrassant :

— À la grâce de Dieu !

Le fils d'Aubertin espère sans trop y croire des retrouvailles. Il appréhende de mauvaises nouvelles au sujet de sa mère dont personne au caravansérail incendié n'a mentionné la présence. Il s'interroge sur cette statue et ne peut voir dans ce travail qu'un hommage à une absente.

— Jamais il ne l'a sculptée de son vivant, constate-t-il, convaincu à présent qu'elle n'est plus de ce monde.

Au chapitre des deuils, Gautier se demande si son père a appris la mort tragique de Renaud. Il joint les mains pour que, si tel était le cas, on ne l'ait pas informé de la manière dont l'infortuné a quitté cette terre.

Notre colon est rappelé sur le coteau ensoleillé de la vie par ses femmes et leur propension à rire de tout et de rien. Les lévriers ont attrapé une chevrette qu'ils se partagent. Ce spectacle cruel amuse les voyageurs. Un rapace décrit des cercles dans le ciel. Il attend sa part de festin. Au loin, un grand portail annonce la fin de l'étape.

Arrivé dans la cour du caravansérail, Gautier dételle son chariot et mène son attelage au point d'eau. Il est accompagné de ses fillettes et de ses chiens. Irrésistibles, ses enfants lui valent des compliments qu'il reçoit avec fierté. Sûr que son père porterait sur sa belle descendance un regard attendri. Il serait ravi d'apprendre qu'un troisième enfant est prêt de naître, un fils si l'on en croit la prédiction d'une voyante persane, croisée sur la route.

En soirée, Gautier reprend la ronde de ses questions auprès des gens du cru. Il ne réveille aucun souvenir d'un chariot porteur de feu mais entend cependant parler du passage un mois plus tôt de deux voyageurs en tous points semblables à Aubertin et Sauvejoie.

— Ils avaient avec eux une femme très belle qui n'avait d'yeux pour personne, lui dit un tournebroche pour compliquer l'affaire.

Il poursuit son voyage et voit ses efforts récompensés au relais suivant : un village où le chariot et son feu ont séjourné durant six semaines. Le moine est identifié et ses activités d'écrivain dévoilées. Plusieurs témoins reparlent de cette femme fascinante qui accompagnait son père et son frère d'adoption. La présence complice d'un charlatan au côté d'Aubertin rend Gautier perplexe.

— Rien ne l'a jamais autant irrité que les dispensateurs de vent, les camelots de la vie, les beaux parleurs, explique-t-il à ses épouses.

Le marchand rallie Constantinople par grand froid. Après avoir joué le doux et le redoux, l'hiver s'est décidé à montrer ses dents blanches. Gautier et sa famille traversent le Bosphore en grelottant. Sur le bac, l'épouse métisse perd ses eaux. Le fils espéré n'attend pas d'aborder sur l'autre rive pour pousser son premier cri. Transporté d'émotion, le jeune père consacre les premiers moments où il débarque dans sa ville d'élection à l'écriture d'une lettre et à la recherche d'un courrier qui accepte, contre argent sonnant, de partir sans surseoir sur la trace du convoi porteur de feu pour remettre sa missive au sire Aubertin d'Avalon. Trempé de bonheur et de tendresse filiale, le mot écrit par Gautier fait la part belle aux événements fastes des derniers temps, juste retour de la période noire qu'il a traversée à guerroyer aux côtés de ses frères. Point d'allusion, bien sûr, à sa conversion à l'islam, à son double mariage, ni au teint métissé du dernier-né des descendants mâles de la lignée des Avalon.

« ... Mon cœur est acquis à l'Orient, écrit-il, et je n'envisage pas de regagner le pays pour l'instant. Embrassez notre mère pour moi ! Consolez-la dans son attente. Les chemins qui nous ont éloignés se recroiseront. En cette vie ou ailleurs, on se retrouvera. »

32

José, le vieux cocher, ne reverra pas son pays et ne connaîtra pas la joie de mourir au milieu des siens comme il l'avait ardemment espéré. Toujours à s'endormir, il s'installe définitivement sur la rive du sommeil dix jours après avoir pris le large. Sur la nef, on ne parle pas de mort mais d'extinction car le passage s'est fait sans heurt comme disparaît la flamme d'une lampe qui a brûlé son huile. Stella Pace accueille ce départ avec une douceur résignée, mais, au moment où, cousu dans un sac, le corps du vieil homme est jeté dans la mer, elle se sent tout à coup immergée, suffocante, seule au monde dans cette épreuve du retour qu'elle s'est imposée. À la recherche désespérée d'un filin qui la sauverait de la noyade et la remonterait à l'air libre, elle se débat pour ne pas couler à pic.

En dehors d'Aubertin, quelle amarre a son cœur ? La déraison qui l'a poussée une fois encore là où elle ne devait pas aller l'incite à pleurer, à insulter cette force en elle qui l'appelle sans cesse à se perdre du côté des impasses comme si elle avait besoin de ces vaines pérégrinations pour s'assurer de l'existence des chemins.

— Qu'est-ce qui m'a pris ?

L'opportunité de renaître à la vie était là, à portée de ses mains, et elle a tout lâché pour une poignée de scrupules que le destin dans sa froideur a rendus sans objet. En quête éperdue d'une direction nouvelle à donner au voyage qu'elle a entrepris, la princesse se rend à l'évidence amère qu'il ne reste à Ascoli Piceno personne d'assez cher à son cœur pour justifier un retour.

— Je n'ai plus d'attache, plus rien ! constate-t-elle.

De petite aristocratie terrienne, désargentée, la famille de Stella Pace n'a jamais pardonné à cet enfant de leur sang d'avoir décroché la timbale en épousant un di Morra et d'avoir accédé au rang de princesse par sa parenté avec le pape Grégoire VIII qui était l'oncle de son mari. Jalousie de ses trois sœurs, mépris d'un frère désabusé n'éprouvant de jubilation qu'à critiquer le monde, indifférence d'un père veuf, qui, remarié à un tendron, n'a plus grand-chose à partager avec ses enfants, la jeune femme ne sait plus trop ce qu'elle peut encore espérer de son clan. À l'exception d'une tante de sa mère, qui vit retirée dans un moutier près d'Assise, personne ne s'est inquiété d'elle à l'époque du décès de son fils. Cette indifférence, ce rejet même, a inexplicablement accompagné sa vie.

Ainsi, la famille de son mari qui, après l'avoir accueillie à bras ouverts, n'a pas tardé à prendre ses distances et à l'affubler de tous les défauts de la terre. Est-ce son indépendance, la cause de ce fléau, sa personnalité trop riche, son franc-parler, une relative froideur ? Elle l'ignore.

— Qu'est-ce qui m'a valu d'être mal-aimée parmi

les miens ? Quelle faute impardonnable ai-je donc commise ? se demande-t-elle.

La tendre alliance avec Aubertin a pourtant brisé ce sort, en ramenant vers elle des regards attentionnés et affectueux. Peut-être est-ce vers lui qu'elle marche en retournant au pays pour démanteler ce mur d'hostilité, se mettant ainsi en droit de repartir le cœur désentravé.

Peut-être, plus simplement, s'enferre-t-elle comme elle l'a déjà fait précédemment dans l'inéluctable d'une nouvelle épreuve expiatoire, un peu comme ces oiseaux qui, se sachant prisonniers, continuent de battre des ailes et de se jeter sur les barreaux de leur cage.

Après une traversée sans histoire de la mer Égée, la nef arrive en vue de Thessalonique avec son chargement de millet et d'orge qui s'échangera là-bas contre du vin et de l'huile à acheminer vers Athènes. Enveloppée dans sa pèlerine, la princesse regarde du haut de la tourelle grandir la masse des bâtisses qui surplombent le port. De lointaines taches claires deviennent entrepôts, maisons percées de fenêtres et de portes mais aussi colonnades régulières d'édifices anciens. Bientôt, ce paysage commence à vivre à la cadence paisible de chevaux au pas, d'hommes en mouvement, de charrois qui circulent. Une dispersion d'oiseaux blancs sur terre comme au ciel fait la fête à deux bateaux de pêche qui regagnent le rivage. Au milieu des quais, à l'endroit où la nef doit accoster, un homme sur un cheval cendré retient sa monture qui piaffe. Il est beau comme un dieu de l'Olympe et scrute le navire, le cœur serré de voir ses attentes déçues. Son visage s'illumine lorsque l'image de Stella se précise sur la partie haute du bâtiment. C'est pour elle qu'il a parcouru en solitaire ce long chemin côtier allant de Constantinople à Thessalonique. Au bout d'une semaine à trépigner, le cavalier commençait à douter qu'elle vienne en même temps qu'il se vidait de tout espoir de la retrouver un jour.

Abasourdie de revoir Sauvejoie à une centaine de lieues de ses compagnons, la jeune femme s'inquiète de savoir s'il n'est pas porteur d'une mauvaise nouvelle.

— J'ai bien cru vous avoir perdue ! lance-t-il en guise d'accueil.

Libéré de ses craintes, le beau visage du garçon s'ouvre et déploie dans un large sourire l'éventail de ses dents blanches.

— Je veux partir avec vous ! dit-il.

— Je veux rejoindre Aubertin, réplique la princesse, sourde à la requête qu'il vient de lui adresser.

Sauvejoie tombe en hébétude. Ses traits se décomposent. Au bout d'un moment, il acquiesce avec la docilité d'un page. Stella, qui a vaguement perçu ce moment de dépit, n'y prend pas garde. Tout à son aubaine, elle ne songe plus qu'à quitter le navire avec chevaux et bagages. Elle s'en irait dans l'heure si elle le pouvait. La joie la transfigure lorsqu'elle annonce son départ au nautonier et le remercie. Son ciel bascule d'un seul coup du gris au bleu et l'appelle à vivre, à remonter vers l'amour sans plus jamais dévier de sa route.

— Sauvejoie, je suis si heureuse !

Elle l'embrasse sur la joue et c'est assez pour qu'elle se rappelle au désir du jeune homme, ce furieux désir qui l'a fait chevaucher de longues semaines dans l'angoisse qu'un vent trop favorable ne pousse la nef à reprendre la mer avant qu'il ne joigne Thessalonique.

Ramené sur terre pour redevenir le perpétuel suivant, le valet à la dévotion d'un maître ou, ici, d'une femme de tête, notre homme maudit son destin de l'asservir sans cesse. À cette seconde, il hait son père et s'en effraie car il n'a jamais eu que du bien à en penser. Tant qu'il y aura Aubertin, il ne trônera jamais, ni comme homme, ni comme chef d'expédition, ni comme élu dans le cœur de cette princesse qu'il aime à la folie.

— Je doute que nous rattrapions jamais ce convoi, tente-t-il pour la décourager dans son projet.

— Les anges sont avec nous ! Il suffit de te regarder pour y croire.

Sauvejoie qui, en temps normal, aurait rougi au compliment a le triomphe amer. Tous ses plans s'effondrent, à commencer par l'idée d'embarquer avec elle pour Ascoli Piceno. Il n'a plus un rêve vaillant qui surnage et doit se soumettre à la volonté de son inflexible compagne qui veut quitter le port avant l'aube pour remonter vers le nord.

Après une nuit d'insomnie, il prépare les montures en palefrenier docile tout en pensant à toutes les drôlesses qu'il a possédées par le passé. Sur le court temps qu'a duré sa vie, il a régné en mâle sur une infinité de petites délurées, a obtenu d'elles tout ce qu'il désirait. Stella n'est pas de cette engeance qui se laisse trousser par jeu. Elle n'appartient pas non plus à l'espèce des bien-pensantes, des rangées, des vertueuses par conversion plus que par conviction qui s'appuient sur leur rang de mère et d'épouse pour réprouver ce qui ne leur ressemble plus.

Indépendante, intrépide, insouciante de ce que l'on peut dire d'elle, Stella Pace ne traverse pas la vie mais la pourfend pour aller à la rencontre de sa propre vérité. Plus qu'elle ne marche, elle ouvre un sillon où elle passe. Il est difficile de ne pas la voir tant elle scintille. Il est impossible de l'ignorer tant elle fascine.

Riche de nombreux atouts, Sauvejoie sort le grand jeu pour attirer la jeune femme dans ses champs de séduction. Il est fin cavalier et l'épate. Il est au sommet de sa beauté et ne peut que l'émerveiller. Il a pour lui de l'amabilité à revendre, une équanimité à toute épreuve, un sourire désarçonnant. Il manie avec une maîtrise rare les mots du vertige et du chavirement.

Quelques heures de route et Stella se sent menacée. Certains signes révélateurs se mêlent à la cour doucettement amoureuse que lui fait son compagnon et lui font craindre qu'il n'en pince pas seulement pour elle mais qu'il nourrit des intentions troubles à son endroit. Dans un premier temps, c'est le regard qui devient ambigu. Quelques propos équivoques surviennent ensuite et confirment ses appréhensions. Des familiarités de mauvais aloi, qu'elle repousse d'ailleurs d'un coup de colère, lui font redouter le pire. La situation affole la princesse et l'oblige à se tenir sur ses gardes jour et nuit.

Durant la traversée des massifs montagneux qui les séparent du Danube, Sauvejoie calme momentanément ses ardeurs et se montre bon compagnon. Faite de circonvolutions et de détours, la piste empruntée est interminable. Elle prend des allures de cauchemar au passage d'une première vague hivernale. Sans cesse à demander leur chemin aux rares gens qu'ils croisent, les voyageurs découvrent à plusieurs reprises qu'ils reculent là où ils croyaient avancer.

Un chevalier et sa suite leur rendent espoir en parlant d'un mois pour rejoindre la plaine. Plus loin, des vendeurs de chevaux qui remontent de Nis vers Belgrade avec une quarantaine de têtes les prennent sous leur protection. Le Danube n'est pas loin et le ralliement au convoi n'est plus qu'une affaire de semaines lorsque Sauvejoie repart à la charge de sa belle compagne. De badin, il redevient entreprenant.

— Je t'aime et je veux un baiser ! réclame-t-il un jour en l'attirant à lui de force.

Une gifle a raison de cette tentative.

Comme ces ivrognes dont on n'arrive pas à se défaire, le jeune énamouré ne lâche plus prise. Sourd aux rappels à l'ordre lancés par Stella, il ne rate plus une occasion de la harceler.

— Laisse-moi te prendre. Je suis fou de toi, dit-il dans son désarroi.

Ou, à un autre moment :

— Chasse Aubertin de tes pensées ! Il est vieux.

Plus à fuir son soupirant qu'à chevaucher vers son amour, la femme mène une course désemparée qui se termine à chaque étape par l'angoisse d'obtenir asile dans un lieu où elle puisse trouver protection.

Incapable, avec ses chevaux d'attelage, de semer ce fin cavalier et sa rapide monture, elle avance cahin-caha de sursis en sursis jusqu'au jour où, seule avec lui dans un refuge, elle se retrouve à sa merci et ne peut éviter qu'il la pourchasse. Se jetant sur elle, il la verse, déchire ses vêtements et la prend comme une putain en la frappant et en la couvrant d'insultes.

Conquise de force, Stella retient cris et pleurs. Sans offrir de résistance, elle est sous lui une dépouille inerte sur lequel il s'acharne, un corps à l'abandon n'ayant plus ni toucher, ni regard. Un cadavre.

Enfin, la jeune femme se relève de cette mort sans dire un mot, sans même gémir. Elle cherche l'eau pour se laver, effacer les coups, l'entachement. De son côté, Sauvejoie se retire épouvanté par l'ignominie de son geste. Il se fond dans l'obscurité, qu'elle cache sa honte. Saigné à son tour par ce coup de poignard donné en traître à son père, il pleure l'amour outragé : le sien d'abord et puis cet autre qui lui est resté inaccessible. En quête de pardon, il libère du fond de sa détresse un sanglot déchirant comme en ont les enfants seuls que personne ne console, fors la nuit.

Vaincu au petit jour par le sommeil, il rêve qu'une main détache la jument à robe argentée qu'il a reçue d'Aubertin et l'emporte. Tenant par la bride la cavale cendrée, Stella s'éloigne sans bruit du refuge pour le fuir.

Sauvejoie se réveille en compagnie des deux chevaux d'attelage qu'elle lui a laissés. Il court sur ses traces et hurle au vent qu'il l'aime.

33

Une trentaine d'hommes surgissent des collines environnantes et déferlent sur le convoi les armes à la main. Certains sont à pied, d'autres à cheval. Les voyageurs en sous-nombre n'ont d'autre choix que de se soumettre à la volonté de leurs assaillants. Impuissants, ils se voient détroussés du peu de bien qu'ils ont emporté avec eux. La maigreur du butin met les pillards en rage. Ils culbutent le chariot et piétinent la Flamme Sainte.

La charrette d'Aubertin est secouée à son tour avec la sculpture qu'elle abrite. Avant qu'elle ne bascule, le fol entre dans l'habitacle et se jette sur la boîte contenant la harpe pour la protéger. Il pousse des cris de goret qu'on châtre quand les malandrins interrompent leur manœuvre pour s'emparer de l'instrument. Des dissensions au sein de la bande s'expriment au moment du partage. Trouvant l'endroit mal choisi pour régler ces problèmes d'ordre interne, le chef des brigands commande le repli de ses hommes.

À la fois soulagé et surpris de se retrouver en vie, chacun évalue l'étendue des dommages qu'il a subis. Les cœurs passent au découragement et à la colère. Le chariot est remis sur ses roues. Le Feu se réveille au départ d'une braise encore vivace.

Éparpillés tout autour du convoi comme les résidus d'un naufrage, des bûches, des pains de cire, des lampes en terre cuite, des récipients brisés, du charbon de bois. Plus grave, la précieuse huile a été répandue sur le sol. Guiot et le frère Germain se mettent à l'ouvrage pour sauver ce qui peut l'être en remerciant le ciel et la Sainte Flamme d'avoir miraculeusement épargné la vie des membres du convoi.

— Nous aurions pu déplorer des morts ou des blessés, s'exclament-ils, exaltés.

Aubertin est écœuré du saccage et ramasse ses bons outils qui, contrairement à son bourrin, n'ont pas suscité de convoitise auprès des pillards. Soudain étonné de ne plus entendre le fol, il demande autour de lui si personne ne l'a vu. Comme il n'obtient pas de réponse, il enfourche son cheval et emprunte le chemin par lequel les brigands se sont éclipsés. Une surprise l'attend à une demi-lieue de là : la réapparition d'Eloy tenant dans ses bras, comme s'il s'agissait d'un jeune faon, la harpe de Stella. Le maître d'œuvre retrouve d'un seul coup son mordant. Il descend de sa monture et embrasse le garçon puis rejoint à pied le convoi avec lui. Il n'est pas près d'oublier cette leçon magistrale de confiance et d'amour que lui a donnée son protégé.

— J'ai beaucoup à apprendre de toi, dit-il.

Mal en point, l'expédition profite des étapes pour se refournir en montures et en denrées manquantes.

— Ils nous ont pris une branche mais n'ont pas entamé l'arbre, murmure sous cape Guiot en montrant à Aubertin une bourse qui lui est arrivée du ciel. Dieu pourvoit !

Un regard du moine côté chariot ou, plus précisément, côté attelage renseigne le maître d'œuvre sur l'endroit où le moine dissimule son trésor.

Quelques jours suffisent à chasser l'épisode des mémoires. De vallonné qu'il était, le parcours devient montagneux. Le sculpteur est le seul à ne pas s'en plaindre. Il veut une cascade pour sa statue et il dispose ici d'un terrain de choix.

Enfant de quelque glacier d'altitude, magnifique dans ses rebonds, la chute d'eau rêvée ne tarde pas à croiser sa route. Vrombissante, elle s'étage plein sud sur quatre paliers. Au mitan d'une cascatelle de six toises, fendant la nappe claire comme un soc, un fort rocher offre l'entablement idéal pour sa pierre.

— Je la veux là, dit-il aux hommes qui l'accompagnent.

Emportées par sa détermination, toutes les forces vives du convoi se prêtent à son projet, à l'exception toutefois des deux moines qui seraient pris de vertige à l'ascension d'un tabouret et du fol qui n'a que ses cris et son regard d'oiseau à offrir à son protecteur. Un échafaudage est construit pour atteindre le bec rocheux que le tailleur doit niveler et pourvoir d'un tenon pour recevoir la sculpture. Aubertin s'y installe avec ses outils pour préparer son assise. Il s'acharne durant des heures sur ce travail où il est aux prises avec son roc autant qu'il lutte contre le torrent glacé qui écrase ses bras, éclabousse son visage. En fin d'après-midi, il descend de son promontoire afin d'indiquer aux hommes la marche à suivre pour acheminer sur son socle la pierre qu'il a taillée. Il est trempé. Ses aides se plantent, qui en haut de la cascade, qui sur un arbre, qui en contrebas pour tenir la charge écartée du courant et hissent l'œuvre jusqu'à l'endroit de sa baignade éternelle. Ligotée, la sculpture flotte au bout de ses filins, puis se fige pour faire masse avec la montagne. Elle se laisse désentraver sous les piaillements admiratifs du fol. Elle ruisselle de plaisir et, tout à ses ablutions, ne se soucie pas d'Aubertin qui grelotte alors que la neige commence à tomber. La passerelle en bois est démontée pour rendre sa virginité au lieu.

Au moment de repartir, le sculpteur jette un dernier regard à la statue. Sous son voile d'eau, cette femme-perle donne l'image d'un spectre rutilant qui s'élève avec légèreté vers le ciel, à moins que ce ne soit une âme comblée qui gagne en amont des nuages ses quartiers d'éternité.

À la fois soulagé et vidé, Aubertin referme sur lui sa pèlerine et se ramasse sur son cheval pour combattre un froid de glacier qui est entré en lui. Le soir au refuge, il brûle de fièvre devant l'âtre et claque des dents. Pour lui être secourable le frère Germain ensemence en cachette le foyer d'un tison provenant du Feu de Dieu. Sans avoir consulté son comparse, Guiot surgit un peu plus tard et fait de même.

Malade, Aubertin traîne le lendemain et les jours qui suivent en queue du convoi. Il tousse et crache une épaisse substance blanche mélangée de sang et ne trouve la force d'avancer qu'en pestant contre lui même.

— Dieu damne ! blasphème-t-il quand les quintes le prennent et lui font rendre ses poumons.

Les deux moines, qui font semblant de ne pas

entendre, trahissent malgré eux leur réprobation en moulinant des signes de croix à la sauvette.

— À la prochaine étape, nous trouverons de quoi te soigner, lui assure Guiot, soucieux de la santé de son compagnon.

Aubertin opine du chef en souriant. Il connaît ce mal qui l'accable pour l'avoir vu s'attaquer aux vieux tailleurs de ses chantiers. Il en sait un bout sur l'asphyxie lente qui tue à petit feu ceux qui ont inhalé à longueur d'années la fine poussière de pierre.

— C'est ce que j'ai respiré qui demande à sortir, dit-il au fol. C'est l'esprit de la pierre qui se rebelle.

Son souffle se fait court de s'être battu avec des milliers de blocs pour les transformer en fûts de colonne, en chapiteaux, en arches. Il s'amenuise d'avoir éveillé des centaines de vies dans les cailloux. La toux le reprend, lui voûte les épaules, secoue le cavalier de l'intérieur.

— La pierre me réclame ! lance-t-il à son confident silencieux et sourd. Elle est geôlière d'âme.

Plus tard, songeant à ses amours, il se fait amer :

— Je suis pitoyable et vieillissant. Mon temps est passé... Vivement le lâcher du feu ! Que j'en finisse.

Hébergé à Belgrade par les hospitalières de la Sainte-Croix, Aubertin reçoit les soins d'une petite nonne au front bas, à la tête écrasée sur les épaules, au buste pesant sur le bassin, qui donne l'impression d'avoir été tassée d'un coup de gourdin sur le crâne. Pour être sûre de l'efficacité de sa médication, la moniale sort de ses étagères tout ce que son officine recèle de décoctions, de sirops, d'emplâtres, de poudres et de pommades à frictionner en rapport plus ou moins proche avec le mal dont il souffre.

— Il y a dans tout cela de quoi vous rétablir, lui dit-elle.

— Et peut-être aussi de quoi m'achever, ironise le sculpteur devant l'arsenal déployé pour combattre son catarrhe.

— Quoi qu'on fasse, la mort reste la forme la plus stable de guérison, rétorque la religieuse.

De quoi regretter la médecine confiante pratiquée par Acelot.

La cloche sonne pour annoncer les vêpres quand il remercie sa soignante. Aux petits soins pour son Feu, Guiot exécute avec Germain le cérémonial devenu journalier de la dissimulation de la veilleuse qui protège en amont la Flamme Mère. Il rejoint Aubertin après ses prières pour prendre des nouvelles de sa santé.

— J'avance dans mon roman et il m'est venu une idée formidable, annonce-t-il.

— Laquelle ?

— J'imagine que l'épée de feu avec laquelle Baudrimont redresse les torts commence à s'éteindre des suites d'actions peu reluisantes perpétrées par le chevalier et que pour lui redonner sa puissance, ... la retremper en quelque sorte...

— ... Il se rend au val de Cison la replonger dans ton Feu de Dieu.

— Oui et non ! grimace le moine, marri de voir son effet éventé.

— Il fait ensuite étape par Chartres avant de regagner la cour du roi Arthur et raconter ses exploits d'incendiaire.

— Tu ne seras jamais là pour m'encourager, réplique l'écrivain, en haussant les épaules.

Le maître d'œuvre est atteint par la réaction de son compagnon et garde un moment le silence.

Dans la chapelle toute proche, un psaume chanté à l'unisson invite à l'apaisement.

— Tu as raison ! Je me fais dur en vieillissant. Pardonne-moi !

À bout de souffle, Aubertin prend la corbeille avec ses potions et salue Guiot.

Quelques pas et il tousse. Inquiets, les yeux du moine suivent cette carrure large qui encaisse les coups comme si des outils taillaient de l'intérieur l'espace devenu pierreux de son cœur.

— Aubertin est très mal, confie-t-il à Germain, un peu plus tard.

En fin observateur de la vie, le frère apporte sa vision des choses :

— Aubertin est surtout très seul.

Quelques jours de temps meilleur auxquels s'ajoute l'efficacité de l'un ou l'autre remède améliorent la santé du maître d'œuvre. Moins essoufflé, il ne lanterne plus à la traîne du convoi. Toujours affublé de son fol, il se force à lui parler, persuadé qu'une brèche peut ouvrir la coquille close de son mutisme.

Un matin, les mots « Donna Pace » surgissent une nouvelle fois des lèvres du garçon. Il a aperçu au loin un cavalier et a reconnu Stella. La jeune femme rejoint le convoi sur la jument de Sauvejoie. Elle est dans un état d'épuisement total. Aubertin n'en croit pas ses yeux. Il met pied à terre. Elle fait de même, titube et tomberait s'il ne s'était précipité vers elle pour la retenir. Crinière en bataille, le visage maculé de boue, elle semble sortie d'on ne sait quel sabbat. De sauvage elle devient déchirante quand des larmes perlent de dessous ses paupières, sillonnent ses joues, un déluge de larmes qui signifie : « Console-moi, Aubertin, ma peine m'inonde ! »

Le maître d'œuvre lui offre le refuge de ses bras. Il attire de ses fortes mains la tête aimée contre son torse, contre son cœur, qu'elle se vide de son chagrin avant de parler, avant de lui raconter son périple, avant de lui expliquer l'incompréhensible présence du cheval de Sauvejoie tout près d'eux. Aubertin scrute un horizon sans vie. Son front trahit l'anxiété. Son fils est dans les parages et doit apparaître. Le fol débride sa joie en petits cris et en sautillements. Les deux moines arrivent avec une outre et de quoi la restaurer.

— Laissez-moi avec elle, demande le maître d'œuvre. Nous vous rejoindrons au relais.

Les hommes se remettent en route et, s'il en est qui jettent un regard en arrière au moment de repartir, il n'y a dans les attitudes ni curiosité malsaine, ni ironie. Le sanglot de Stella se calme. Aubertin l'invite à s'asseoir près de lui entre la souche et les branches d'un arbre versé par une récente tempête tandis que le fol poursuit ses simagrées autour d'elle.

— Je suis repoussante, dit la jeune femme.

Il n'en croit rien. Perdu dans l'irréalité de ces retrouvailles, il contemple cette déesse de témérité qu'il n'espérait plus revoir. « Aujourd'hui, il y aurait bien miracle », pense-t-il. Pour sortir de son rêve, et s'assurer peut-être qu'elle n'est pas un esprit, Aubertin veille à ce qu'elle boive et qu'elle mange. À l'enthousiasme qui accompagne ce retour, se mêle subrepticement un brouillard de tristesse. Quel rêve de vie peut-il offrir à cette femme en pleine jeunesse et pour combien de temps encore ! Un quinte de toux le reprend qu'il masque de son énorme poing. La main de Stella se réveille à la tendresse et caresse son visage.

— J'ai eu si peur de te perdre ! murmure-t-elle.

Les yeux qui se jettent à lui recèlent une douleur qui tient moins aux angoisses traversées qu'à un véritable effroi d'éveiller chez cette âme débordante d'amour un sentiment de rancœur.

34

La lumière s'est faite sur les interrogations d'Aubertin, une lumière glauque, une lumière amère, une de ces lumières d'hiver maussade et de chemin boueux qui courbe les nuques, affale bras et jambes et plombe les cœurs. Dressé par son métier dans la belle rectitude des colonnes, le maître d'œuvre reçoit comme la gifle d'une branche en plein galop le récit de la félonie de son fils.

Stella souffre d'atteindre dans ses fondations cet homme compatissant et respectueux d'autrui, d'ébranler ce fort et tendre rocher si soucieux dans l'âme de ne rien saccager de la vie des êtres et des objets. Mais n'était-ce pas mentir à la clarté de leur amour que de taire cette part d'ombre ? Profondément atteint, Aubertin abat d'un coup une sentence sans appel :

— Qu'il revienne ici et je le chasse !

Cette réaction directe, dégrossie au taillant à même la roche, s'opposera aux tentatives d'estompage entreprises par Stella, à l'appel au pardon qu'elle réclame pour ce fils aimé que sa folie a égaré. Elle est suivie d'une période d'emmurement qui ne se laissera ébrécher ni par les suppliques, ni par les marques d'affection de sa compagne. Captif de cette peine sourde qui le ravage, Aubertin inquiète la jeune femme. Il est homme si entier, si dur envers lui-même qu'il risque de se montrer excessif, cassant, voire implacable lors de la confrontation qui se prépare inévitablement.

— Reste bon ! Je te le demande, fait-elle. Ne le rejette pas ! Reste sur le versant où je t'aime.

— Je peux tout pardonner fors la trahison. La trahison est crime suprême. C'est Judas qui vend son maître. Même les Écritures disent qu'il est préférable au renégat de ne pas naître.

Il ressasse les pensées qui l'obsèdent :

— La pierre ne trahit pas le sculpteur et c'est ce qui la rend supérieure à l'homme. Elle ne fait que répondre aux coups en donnant sa note. Elle prévient qui sait entendre. Limé, noirures, failles, elle a comme nous ses faiblesses, ses fragilités mais ne connaît pas la félonie. Quand elle se rompt, elle y va franchement. Pas d'excuse pour l'artisan si la fracture prend un mauvais chemin. C'est faute au tailleur. C'est toujours notre faute.

Le convoi arrive au pied des montagnes et Stella ne passe plus un jour sans appréhender la réapparition de Sauvejoie. Priant sans cesse à la réconciliation, elle en vient parfois à espérer que le garçon a gagné d'autres cieux, même si elle imagine mal ce fier cavalier sacrifier sa jument de rêve pour les deux chevaux d'attelage dont il a hérité.

Le problème se résout à la faveur d'une nuit noire, au plus profond du sommeil de chacun, par la restitution des deux montures de la jeune femme et l'embarquement en contrepartie de la fougueuse cavale argentée. Loin d'être glorieuse, la subtilisation à laquelle s'est livré Sauvejoie réveille la rage de son père adoptif qui part sur les traces du rôdeur, hurle sa colère, le traite de lâche, le menace et l'injurie, l'invite à laver l'offense entre quatre yeux. Pour lui répondre, une lune rousse qui annonce un retour en force du froid. De nouveau au relais, Aubertin ne décolère pas. Il débagoule contre son fils adoptif jusqu'à ce qu'il éveille le chagrin de sa compagne.

— Je ne te reconnais plus ! dit-elle. Ce n'est pas toi.

Le lendemain, c'est au tour des deux moines de proposer leur truchement pour réintégrer le banni dans le convoi.

— Nous avons toujours été soudés autour de notre Flamme, unifiés dans le Feu Sacré, exprime Guiot. Passe au-dessus de cette discorde et rappelle ton enfant. Il n'attend que ton pardon.

Pris en tenailles entre la réaction de Stella et la requête des bénédictins, le maître d'œuvre capitule :

— J'accepte qu'il reprenne sa place parmi nous, mais ne me demandez pas de lui pardonner.

Misérable retour du fils prodigue, du félon. Les deux hommes s'ignorent, l'un pour avoir été trahi, l'autre par honte. Sauvejoie s'est départi du sourire irrésistible qui auréolait son visage du dedans et illuminait ses traits. Il en reste néanmoins magnifique de gravité pensive. Taillé dans la grâce de ces marbres antiques, il mérite la miséricorde d'un sculpteur comme Aubertin. Mais le maître d'œuvre reste de pierre et ne lui adresse ni la parole, ni un regard. Stella ne désespère pas de voir se rapprocher le père du fils. Elle profite de la place de choix qu'elle occupe pour pousser à la réconciliation :

— C'est encore un enfant ! Il a agi comme un enfant, dit-elle un jour. Il s'est aveuglé et le regrette aujourd'hui.

Son compagnon soupire.

— Laisse-moi atteindre le nœud de ma colère. Que je comprenne !

Le lendemain, il revient sur le sujet :

— On pardonne à un ennemi, pas à un frère ou à un fils, pas à quelqu'un qui est une part de soi-même comme un bras ou un œil. Je n'ai jamais pardonné à ma main d'avoir été broyée. Je l'ai même copieusement injuriée de m'avoir abandonné.

— Tu lui as aussi donné deux galets de rivière pour qu'elle surmonte son mal, nuance Stella.

Aubertin est remué par la réflexion de sa compagne. Première victime, elle fait montre dans cette épreuve de plus de largesse d'âme que lui. Il se sent soudain misérable de traîner de la rage et cherche à la justifier :

— Ma révolte s'ancre au-delà des passions humaines dans une aire qui n'abrite ni vanité, ni jalousie, ni envie. Elle prend racine dans l'avilissement, l'enlaidissement, le sacrilège qui accompagne toute vie. Certains acceptent cette déchéance, d'autres, dont je suis, n'y arrivent pas.

Impuissante à pacifier son homme, Stella Pace renonce à ce combat pour ne pas accentuer inutilement son propre désarroi. Ce repli la pousse à ressortir sa harpe. Muet depuis des mois, l'instrument ne tarde pas à réinviter sa praticienne aux cimes sacralisées de la musique et du chant, à reprendre sa place de confident à son côté. Comme l'onction d'une pluie sur une terre crevassée, il la convie à recomposer avec la douceur d'exister.

Quelques notes suffisent à reconquérir Aubertin, et à le rappeler dans les hauts domaines de tendresse qu'il avait désertés. À l'heure du retrait et du silence d'après l'étreinte, Stella lui annonce :

— J'attends un enfant de toi, un enfant de mon sculpteur.

— Depuis quand ? demande-t-il, incrédule.

— Au premier soir où tu m'as prise, il est venu.

Il est ému aux larmes par cette nouvelle.

La traversée des Alpes est marquée dès le départ par une offensive tardive de la neige qui contraint les voyageurs à convertir en brancard le foyer ambulant et à sacrifier aux montagnes la charrette bâchée de Stella. Une longue colonne faite de mules et de cavaliers se range derrière un vieux guide dépêché par Guiot pour mener le convoi de l'autre côté des crocs blancs. Désolidarisées et mises à la traîne des servants, les bêtes d'attelage ont à présent charge des roues ainsi que des parties amovibles du chariot. Elles transportent aussi dans des hottes une importante réserve de bois sec et des provisions pour nourrir et le Feu et les hommes qui l'accompagnent.

Par mesure de prudence et aussi par respect, le portage de la Flamme Sainte n'est pas confié aux chevaux mais assuré par une rotation de quatre convoyeurs. À l'exception du fol et de Stella, chacun prête, selon sa résistance, son épaule au brancard. Infatigable, Sauvejoie se laisse rarement remplacer. D'une ténacité sereine, il force l'admiration de tous. Prise dans les interminables détours d'étroits sentiers de montagnes, ralentie dans sa progression par une neige encore très abondante, l'expédition, malgré une gestion très économe des combustibles, est obligée au bout de trois semaines d'empester l'air en brûlant son naphte pour ne pas risquer une pénurie de cire et d'huile.

Pâques est célébré dans un cirque de sommets rivalisant de blancheur tandis que l'Ascension se fête dans la verdoyance du printemps revenu. Les voyageurs font le point dès qu'ils sont sortis des montagnes. S'ils n'ont plus connu de retards importants depuis leur départ de Constantinople, ils n'ont rattrapé que partiellement le temps perdu. Guiot compte et recompte les jours. Son avis est formel.

— Au rythme où nous progressons, le Feu sera à Chartres aux environs du dix-huit juin et non du neuf.

— Il ne s'agit là que d'une date ! rétorque Aubertin. La cathédrale a plus d'un siècle d'âge et supportera bien un sursis d'une semaine.

— L'incendie doit avoir ravagé l'édifice pour le dix juin ! s'exclame le moine. L'Ordre commémore à cette date les cinquante ans du pacte de bâtisseurs passé avec Bernard de Clairvaux. Cette cérémonie secrète se fit à Saint-Denis le jour précédant l'inauguration de l'abbatiale qui, comme tu le sais, fut le premier chantier d'architecture templière.

— Qui s'en souvient encore ?

— Il y a autre chose, Aubertin. Du combustible a été disposé pour que le feu se propage à toute allure. Quant aux pièces maîtresses de la cathédrale, elles seront en sécurité cette nuit-là.

— La Vierge Noire ?

— Elle sera remisée dans la crypte basse. La chemise de Notre-Dame offerte par Charles le Chauve à la cité s'y trouvera aussi ainsi que les autres reliques.

— Et le vitrail de l'Adepte ?

— Des verriers sont chargés de le démonter pour ce jour. Qu'il ne disparaisse pas dans l'incendie.

Aubertin a sorti ses galets et les fait crisser sous ses doigts. Distrait de ses réflexions par les cordes pincées de la harpe et le murmure retenu d'un chant, il quitte ses compagnons.

— Dans ce cas, nous savons ce qu'il nous reste à faire ! dit-il en s'éloignant.

Il rejoint ensuite son aimée dans la pièce basse qui est leur refuge pour la nuit. Il choisit le bel angle pour la sculpter des yeux et s'accroupit doucement. Cet instant de musique et de grâce a le don d'alléger son âme, de relâcher les tensions de son corps, les contractions de ses traits. Il est des êtres qui tiennent les clés de l'apaisement, qui nivellent d'un sourire les aspérités du chemin, éclaircissent la vie d'un regard comme on débroussaille une forêt de chênes et Stella possède ce don précieux. Assise sur les talons, la harpe sur l'épaule, elle lui adresse chaque note, chaque inflexion de voix, chaque parole émise. Aubertin soupçonne Ermeline d'être derrière cet amour qui lui est tombé du ciel, d'avoir manigancé leur rencontre pour le décharger du poids de sa peine. « La rivalité est affaire de vivants, non de morts », a-t-il entendu un jour.

La musicienne chante l'amour. Comme la statue de la cascade, elle a ce visage doublement rayonnant de ces femmes qui aiment et sont aimées. La mélodie se dévide sans qu'elle ouvre les yeux pour mieux imaginer sans doute l'unisson rêvée de leurs vies. Elle garde les paupières baissées quand des doigts en estafette lui lissent les cheveux, effleurent ses épaules, ruissellent vers ses flancs. Merveilleux Aubertin, si pleinement homme dans sa sauvagerie et, en contrepoint, si infiniment doux quand il est en tendresse d'elle et qu'il l'approche comme la plus délicate des pierres à doucir. Ce sont des cieux inexplorés qu'ils ont découverts ensemble, des moments irréels de complicité qu'ils ont partagés.

Les mains de l'artisan se grisent. Elles sont en soif de toucher, parcourent un dos qui se cabre, recueille une tête qui se rejette en arrière, se referment sur un cou qui ondoie, la gorge de l'aimée qui palpite. Inverses, les bouches se recherchent tandis que les fins doigts de la musicienne attirent sur son ventre rond la caresse de l'homme afin que l'enfant qu'elle attend de lui reçoive aussi sa part d'amour.

35

Aubertin trouve un forgeron qui accepte de lui fabriquer un brasero léger de sa conception pour le cas où les prévisions défaitistes de Guiot se révéleraient exactes. Le corps de l'objet est un manchon percé de fins trous. Pour fermer les embouts, deux larges cônes dont l'un sert de protection contre la pluie et l'autre de collecteur pour les cendres. Assemblé par verrouillage pour la facilité du rechargement, ce foyer portatif s'emmanche sur une perche qui prend appui dans une logette de cuir rivetée à un arçon de la selle. Bourré d'un pain de braises, il nourrit un feu durant de longues heures.

— J'en ai pour deux jours, déclare-t-il aux moines. Je vous rattraperai.

En cours de travail, Aubertin passe commande à l'artisan d'un second appareillage.

— Je préfère doubler les chances, explique-t-il au fol qui n'y comprend goutte. Ils nous attendront bien un jour de plus.

Le maître d'œuvre retrouve le convoi au début du mois de juin. Il est accueilli par un Guiot au comble de la déliquescence.

— Nous sommes à moins d'une semaine du terme, se lamente-t-il comme si son compagnon ne le savait pas.

Il propose de prendre aussi Sauvejoie pour s'acquitter de la mission d'incendiaire. Le garçon est excellent cavalier et possède de surcroît la meilleure monture du convoi. Aubertin se range derrière ce choix qu'il estime judicieux.

— Il ira de son côté, décide-t-il. Et moi du mien. Le premier sur place mettra le feu.

Stella ne voit pas d'un bon œil cette joute qui s'engage entre les deux hommes. Cet affrontement n'est pas sans lui rappeler le duel qui a failli les opposer. Elle désapprouve Aubertin qui veut partir seul alors qu'il pourrait très bien se faire accompagner par des servants.

— Pourquoi ce besoin de te mesurer avec lui ? s'enquiert-elle.

— C'est à moi que je me mesure et à personne d'autre ! À ma mort de bâtisseur.

— Je voudrais partir avec toi.

— Plus tard. Après l'épreuve, assure-t-il avec un sourire.

Tôt, le lendemain, sous une fine pluie, la Flamme Sacrée se fait Braise pour entamer la phase finale du voyage qui la conduira aux combles de la cathédrale. Nerveux comme un chevalier qui prend le départ d'un tournoi, Sauvejoie laisse piaffer sa monture tandis que deux hommes fixent sur la croupe de sa jument un sac en toile cirée rempli de charbon de bois. Au moment où les moines remettent avec cérémonie au porteur la perche au bout de laquelle se consume le Feu de Dieu, l'animal, pris de panique, fait un écart qui envoie presque le garçon en bas de sa selle. Muni de son oriflamme de fumée, Sauvejoie fait un tour sur lui-même pour saluer son monde, puis lance d'une mine réjouie à l'adresse de son père :

— À Chartres !

Aubertin lui répond d'un signe discret de la main qui n'échappe pas à sa compagne. Il termine de son côté ses préparatifs sous un ciel de plus en plus sombre.

Après ses adieux à Stella Pace, il se tourne vers ses compagnons.

— Le temps se gâte, fait-il en rabattant sa capuche sur la tête.

Le maître d'œuvre se fait remettre la hampe emmanchée du second brasero et s'enfonce dans la grisaille sous les jappements plaintifs du fol qui, désorienté par son départ, se désarticule d'inquiétude.

À peine en chemin, une pluie insistante s'abat sur les deux émissaires et les contraint à traverser un bourbier sans fin. Au bout de la journée, la pèlerine d'Aubertin, malgré son tissage serré, lui pèse deux paquets d'algues sur les épaules.

— Dieu damne ! blasphème-t-il en pensant à cette vilaine toux qui n'attend qu'un refroidissement pour reprendre le siège de ses poumons, recommencer ses manœuvres d'étouffement.

Méconnaissable, la Champagne barbote sous un déluge qui est parti pour durer quarante jours tant le ciel semble peu disposé à repasser au bleu.

Au matin du troisième jour, le maître d'œuvre voit arriver sur lui un cavalier au galop. Trop intrépide,

Sauvejoie a tenté de traverser la Seine en crue en dehors des gués et s'est fait renverser avec sa monture. Une trêve de quelques heures réunit les deux hommes autour d'une flambée nourrie, un moment de complicité tacite les réunit comme aux temps anciens. Aubertin lui abandonne son charbon et partage avec lui le Feu Sacré pour qu'il puisse reprendre la route sans tarder.

— Je compte sur toi ! lui dit-il en guise d'adieu.

Au moment de se quitter, il se sent porté vers lui et lui fait l'accolade. Il lui tend ensuite, comme une seconde lance dans un tournoi, le porte-braises et le regarde s'éloigner avec fierté.

Il repart à son tour après avoir passé une partie de l'après-midi à sécher combustible et vêtements. En soirée, un violent orage éclate et frappe au hasard de son courroux les arbres qui dominent. Le maître d'œuvre se hâte pour atteindre un refuge avant qu'il ne pleuve. En plein galop sur un chemin dallé de flaques, son cheval se prend la patte avant gauche dans un trou profond et boule en entraînant son cavalier dans une lourde chute. Aubertin sent une terrible douleur au niveau de l'épaule et du torse. Il reste un long moment par terre sans plus pouvoir bouger, encaisse la tempête et, à nouveau, la pluie. Quand il trouve la force de se remettre debout, la nuit est tombée. Pour lui, plus question de rallier Chartres en temps voulu. Son chemin s'arrête là avec sa monture qui boite et lui qui se tient les côtes. Copieusement arrosé d'injures, le mauvais temps calme pour quelques heures ses précipitations.

Le passage d'un maquignon attardé apporte à l'éclopé une assistance providentielle.

— Venez dormir chez moi ! J'habite à deux pas d'ici.

Pour suivre le marchand jusqu'aux abords de Troyes où il a sa maison, Aubertin utilise comme bâton de pèlerin son dispositif destiné au transport du Feu Sacré. Une fois chez lui, l'homme inspecte longuement la patte de l'animal.

— Il est en meilleur état que vous ! Avec un bandage bien fait, ajoute-t-il en se relevant, il peut repartir demain.

Après être passé entre les mains d'un rebouteux qui lui a remis l'épaule en place et bandé le torse, le maître d'œuvre reprend la direction de Chartres au pas de sa monture. Il est très endolori et s'arrête sans cesse pour reprendre son souffle.

Désespérément gris, le ciel retient ses pluies. Sans plus s'interroger sur les raisons qui le poussent à avancer, Aubertin poursuit sa route, par habitude, aveuglément. Il chevauche avec ses braises au bout de son bâton en cherchant à oublier qu'il souffre, qu'il pourrait en rester là, que la cathédrale brûlera sans lui, sans ce Feu qu'il porte et qui fatigue son bras.

La piste était calme et, soudain, le maître d'œuvre s'étonne d'entendre les criaillements du fol dans son dos. Il ne peut croire que le convoi l'ait déjà rattrapé et se retourne avec raideur. La voix de Stella l'appelle à son tour. Ils sont là tous les deux qui le rejoignent.

— Je t'avais pourtant demandé !

— Dis-moi que j'ai mal fait de te suivre, répond la jeune femme qui se précipite vers lui le cœur gonflé de compassion.

Plus tard, elle donne la raison qui lui a fait quitter le convoi.

— J'ai été tirée jusqu'ici par Eloy ! Tu sais bien comment il est quand tu t'en vas.

— Je dois rallier Chartres ! rumine le maître d'œuvre.

— Nous sommes déjà le six et tu n'en peux plus.

— Je veux m'acquitter de ma tâche, insiste-t-il. Il faut que tu m'aides à me rendre jusque-là.

Stella sent une force impérieuse derrière le souhait de son homme. Elle s'incline. Plus tard, elle lui propose de prendre le relais mais il refuse à cause de l'enfant qu'elle porte et du danger de la route. Peu encline à se faire dicter une loi qui s'oppose aux élans de son cœur, la jeune femme attend le sommeil de son compagnon pour se lever à son insu. Avec l'assistance d'un valet à qui elle glisse une pièce, elle selle la monture d'Aubertin, charge en croupe la provision de charbon et son arroi. Martiale avec ses Braises Saintes plantées au sommet de sa hampe, elle se tourne vers son complice et lui lance avant d'éperonner sa monture :

— Tu lui diras que le Feu me protège !

L'homme la regarde partir au galop. Du bout des lèvres, il répète docilement sa leçon...

Sauvejoie, de son côté, ralentit le train. Il sera à destination à temps et à heure. Fort de son avance, il fait halte à Étampes dans une bonne auberge, ripaille comme quatre puis, brisé de fatigue, se jette sur une couche douillette dont il ne resurgira que le lendemain en début d'après-midi. Bien dans les temps, il recharge son brasero et entame, léger, cette dernière étape du voyage qui doit le mener à Chartres dans la nuit.

Comme si le mauvais temps ne trouvait d'autre amusement que de pourchasser notre homme, une gigantesque étoupe de nuages noirs vient barrer l'horizon, offrant au cavalier la perspective d'une muraille. En passe de s'effondrer, le ciel devient si menaçant qu'on croirait venue la fin du monde. Le voyageur endosse sa houppelande alors que les premières gouttes commencent à tomber, énormes, pénétrantes, tapageuses.

Durant des heures, le garçon traverse une cascade. Il est minuit quand l'orage dégage le firmament comme s'il importait aux forces d'en haut que Chartres et sa cathédrale soient auréolées d'étoiles et non dégouttantes pour affronter le jugement du Grand Incendiaire, l'Ordalie.

Sauvejoie retrouve avec émotion cette ville où il séjournait deux années plus tôt. Lorsqu'il met pied à terre sur l'esplanade, il se sent écrasé par cette bâtisse solide sur son trône, qui défie les siècles avec la majesté d'une reine immortelle. Ses mains tremblent lorsqu'il démanche de sa hampe le brasero qui renferme le Feu Sacré d'Élie. Qui croirait que cette carcasse cabossée de métal contient de la braise issue d'une Flamme vieille de deux mille ans et qui a l'insigne propriété d'être sortie tout droit des coffres ignés de Dieu ?

Pour se donner la force d'avancer, Sauvejoie chasse de sa tête la portée surnaturelle de sa mission et se remémore point par point le descriptif minutieux que lui a fait Guiot de l'opération : « Tu attacheras ton cheval au grand abreuvoir de la place. Tu entreras par le portail occidental. Tu traverseras le narthex. Ne t'étonne pas si tu aperçois pèlerins et miséreux qui sommeillent çà et là. Évolue sans bruit jusqu'à la porte basse qui se situe au fond à gauche, avant le transept. La clé est cachée derrière la statue de saint Pierre, toute proche. Une lanterne t'attend sur la trente-sixième marche de l'escalier en colimaçon qui mène aux combles. Tu en auras besoin pour t'éclairer... »

Souffle retenu, Sauvejoie se fait ombre pour suivre l'allée. Cela ne l'empêche pas d'effleurer un obstacle ronchonnant, une outre avinée qui a choisi le mitan de la nef pour cuver. Il n'est pas confronté à d'autres problèmes. La clé est à bonne place et la lampe est bien disposée à l'endroit indiqué par Guiot. Son cœur heurte sa poitrine à grand fracas tandis qu'il gravit les derniers degrés de cette vis sans fin qui mène en haut de la cathédrale, avec dans la main gauche cette frêle lumière d'homme et dans la droite les Braises de l'autre Feu. Comme jamais dans sa vie, il est pris de peur, une peur panique qui l'oblige à se ménager des temps d'arrêt toutes les trois ou quatre marches. Ainsi, c'est à lui qu'est échu au bout du compte ce détestable emploi d'incendiaire. Enfant du rire et des jouissances humaines, il a pour ces pierres vénérables une tendresse profonde.

— Pourquoi moi ? Pourquoi m'ont-ils choisi ?

Quand il débouche sous la grandiose toiture, il s'exclame plaintivement :

— Je pourrais encore laisser cette besogne à mon père !

Sauvejoie s'adosse à un montant de chêne le temps de récupérer un peu de courage. Il s'est amenuisé ce courage. Il ne tient plus que par quelques fils fragiles.

L'un d'entre eux procède du besoin de regagner pleinement l'estime d'Aubertin, l'autre tout aussi fragile le raccroche à Stella Pace qui demeure une blessure d'amour dans sa vie. Ses lèvres remuent. Dans ce moment d'immense solitude, il prie et s'en étonne car, la chance lui ayant abondamment souri, il n'a jamais rien eu à quémander du côté des dieux.

— Donnez-moi la force ! supplie-t-il.

Quelques pas incertains et il s'aligne dans l'harmonieuse répétition des fermes de la charpente. L'endroit est de toute beauté, majestueux comme l'allée menant au palais d'un prince. Le travail d'assemblage est magnifique. Il raconte l'histoire d'hommes qui se sont surpassés pour choisir en forêt les meilleurs chênes, pour soigner leur coupe, leur taille, veiller à leur ascension vertigineuse au-dessus de la nef, les assembler par mariage de tenons et de mortaises. Devant la somme de savoir, de volonté, de peine et aussi de souffrance, une voix murmure :

— Je suis artisan, moi aussi ! Je ne peux pas ! Je n'ai pas le droit.

Mais l'ordre est formel et il doit s'y soumettre. Sauvejoie repère la paille, les fagots, le bois astucieusement disposé pour que l'incendie se propage dans l'édifice de façon galopante, qu'il embrase tout. La lanterne est posée dans un endroit sûr, afin qu'elle ne provoque aucun dommage. Le brasero est ouvert ensuite et son contenu renversé sur un tapis de brindilles éparpillées à ses pieds. Il se met à genoux pour raviver parmi les cendres la petite luisance, l'étincelle nécessaire pour allumer le brasier. Il approche sa tête et souffle, mais rien ne s'attise. Du bout des doigts, il série fiévreusement la cendre du charbon, cherche dans cette matière humide et tiède qui était encore habitée par le Feu quelques instants plus tôt, la rougeur persistante qui lui permettrait d'accomplir sa mission.

— Ce n'est pas possible ! s'exclame-t-il.

La Flamme Sacrée dont il était porteur ne donne plus aucun signe de vie, évanouie, éteinte. Morte.

Sauvejoie se met à pleurer en même temps qu'il décortique comme châtaigne chaque résidu solide qui provient de son brasero. Il réduit tout en poussière sans que rien de brûlant agresse ses doigts.

Alors, vient la tentation. Elle est là, à portée de main. Dans cette lanterne d'homme bien vivace, capable, elle aussi, d'enflammer la bâtisse.

— Personne, fors moi, n'en saura rien.

Mais une voix fait obstacle, lui interdit ce nouveau mensonge, cette nouvelle trahison.

Il reprend alors sa lampe et se dirige vers l'escalier qu'il redescend en hâte.

— Aubertin ne doit plus être loin. Je vais aller à sa rencontre. Je prendrai son Feu. Mon cheval est frais et il me reste quatre heures avant le lever du jour.

Remettant la lanterne à sa place sur la marche, il dévale l'escalier, clôt la porte et remet la clé derrière la statue de Saint Pierre. Sa traversée de la nef est précipitée et il trébuche cette fois sur le même ivrogne qui se met à hurler comme truie qu'on égorge. Quelqu'un le happe par le bras et il se dégage. À hauteur du narthex, il bouscule une grosse femme qui arrive en contresens au bras d'un homme. Un bref mot d'excuse et il court jusqu'à sa monture et quitte Chartres pour retourner sur Étampes. À peine sorti de l'enceinte, il s'étonne de voir le chemin, les arbres, les maisons éclairés comme en plein jour. Mille torches sortent la ville de la nuit ou, plutôt, une torchère géante, immense comme une montagne de feu.

La cathédrale est en flammes.

36

Stella Pace force sa monture pour arriver à Chartres avant le lever du jour quand elle aperçoit au loin le ciel incendié au-dessus du tertre. Un feu visible à sept lieues à la ronde.

Calmant les ardeurs du destrier d'Aubertin, elle descend de selle pour continuer sans précipitation son chemin. Tout est joué à présent. Épuisée d'avoir soutenu les trois derniers jours une cadence effrénée, elle marche vers son but comme le papillon de nuit qu'attire une lampe. Sans trop savoir si c'est la curiosité qui la pousse ou le besoin de s'assurer que Sauvejoie n'a pas été inquiété, elle franchit l'espace qui la sépare de Chartres sans se ménager de temps d'arrêt.

Elle découvre au matin une cité en état de choc. Partout des visages consternés, des gens qui échangent leurs doléances. Incrédules encore devant l'immense malheur qui s'est abattu sur eux, les commerçants chartrains ont fermé boutique. Le feu a été impitoyable. Il a tout renversé à l'exception de la façade occidentale. Coiffée de trois monumentales voûtes de pierre, elle a résisté bravement à l'assaut des flammes. Toujours à se consumer, la somptueuse charpente n'est plus qu'un fouillis géant de bois enchevêtrés sur le sol au milieu d'un misérable amas de pierre. Réduit en cendres et en fumée, le chef-d'œuvre de Bérenger et de Fulbert retient à son chevet une foule sans cesse renouvelée de badauds parmi lesquels figurent les chanoines et les prébendiers attachés à la bâtisse, les pèlerins et les miséreux qui avaient trouvé refuge en ses murs, les habitants qui vivaient sous l'aile protectrice de Notre-Dame. Nombre de femmes et d'hommes pleurent ce désastre comme s'ils avaient perdu un être cher. L'agitation règne çà et là. Quelques personnes manquent à l'appel et on s'en inquiète.

— Mais puisque je te dis qu'il est parti chez sa tante.

On déplore des victimes qui resurgissent. On compte pour morts ceux et celles qui brillent par leur absence. C'est que l'alerte a été bien donnée par les complices de l'événement. Alors qu'elle fend le monde à la recherche de Sauvejoie, Stella Pace entend dire :

— J'espère qu'on lui fera payer cher ce qu'il a fait !

— On l'a rattrapé par le col alors qu'il fuyait la ville ! explique une grognasse qui a vu dans son regard un éclair d'angoisse.

— Il a été reconnu par trois personnes au moins. Un voyou de vingt ans. Il a séjourné par ici il y a environ deux ans.

La jeune femme sent ses jambes se dérober sous elle et doit s'asseoir. Au bout d'un moment, elle repart affolée, marche en tous sens en questionnant l'un et l'autre pour obtenir de plus amples renseignements. Elle avise un notable, puis un homme d'armes, puis un ecclésiastique, demande de tous côtés où l'incendiaire a été incarcéré et, surtout, ce qu'on veut en faire. Elle tremble d'entendre les gens interrogés parler d'écartèlement, de pendaison ou de condamnation au bûcher. Un chevalier a remarqué son manège et la suit. Il profite d'un court instant où elle n'est plus sous le feu des Chartrains pour l'aborder.

— Je sais ce qui vous occupe. Venez avec moi.

Un dédale de rues qui s'entrecroisent et Stella Pace est introduite dans la spacieuse demeure des templiers. Conduite de salle en salle, elle débouche dans un petit scriptorium où un vénérable précepteur sermonne un jeune bachelier pour une dissertation latine qu'il a visiblement bâclée. Après un échange de quelques mots à voix basse avec le chevalier, le vieillard se tourne vers son hôtesse en caressant une barbe longue d'une coudée.

— Toute entreprise comporte sa part de risque, dit-il. J'ai bien peur que votre ami...

Malgré ses efforts, la jeune femme ne parvient pas à réprimer ses larmes :

— Mais vous êtes puissant. Vous pouvez faire quelque chose.

Le vieux magister préfère parler du problème en l'absence de son disciple et lui fait signe de se retirer. Stella happe le jeune homme par le bras au moment où il passe devant elle.

— Ton nom ? Comment t'appelles-tu ?

Le garçon, que transperce le regard intrigué de la femme, cherche du côté de son maître l'autorisation de lui répondre.

— Antoine d'Arcy, balbutie-t-il.

— Antoine est le fils cadet du comte Guillaume d'Arcy, explique le templier qui voit dans cette diversion une échappatoire providentielle à un problème dont il n'a pas la clé. Guillaume s'est toujours montré généreux envers l'Ordre. À Paris, il a financé deux chapelles de Notre-Dame, une pour sa première épouse, l'autre pour son aîné qui a trouvé la mort dans un règlement de comptes.

Stella libère son captif qui s'éclipse sans demander son reste et revient à son interlocuteur.

— Aubertin d'Avalon vous a dessiné les plans d'une cathédrale. Il mérite bien en retour l'aumône d'une vie.

La main du templier se statufie au mitan de sa barbe. Sa voix chevrote.

— Je ne suis pas seul à décider. Laissez-nous le temps de nous réunir !

La journée du lendemain se passe en multiples démarches. Infatigable, la jeune femme déploie son charme autant que la ruse pour qu'on lui dise où Sauvejoie a été emprisonné.

Renseignement obtenu, elle tente par tous les moyens de l'approcher. Sans succès. Le hasard de ses pérégrinations l'amène à croiser une nouvelle fois Antoine d'Arcy. Plus loquace que la veille, il lui apprend que la présidence de la cour de justice constituée pour décider du sort de l'incendiaire a été confiée à son père.

— Quand les juges ouvrent-ils les débats ? demande-t-elle.

— Ils se réunissent dans trois jours.

— Combien de templiers figurent parmi les jurés ?

— Un seul ! Son nom est Jacques de Frahon.

— Et pour le reste ?

Elle écoute d'une oreille l'énoncé des gens d'Église appelés à statuer sur le sort de Sauvejoie. La gravité hautaine qui se lit sur le visage du jeune homme l'intrigue. Incapable de soutenir un regard, celui-ci se détourne sans cesse.

À bout de ressources dans ce conflit qui l'oppose à un plan qui semble inéluctable, Stella Pace se replie sur elle-même, sur l'enfant qu'elle attend de son sculpteur et que les excès des derniers jours ont mis en danger.

— Lui aussi mérite d'être sauvé, décide-t-elle.

La soirée du lendemain, Chartres reprend feu dans le plus incendiaire des couchers de soleil lorsque le maître d'œuvre nanti de son fol voit arriver sur lui sa téméraire compagne. Elle ne pouvait plus attendre et a pris les devants pour le retrouver. De la savoir sauve suffit à taire tout reproche, de la sentir au seuil des larmes réveille chez cet homme tendre le besoin de la chérir.

Fragilisés l'un comme l'autre par les événements des derniers jours, ils s'assoient dans l'herbe tiède face à la ville étêtée de l'élan de tours et de hauts clochers qui la tirait vers le ciel. Les nouvelles dont la jeune femme est porteuse atteignent de plein fouet Aubertin.

— Ils se sont servis de nous ! gronde-t-il. Maintenant qu'ils ont obtenu ce qu'ils voulaient, ils nous jettent.

Les maigres espoirs que Stella laisse affleurer avec la présence parmi les juges du templier Jacques de Frahon et la présidence du comte Guillaume d'Arcy, connu pour être un grand défenseur de l'Ordre, font sursauter Aubertin.

— Tu as bien dit Guillaume d'Arcy ?

— Pourquoi ? demande-t-elle étonnée.

— Gautier, mon garçon, a tué l'aîné de ses fils.

Avant de se laisser atteindre par ce nouveau ressac, le maître d'œuvre se relève en tenant son côté gauche qui reste très douloureux.

— Partons pour Chartres. Je dois parler aux templiers.

Et d'ajouter, une fois en selle.

— Je le tirerai de là ! Sur ma vie, je le tirerai de là.

Aubertin juge préférable d'agir seul. Il confie le fol à Stella et gagne directement la maison du Temple en contournant le lieu du sinistre. Il retrouve là-bas des têtes connues à qui il décoche un regard ombrageux. Il exige d'être entendu et se fait conduire auprès du très vénérable Girart d'Artois.

— Il t'intéresse sûrement de voir notre Feu ? dit le vieux templier pour différer l'affrontement.

Le prieur et le chapelain rejoignent les deux hommes dans une petite chapelle octogonale dont le cœur est une vasque huileuse où fleurit une flamme fournie. Le vieillard s'installe devant le foyer et glisse ses mains dans le Feu, les passe sur son visage et sur ses bras comme s'il les lavait à une source.

— Il n'est pas au bout de son voyage, déclare-t-il. Il brillera pour l'Ordre dans un endroit que nous avons choisi.

Aubertin regarde ce brasier en ennemi. Issu de Dieu ou des hommes, il l'a poussé à trahir un rêve de pierre bâti pour braver mille ans. Il l'a vidé de ses forces pour aujourd'hui le consumer jusqu'à la cendre en lui volant un fils.

— Je réclame votre aide, dit-il aux templiers présents. Vous avez réussi à faire incendier Chartres sans que personne vous soupçonne. Vous pouvez tout aussi bien forcer une porte de prison sans être inquiétés.

— Nous ne sommes pour rien dans ce désastre, s'offusque le prieur. Cet incendie est l'œuvre de Dieu.

— Mon fils pourtant est tenu pour coupable de ce méfait que vous prêtez à Dieu.

— Je sais ! C'est regrettable !

— Non ! Ce n'est pas regrettable. C'est inacceptable !

— Pour toi peut-être, mais pas pour le Temple.

Le chapelain tente de calmer le jeu.

— Nous avons pris de très gros risques ces derniers temps et on nous a passé la consigne en haut lieu de filer doux, de ne plus sortir du bois.

— Dans ce cas, je me livre ! explose Aubertin. Je dirai que c'est moi l'incendiaire. Je rendrai publique la commande que vous m'avez passée de dresser les plans de la nouvelle cathédrale et mes aveux balaieront vos grands projets.

Joignant le geste à la parole, le maître d'œuvre retire sa cape et, à la stupéfaction générale, la jette sur le Feu qu'elle éteint.

— Elle serait flamme d'homme qu'elle ne se montrerait pas plus docile ! blasphème-t-il avant de vider les lieux.

Écœuré, Aubertin porte sa rage jusqu'aux ruines encore fumantes de la cathédrale. Il est malade de ce saccage qui le déshonore, totalement brisé dans l'âme par l'entreprise qu'il a soutenue.

Devant le grand portail, des charpentiers construisent la tribune qui doit abriter les justiciers et les hauts dignitaires de la cité. C'est là que sera rendue publique la sentence. Le sculpteur erre au milieu des pierres en même temps qu'il prend conscience qu'il a peut-être signé son arrêt de mort. Ses pensées vont alors vers Stella et vers l'enfant qu'elle porte. Quel miracle peut encore les sauver ? Quand il part, l'âme brisée, retrouver sa compagne, quelqu'un le suit et il le sait.

Jacques de Frahon rattrape le maître d'œuvre alors qu'il est encore en chemin. Lorsqu'il reconnaît son ami, Aubertin doit se faire violence pour lui donner l'accolade :

— Pardonne-moi de me montrer sous un jour si sombre mais certains faits m'ont poussé à bout.

— Je suis au courant ! dit sans détour le templier. Tu dois quitter Chartres sans attendre, ajoute-t-il au bout d'un instant. Il y va de ta vie. Tu n'as plus rien à faire ici.

— Pas avant qu'on m'ait rendu mon fils.

— Ton fils est parti.

— Tu veux dire ?

— Il est parti d'ici. Je ne peux pas être plus clair.

— Il a regagné Paris ?

— Ce n'est pas impossible.

— Et le procès ?

— Il va mener au bûcher un pauvre diable qu'on a pris pour lui et que les témoins ont confondu.

— C'est horrible !

— Cela s'appelle un sacrifice. Les Écritures regorgent de faits semblables. Ils sont là pour ouvrir une nouvelle page d'histoire.

— Tu es toujours aussi cynique, templier.

— Et toi, tu as toujours la tête aussi dure, bâtisseur.

La même nuit, le couple part avec son inséparable fol, sous la houlette de Jacques de Frahon. Le maître d'armes les abandonne dans un endroit sûr situé à trois lieues de Chartres. Il regagne ensuite la cité où il doit tenir son rôle de juré le lendemain. Étrangement, Aubertin ne ressent ni apaisement, ni véritable consolation dans la tournure qu'ont prise les événements. Stella éprouve le même sentiment mais se tait, par égard pour le templier qui fut toujours un ami très proche.

C'est de nuit qu'ils remontent sur Paris où le maître d'œuvre a sa maison. Pour la dernière étape, les voyageurs sortent de l'ombre et chevauchent à la lumière. La sentence est tombée à Chartres et un innocent a payé pour ce crime perpétré par Dieu. À quelques lieues du terme, un détachement de sept hommes arrive sur eux au galop. Rien à faire sinon laisser venir à eux les cavaliers, qui passent leur chemin sans les inquiéter. Aubertin reconnaît le juge Guillaume d'Arcy tandis que Stella aperçoit Antoine son fils. Le jeune garçon jette un coup d'œil en arrière puis tire sur les rênes de sa monture, obligeant par là son père et sa suite d'en faire autant. Il saute à terre, fait quelques pas en direction des fuyards ou, plus précisément, en direction du malheureux qui les accompagne.

— Eloy, s'exclame-t-il. Tu me reconnais ?

Le fol se dérobe et vient chercher protection auprès d'Aubertin en poussant des cris aigus de musaraigne. Il a aperçu Guillaume d'Arcy et se cramponne à son protecteur. Le juge avance à son tour vers son fils, vers son puîné. Ses traits se décomposent devant ce délabrement d'homme qui est son sang.

— Eloy, viens près de moi. Je ne te ferai aucun mal, dit-il comme il amadouerait un cheval farouche.

Le magistrat passe du visage de son garçon à celui du maître d'œuvre. Son regard porte la haine des querelles qui les ont opposés. Il semble dire « qu'est-ce que vous lui avez fait ? » avant de perdre contenance et de se détourner.

Attendu à Paris pour régler quelques affaires pressantes, le comte d'Arcy redevient de glace et repart à bride abattue après avoir donné ordre à son benjamin de poursuivre le voyage en compagnie de son frère.

Soudain volubile, Antoine évoque le départ d'Eloy en croisade, à l'insu de tous, et de Besant, l'étalon de son père, qu'il subtilisa.

Sur sa lancée, il en vient aussi à parler de l'incendiaire qui a péri l'avant-veille sur le bûcher. Il relate comme une histoire drôle les derniers mots du condamné qui hurlait au milieu des flammes : « Ce Feu est l'œuvre de Dieu ! Mes braises étaient mortes. »

Pierre brisée sur l'établi du sculpteur, Aubertin fait demi-tour et reprend la direction de Chartres. Il est de roche, de silence et de larmes. Stella Pace laisse Eloy à son frère et se range derrière l'aimé. Plaine déployée d'amour pour arrêter l'avalanche, elle le dépasse en suppliant :

— Ne rebrousse plus chemin, je suis vivante !

Elle l'arrête un moment mais il repart.

— On n'a pas besoin de toi du côté des morts. Tes deuils sont impuissants ! lance-t-elle dans un sanglot.

Homme de craie blanche, falaise perméable aux chagrins des départs, il poursuit sa route sourdement, aveuglément. Des images l'assaillent : cent visages confondus. Son garçon est aux prises avec les Chartrains. Au départ, rien n'ébranle son insouciance. Il est innocent, sans oublier qu'il peut compter sur de puissants appuis pour sortir de ce mauvais pas. De nature bravache, Sauvejoie arbore son air narquois de toujours quand on l'emmène en lieu sûr. Dans quelle geôle l'a-t-on écroué et qui lui rend visite ? Nul doute que Jacques de Frahon est descendu le voir, lui a insufflé confiance pour s'assurer de sa discrétion. L'expression devient autre au moment où l'inculpé est présenté devant ses juges. Difficile de garder le front haut face au soleil qui éblouit et à l'assemblée qui crie vengeance. Comment était la foule ? Le monde était ému par sa beauté, sa mine inquiète, désarmé par sa jeunesse. Face à la tribune des juges, ses yeux se froncent. Que fait le templier ? Un regard circulaire cherche l'allié dans la masse des badauds, le soutien de cœur.

— Mon père m'observe. Tant qu'il est là, il ne se commettra pas d'injustice.

Aubertin essuie des larmes du revers de sa main frappante. Il n'a pas entendu l'appel qui lui était adressé et ne saura jamais s'il était message d'adieu ou élan de foi. Comme pour Ermeline, il n'était pas présent au bon moment, au bon endroit. Derrière lui, la même voix implore :

— Ne t'accable pas ! Pour l'amour de moi, pour l'amour de nous !

Sauvejoie hurle dans la fournaise. Le feu dévore ses

vêtements, ses cheveux, s'attaque à sa chair, calcine avec une voracité carnassière son corps de vingt ans. L'enfant se fait cendre jusque dans son cri. Une âme de gravats, de poussière et de fumée s'échappe dans un vent de sable. Pas de pierre pour l'abriter, pas d'outil pour le ranimer, l'extinction du rire et de la joie, le néant.

Le voyageur se fige. Stella le dépasse et se place devant lui à moins d'une aune de son visage. Ses yeux parlent pour elle. Ils sont luisance dans l'opacité, pépites déposées par les doigts de la Providence dans ses coffres vides.

— Tes forces se perdent de ce côté. Rejoins-nous.

— Je n'ai pas été là, se reproche-t-il.

— Tu n'as jamais cessé de l'être. Où il se trouve, il le sait.

— Il n'a pas pris le chemin d'une pierre.

— Toujours la pierre ! soupire-t-elle. Une dune nomade qui se fait et se défait grain par grain sous les burins silencieux d'une brise est meilleur asile pour son âme volage.

Aubertin la regarde en même temps qu'il se réveille au doux sursis de l'aimer et d'être aimé par elle.

— Tu es ce qui me reste, avoue-t-il.

Bonne étoile, elle le ramène à elle et le console. D'un souffle sur les cendres, elle ranime la flamme miraculée de la vie.

Cher frère Germain,

J'ai rangé, parmi les biens les plus précieux que je possède sur cette terre, la merveilleuse lettre que tu m'as envoyée après la lecture de mon « Baudrimont ». Sans chercher à savoir si les compliments dont je suis l'heureux destinataire sont à prendre pour moi ou pour l'ange inspiré qui a œuvré derrière ma plume, je ne te dis pas la joie qui fut mienne de lire que, de ton avis autant que de l'avis des frères de ta communauté, ce roman ne déméritait pas du « Conte du Graal » dont feu mon ami Chrétien de Troyes fut le rédacteur. Usant (avec un peu d'excès, je le confesse) de la fonction d'abbé qui me revient aujourd'hui, j'ai attelé mes copistes à la retranscription de cette œuvre qui glorifie la religion que Jésus-Christ a instituée par Sa mort sur la Croix. À ce jour, six exemplaires sont en circulation. L'un d'entre eux a été remis en mains propres à notre ami commun Aubertin d'Avalon qui m'a répondu dans les trois mois par le don à notre moutier de Saint-Michel d'un roi David jouant de la harpe. De dimension humaine, cette statue taillée dans une pierre gris bleuté du pays mosan a reçu une place de choix dans le chœur de notre abbatiale. J'aime ce personnage biblique qui me rappelle que je fus troubadour avant d'être moine. Si j'ai reconnu avec joie l'instrument de donna Stella, j'ai été ému de retrouver les traits de notre compagnon dans ce visage majestueux, de revoir son front sillonné de ses périples, de ses questionnements d'outils et de matières, de ses blessures inguérissables d'homme tendre. À mille lieues d'être pacifié, il s'est représenté comme nous l'avons connu l'un et l'autre. Des mains qui disent : « Nous avons œuvré pour comprendre et nous n'avons rien su », un regard qui implore : « Ne nous reprenez pas le royaume de l'amour, il est notre paradis sur terre ! » Pauvres humains qui s'attachent à cette vie éphémère et se ferment à l'espérance de la résurrection. Heureux sommes-nous, frère Germain, qui célébrons Dieu au quotidien et recevons la bénédiction de ses miracles. Il est si doux de croire !

GUIOT DE COURTIL, *abbé de Saint-Michel.*

Du même auteur

Le Passeur de lumière, Denoël, 1993.

Les Sept Couleurs du vent, Denoël, 1995.

Le Puisatier des abîmes, Denoël, 1998.

Composition réalisée par NORD COMPO

IMPRIMÉ EN ESPAGNE PAR LIBERDUPLEX
Barcelone
Dépôt légal Édit. 42538-04/2004
LIBRAIRIE GÉNÉRALE FRANÇAISE - 43, quai de Grenelle - 75015 Paris

ISBN : 2 - 253 - 07279 - 6

30/3085/5